中國語言文字研究輯刊

二七編

第3冊

〈曹沬之陳〉異文研究（上）

劉嘉文 著

花木蘭文化事業有限公司

國家圖書館出版品預行編目資料

〈曹沫之陳〉異文研究（上）／劉嘉文 著 -- 初版 -- 新北市：

花木蘭文化事業有限公司，2024〔民113〕

目 4+210 面；21×29.7 公分

（中國語言文字研究輯刊 二七編；第 3 冊）

ISBN 978-626-344-829-2（精裝）

1.CST：簡牘學 2.CST：簡牘文字 3.CST：研究考訂

802.08　　　　　　　　　　　　　　　113009381

中國語言文字研究輯刊

二七編　第 三 冊　　　　　ISBN：978-626-344-829-2

〈曹沫之陳〉異文研究（上）

作　　者　劉嘉文

總 編 輯　杜潔祥

副總編輯　楊嘉樂

編輯主任　許郁翎

編　　輯　潘玟靜、蔡正宣　美術編輯　陳逸婷

出　　版　花木蘭文化事業有限公司

發 行 人　高小娟

聯絡地址　235 新北市中和區中安街七二號十三樓

　　　　　電話：02-2923-1455 ／傳真：02-2923-1452

網　　址　http://www.huamulan.tw 信箱 service@huamulans.com

印　　刷　普羅文化出版廣告事業

初　　版　2024 年 9 月

定　　價　二七編 13 冊（精裝）新台幣 42,000 元　　版權所有・請勿翻印

〈曹沫之陳〉異文研究（上）

劉嘉文　著

作者簡介

劉嘉文，國立成功大學中國文學系碩士。以古文字為研究方向，主要以戰國文字為主。發表著作有〈楊伯峻《春秋左傳注》「土田陪敦」注解商榷〉、〈讀《安大簡（二）‧曹沬之陳》札記八則〉、〈談《安大簡（二）‧曹沬》之形近訛字二則〉、〈《安大簡（二）‧仲尼曰》簡 5「堇」字釋讀〉等數篇。

提　要

　　本文從異文現象之角度來討論《上海博物館藏戰國楚竹書（四）》、《安徽大學藏戰國竹簡（二）》中的〈曹沬之陳〉之用字表現形式。這兩個版本的〈曹沬之陳〉在內容上基本相同，可是在文字構形、遣詞用字等問題上卻出現頗多差異，這些差異有助我們解決《上海博物館藏戰國楚竹書（四）‧曹沬之陳》所遺留下來的問題，且釐清學者以往所提出的考釋意見或提出新說以準確理解〈曹沬之陳〉之文本內容。

目 次

凡　例

1. 本論文採用新式標點符號，單雙逗號（ " "、' '）一律改為單雙引號（「」、『』）。書名號用「《》」，篇名號用「〈〉」。引文中之刪節號「……」表示原文文章有刪減。

2. 釋文採用嚴式隸定，後加（）註明寬式隸定、通假字及異體字，若釋文隸定尚有疑問則以「（？）」。「{　}」表示詞。（A／B）則表示 A、B 二說並存。「＝」表示合文符號或重文符號。「　」表示竹簡中的句讀符號。「〈某〉」表示「某」字之誤。「某」表示補「某」字。「〔　〕」表示「某」字為衍文。「{　}」表示「某」字為脫文。「□」表示文字殘缺，若不明殘缺字數則以「☑」表示。各簡末以「【　】」標明簡號。

3. 本論文使用郭錫良之上古音系統，聲紐依據黃侃古聲十九紐之說，韻部依據王力三十部之說，若使用其他學者之古音系統，則另外註明。

4. 各條考釋列出學界意見，並依發表時間先後為序，於「謹案」說明筆者的看法。

5. 引述意見時除指導教授、口試委員及授課老師稱師外，其餘依學界慣例不加敬稱，尚忻見諒。

6. 為了讀者方便參閱出處，註腳不使用「同上註」、「同前註」；出版社或網址原則上也不省略。

簡稱表

為避免行文繁瑣，多次引用的材料著錄專書或網頁皆用簡稱，簡稱方式如下：

【網頁簡稱表】

網頁全名	簡　稱
武漢大學簡帛研究中心	武漢網
復旦大學出土文獻與古文字研究中心	復旦網
簡帛研究	簡帛研究網
殷周金文暨青銅器資料庫	資料庫

【書名簡稱表】

書籍全名及出版頁	簡　稱
郭沫若主編，胡厚宣編輯：《甲骨文合集》，北京：中華書局，1982年。	合集
中國社會科學院考古研究所編：《殷周金文集成》，北京：中華書局，1984年。	集成
鍾柏生、黃銘崇、陳昭容、袁師國華編：《新收殷周青銅器銘文暨器影彙編》，臺北：藝文印書館，2006年。	新收
吳鎮烽編著：《商周青銅器暨圖像集成》，上海：上海古籍出版社，2012年。	銘圖
吳鎮烽編著：《商周青銅器暨圖像集成續編》，上海：上海古籍出版社，2016年。	銘圖續
吳鎮烽編著：《商周青銅器暨圖像集成三編》，上海：上海古籍出版社，2020年。	銘圖三
湖北省荊沙鐵路考古隊：《包山楚簡》，北京：文物出版社，1991年。	包山簡
荊門市博物館：《郭店楚墓竹簡》，北京：文物出版社，1998年。	郭店簡
湖北省文物考古研究所、北京大學中文系編：《九店楚簡》，北京：中華書局，1999年。	九店簡
馬承源主編：《上海博物館藏戰國楚竹書（一）～（九）》，上海：上海古籍出版社，2001年～2012年。	上博簡
清華大學出土文獻與保護中心編，李學勤、黃德寬：《清華大學藏戰國竹簡（一）～（十三）》，上海：中西書局，2011年～2023年。	清華簡
安徽大學漢字發展與應用中心編，黃德寬、徐在國主編：《安徽大學藏戰國竹簡（一）～（二）》，上海：中西書局，2019年～2022年。	安大簡

武漢大學簡帛研究中心、河南省文物考古研究所編著：《楚地出土戰國簡冊合集（二）：葛陵楚墓竹簡、長臺關楚墓竹簡》，北京：文物出版社，2013 年。	新蔡簡、長臺簡
武漢大學簡帛研究中心、湖北省博物館編著：《楚地出土戰國簡冊合集（三）：曾侯乙墓竹簡》，北京：文物出版社，2019 年。	曾侯
武漢大學簡帛研究中心、湖北省文物考古研究所、黃崗市博物館編著：《楚地出土戰國簡冊合集（四）：望山楚墓竹簡、曹家崗楚墓竹簡》，北京：文物出版社，2019 年。	望山簡、曹家簡
故宮博物院編，羅福頤主編：《古璽彙編》，北京：文物出版社，1981 年。	璽彙
高明編著：《古陶文彙編》，北京：中華書局，1990 年。	陶彙
銀雀山漢墓竹簡整理小組：《銀雀山漢墓竹簡》，北京：文物出版社，1985 年。	銀雀漢簡
北京大學出土文獻研究所編：《北京大學藏西漢竹書(一)～(五)》，上海：上海古籍出版社，2014 年～2015 年。	北大漢簡
湖南省博物館、復旦大學出土文獻與古文字研究中心編纂，裘錫圭主編：《長沙馬王堆漢墓簡帛集成》，北京：中華書局，2014 年。	馬王堆

第壹章　緒　論

「古來新學問起，大都由於新發見。」〔註1〕

王國維〈最近二三十年中中國新發現之學問〉

　　新見出土材料往往促使我們對舊問題之看法及認識，甚至引起新議題。近二十餘年以來，地不愛寶，新見出土文獻相繼面世，〔註2〕不論是殷墟甲骨、西周金文、戰國秦漢簡帛，均引起學者們高度之重視且討論，並取得非常多且新的研究成果。尤其是戰國竹簡的大量發現及公布，更引起國內外學者的熱烈討論。

　　出土文獻有傳世先秦典籍的抄本，也有大量久已亡佚的先秦書籍（即所謂的「佚書」）。出土文獻的價值在於可以利用它們來校正文本、研究典籍之真偽、年代及源流等等。在此就可以舉出一些關於判斷古書真偽、年代，以及古書之校勘、解讀之經典例子：

（一）關於古書真偽、年代

　　在疑古思潮之影響下，疑古學派從思想、文辭等方面加以認定《老子》是

〔註1〕 王國維：〈最近二三十年中中國新發現之學問〉，載謝維揚、房鑫亮主編：《王國維全集》第 14 卷（杭州：浙江教育出版社，2010 年），頁 239。

〔註2〕 根據裘錫圭對於「出土文獻」之定義，裘氏言「『出土文獻』指出自古墓葬、古遺址等處的古文獻資料。除了從地下發掘出來的古文獻，後人發現的古人遺留在地上的古文獻，如西漢前期在孔子故宅墻壁裏發現的古文經書，又如 20 世紀初在敦煌莫高窟一個早已封閉的藏經洞裏發現的大量唐代及其前後的寫卷，也都是出土文獻。」引自裘錫圭：〈出土文獻與古典學重建〉，《出土文獻》第 4 輯（2013 年），頁 2。

《孟子》、《莊子·內篇》之後的著作，如顧頡剛〈從《呂氏春秋》推測《老子》之成書年代〉曾指出《老子》成書年代推遲在西漢時期，可是在荊門郭店楚墓曾出土三組《老子》簡，足以證明《老子》的語錄彙編在戰國時期已相當流行，其出現之年代較《孟子》、《莊子》來得更早。又或是傳本《吳子》在過去被不少學者質疑是偽書，可是在《上博簡》、《安大簡》兩批戰國竹簡皆出現〈曹沫之陳〉，當中共有兩處文句與傳本《吳子》基本相合，而且有一處文句之意思與傳本《吳子》大概相同。由此可見，《吳子》當是《漢書·藝文志》所著錄之本，應視為先秦著作。〔註3〕

（二）古書之校勘、解讀

先秦古書流傳到今，文字錯訛極為普遍，引起文義不通、無法索解、錯誤理解等諸多問題。以新見出土文獻校正傳世古書，則可以解決上述難題。如《清華簡（一）·祭公》簡9「公懋拜手稽首曰：『允哉！乃詔畢桓、井利、毛班……』」對應傳本《逸周書·祭公》：「祭公拜手稽首曰：『允！乃詔畢桓于黎民般……』」我們可以就可以發現傳本「于黎民般」是「井利」、「毛班」之錯字，「于」與「井」、「民」與「毛」皆形近而誤。「黎」與「利」、「般」與「班」皆音近而誤。畢桓、井利、毛班是周穆王之三位大臣，在《逸周書·祭公》的祭公稱之為「三公」，透過對比簡本與傳本並校勘後，在文義之理解上就豁然開朗。〔註4〕

這些地下材料對學術產生了深遠之影響。通過利用這些地下材料來對照傳世古書、驗證傳世古書、補足傳世古書之不足，又或是糾正傳世古書之錯誤，李學勤談及這些地下材料時，指出地下材料對學術史研究有三點作用：一、推翻流行的成說，二、補充缺失的空白，三、展示學術的原貌。〔註5〕本文所研究之對象〈曹沫之陳〉最早見於《上海博物館藏戰國楚竹書（四）》（下文將簡稱「《上博簡（四）》」），又見於《安徽大學藏戰國竹簡（二）》（下文將簡稱「《安大簡（二）》」），其內容大致可分為兩大內容——「論政」、「論兵」，篇題主於論兵，故可以視之為兵書。簡文記載了魯莊公與曹沫之問對，是一

〔註3〕 裘錫圭：〈出土文獻與古典學重建〉，《出土文獻》第4輯（2013年），頁9～10；單育辰：〈從戰國簡《曹沫之陳》再談今本《吳子》、《慎子》的真偽〉，載中國文化遺產研究院編：《出土文獻研究》第12輯（上海：中西書局，2013年），頁91～98。

〔註4〕 裘錫圭：〈出土文獻與古典學重建〉，《出土文獻》第4輯（2013年），頁17。

〔註5〕 李學勤：《中國古代文明研究》（上海：華東師範大學出版社，2004年），頁402。

篇佚失已久的古兵書。為此，本文希望通過對《上博簡（四）·曹沫》、《安大簡（二）·曹沫》兩個版本內容作研究對象，並校補釋文、歸納異文、匯評各家意見，為後續之學術以統整出一本比較可靠之參考材料。

第一節　研究背景及目的

　　二十世紀以來，地不愛寶，先秦時期的出土材料相繼湧現，其中尤以戰國文字的材料最為驚嘆。這批戰國時期之出土材料中，以楚文字最為豐富，茲舉最重要的幾批材料，如包山楚簡、郭店楚墓竹簡、葛陵楚墓竹簡、曾侯乙墓竹簡、望山楚簡、上海博物館藏戰國楚竹書、清華大學藏戰國竹簡、安徽大學藏戰國竹簡。內容從遣冊、卜筮祭禱、司法文書、書籍類等文獻。

　　〈曹沫之陳〉先後出現在《上博簡（四）》、《安大簡（二）》，可是《上博簡（四）》殘斷比較嚴重，在綴合、編聯上有一定之困難，現在有了《安大簡（二）》版本，我們可以利用《安大簡（二）·曹沫》之編聯來解決《上博簡（四）·曹沫》之編聯問題。《上博簡（四）·曹沫》整理者李零對該篇簡文之簡序作了初步之擬定，學界又重新排列簡序，我們現在可以知道以前的編聯方案仍有問題，《安大簡》整理團隊綜合《安大簡（二）·曹沫》之編聯，以此來解決《上博簡（四）·曹沫》之簡序，把《上博簡（四）·曹沫》之簡序重新編聯作：2 背、1-3、37 下、41、4-6、7 上、8 下、9-14、17-22、25、37 上、23 下、24 上、30、26、62、58、49、33-36、28、48、46 下、38-40、42-45、46 上、27、63 上、47、23 上、51 下、29、24 下、50、51 上、31、32 上、32 下、52、53 上、60 下、61、53 下、54-57、15-16、59、60 上、63 下、64、65 上、7 下、8 上、65 下。〔註6〕藉此可以重新考慮以往之釋讀意見是否合理。而且兩個版本的〈曹沫之陳〉讓我們看到了戰國時期文字的通用、通假、書寫、形體等情況。《安大簡》整理團隊已指出《安大簡（二）·曹沫》、《上博簡（四）·曹沫》當屬同本異文，用句基本相同，偶有衍文、脫字、增減虛詞之情況，當中值得注意的是異文之情況。〔註7〕我們可以透過字與字的對應關係，找到時人使用戰國文字

〔註6〕安徽大學漢字發展與應用研究中心編，黃德寬、徐在國主編：《安徽大學藏戰國竹簡（二）》（上海：中西書局，2022 年），頁 89。

〔註7〕李鵬輝：〈據安徽大學藏戰國竹簡《曹沫之陳》談上博簡相關簡文的編聯〉，《文物》第 3 期（2022 年），頁 80～84。

的具體狀況，讓我們可以回檢以往學者對《上博簡（四）・曹沫》之意見，或是提出新說以復原出一篇完整的文獻。

第二節　研究材料概述

〈曹沫之陳〉共見於《上博簡（四）》、《安大簡（二）》。在 2004 月 12 月正式出版《上博簡（四）》，當中〈曹沫之陳〉就收錄於《上博簡（四）》，李零根據《上博簡（四）・曹沫》簡 2 背「敓蔑之戰」而定名作「曹沫之陳」。根據李零之整理，《上博簡（四）・曹沫》共有 65 支竹簡，當中 45 支整簡、20 支殘簡，經學界重新綴合、編聯後，可以知道《上博簡（四）・曹沫》未必有 65 支竹簡。《上博簡（四）・曹沫》共有三道編聯，除簡 1、簡 19 並無清楚的契口之外，絕大多數的竹簡之右側會有契口，且契口位置絕大部分在竹簡的上、中、下，偶有省略契口者。完簡長約 49.8 公分，寬 0.5 公分，滿簡書寫約 33 字。全篇字跡首尾一致，應為同一位書手完成。〔註 8〕

《上博簡（四）・曹沫》至公布以來已有 19 年之久，《安大簡（二）》又再一次收錄〈曹沫之陳〉。在 2015 年 1 月，安徽大學漢字發展與應用研究中心入藏一批竹簡，這批竹簡並非考古出土，經初步整理，《安大簡》共有 1167 個編號，總整保存良好，完簡甚多，字跡清晰，後經北京大學加速器質譜實驗室對這批竹簡進行碳 14 檢測，測定年代為距今約 2280 年左右，屬戰國早中期。竹簡內容基本上都是書籍類文獻，如已公布的《安大簡（一）・詩經》，以及未公布的資料包括楚史類、楚辭類、諸子類等等。〔註 9〕在 2022 年 4 月又再次公布《安大簡（二）》，當中之內容有〈仲尼曰〉、〈曹沫之陳〉，經歷 19 年之久，又再次出現〈曹沫之陳〉之內容，顯然可見〈曹沫之陳〉該篇在先秦時期當是一篇舉足輕重的先秦文獻。經《安大簡》整理團隊之整理，《安大簡（二）・曹沫》共有三道編聯，契口位置絕大部分在竹簡的上、中、下，全簡首尾留白，除了簡 15 頂格書寫，簡背有劃痕且偏居於竹簡之下端。簡 22 背、簡 26 背、簡 28 背、簡 33 背、簡 35 背、簡 43 背皆有書寫痕跡，可是字形已漫漶不清，根據可辨識之字形來看，應該與正文內容有關。《安大簡（二）・曹沫》原來 46 支竹簡，

〔註 8〕馬承源主編：《上海博物館藏戰國楚竹書（四）》（上海：上海古籍出版社，2004 年），頁 241。

〔註 9〕黃德寬：〈安徽大學藏戰國竹簡概述〉，《文物》第 9 期（2017 年），頁 54～59。

經綴合、編聯後共有 44 支竹簡，其中完簡共有 30 支竹簡，缺失了 2 支竹簡。完簡長約 48.5 公分，寬 0.7 公分，滿簡書寫約 38 字。全篇字跡除簡背之文字外，字跡首尾一致，應是同一位書手完成。〔註10〕

　　上文已論及《上博簡（四）·曹沫》、《安大簡（二）·曹沫》兩個版本屬「同本異文」，這樣就會面臨「趨同」、「立異」兩種立場。裘錫圭〈中國古典學重建中應該注意的問題〉說了這樣一段話：

> 在將簡帛古書與傳世古書（包括同一書的簡帛和傳本）相對照的時候，則要注意防止不恰當的「趨同」和「立異」兩種傾向。前者主要指將簡帛古書和傳世古書中意義本不相同之處說成相同，後者主要將簡帛古書和傳世古書中彼此對應的、意義相同或很相近的字說成意義不同。〔註11〕

裘文中提到「趨同」與「立異」是我們在對讀簡帛古書與傳世古書（包括同一書的簡帛和傳本）中經常遇到的問題。這類問題有時候答案很明確，不難判斷。而有時候則需要綜合考慮字形、語法、文義及作者的思想等多方面因素來考慮，反復斟酌，慎重取捨。

第三節　文獻回顧

　　由於《上博簡（四）·曹沫》公布已有 19 年之久，關於《上博簡（四）·曹沫》之學位論文、單篇論文眾多，不能一一羅列。讀者若要查閱《上博簡（四）·曹沫》之考釋意見，可以參閱俞紹宏、張青松編著的《上海博物館藏戰國楚簡集釋（第四冊）》第九章〈曹沫之陳〉節。〔註12〕由於本論文主要針對《安大簡（二）·曹沫》與《上博簡（四）·曹沫》兩種版本異文的問題，故只羅列與之相關的學位論文、單篇論文（包括網絡論文、期刊、論文集）、學術論壇。依據筆者整理，學界目前暫未有學位論文，單篇論文則有 20 篇，學術論壇則有一條，詳細之發表目錄會依照時間作順序並羅列如下：

〔註10〕安徽大學漢字發展與應用研究中心編，黃德寬、徐在國主編：《安徽大學藏戰國竹簡（二）》（上海：中西書局，2022 年），頁 53、214～216。

〔註11〕裘錫圭：〈中國古典學重建中應該注意的問題〉，收入氏著：《中國出土古文獻十講》（上海：復旦大學出版社，2004 年），頁 8。

〔註12〕俞紹宏、張青松編著：《上海博物館藏戰國楚簡集釋》第 4 冊（北京：社會科學文獻出版社，2019 年），頁 213～343。

（一）單篇論文

1. 李鵬輝：〈據安徽大學藏戰國竹簡《曹沫之陳》談上博簡相關簡文的編聯〉，《文物》第 3 期（2022 年），頁 80～84。

2. 洪波：〈《安徽大學藏戰國竹簡》（二）獻芻及其他〉，《漢字漢語研究》第 3 期（2022 年），頁 17～22。

3. 李家浩：〈上博楚簡《曹沫之陳》「復盤戰」一段文字義疏〉，載安徽大學漢字發展與應用研究中心編，徐在國主編：《戰國文字研究》第 5 輯（合肥：安徽大學出版社，2022 年），頁 49～68。

4. 侯瑞華：〈《曹沫之陳》對讀三則〉，武漢網，2022 年 9 月 15 日。

5. 劉嘉文：〈《安大簡（二）·曹沫之陣》中的「盤」字補說〉，武漢網，2022 年 9 月 20 日。

6. 侯瑞華：〈試說安大簡《曹沫之陳》簡 30 从衣从土之字〉，武漢網，2022 年 11 月 13 日。

7. 陳斯鵬：〈談談安大簡《曹蔑之陣》中的幾處訛字〉，載中國文字學會、南通大學文學院：《中國文字學會第十一屆學術年會論文集》（2022 年），頁 82～90。

8. 范常喜：〈安大簡《曹沫之陳》札記二則〉，載安徽大學漢字發展與應用研究中心、山東大學文學院主辦：《戰國文字研究青年學者論壇論文集》（2022 年），頁 48～57。

9. 袁金平：〈說安大簡《曹沫之陳》釋為「早」的字〉，載安徽大學漢字發展與應用研究中心編，徐在國主編：《戰國文字研究》第 7 輯（合肥：安徽大學出版社，2023 年），頁 66～73。

10. 滕勝霖：〈安大簡《曹沫之陣》「盤」補說〉，載安徽大學漢字發展與應用研究中心編，徐在國主編：《戰國文字研究》第 7 輯（合肥：安徽大學出版社，2023 年），頁 74～75。

11. 張秀華：〈《曹沫之陳》「飭」「詑」釋義〉，《古籍整理研究學刊》第 2 期（2023 年），頁 101～104。

12. 張瀚文：〈安大簡《曹沫之陳》「復盤戰之道」瑣議〉，武漢網，2023 年 5 月 5 日。

13. 王勇：〈釋安大簡《曹沫之陳》「邦家以慶」、「明詑於鬼神」、「吾言氏不

女」〉，武漢網，2023 年 5 月 16 日。

14. 高師佑仁：〈安大簡《曹沫之陳》補釋〉，（待刊於《興大人文學報》）。

15. 高師佑仁：〈談《曹沫之陳》「民有寶」一段釋讀〉，《中國文字》總第 9 期（2023 年），頁 101〜109。

16. 沈奇石：〈《曹沫之陣》與傳世軍事文獻合證兩則〉，《中國文字研究》第 37 輯（2023 年），頁 53〜57。

17. 劉新全：〈據《左傳》校讀《曹沫之陣》「復盤戰」問對〉，載西北師範大學文學院簡牘研究中心：《第二屆簡牘學與出土文獻語言文字研究學術研討會論文集》（2023 年），頁 352〜359。

18. 程邦雄、錢晨：〈安大簡《曹沫之陣》裏的「🔲」〉，《古漢語研究》第 3 期（2023 年），頁 2〜7。

19. 劉嘉文：〈談《安大簡（二）‧曹沫》之形近訛字二則〉，武漢網，2023 年 8 月 30 日。

20. 袁金平：〈據安大簡《曹沫之陣》「聑」字異體談春秋金文「𢑑變」的讀法〉，《安徽大學學報（哲學社會科學版）》第 5 期（2023 年），頁 78〜81。

（二）學術論壇

1. 武漢網簡帛論壇：〈安大簡《曹沫之陳》初讀〉，網址：http://www.bsm.org.cn/forum/forum.php?mod=viewthread&tid=12728&extra=&page=1。

第四節　研究方法

由於《上博簡》、《安大簡》是以戰國文字書寫，初步工作就是釋文及訓讀的釐訂，故需要利用大量古文字考釋研究方法以疏通簡文。于省吾言：「古文字是客觀存在的，有形可識，有音可讀，有義可尋。其形、音、義之間是相互聯繫的。而且，任何古文字都不是孤立存在的。我們研究古文字，既應注意每一字本身的形、音、義三方面的相互關係，又應注意每一字和同時代其它字的橫的關係，以及它們在不同時代的發生、發展和變化的縱的關係。」〔註13〕漢字經歷數千年之歷史，字之形、音、義三方面都有很大的改變，如果不識當中之古漢字，就難以了解簡文之義理，故文字考釋是十分重要的首要工作。

〔註13〕于省吾：《甲骨文字釋林》（北京：中華書局，2010 年），頁 3。

（一）古文字考釋

在考釋文字上，前輩學者如高明、唐蘭、于省吾等提出了他們的研究方法，本文主要擬參唐蘭所提出的對照法（比較法）、推勘法、偏旁分析法、歷史考證法以研究簡牘文字：一、對照法，即是把未識字與已識字作對比參照，若形體相似者，就可以從已識字來推測未識字；二、推勘法，即是字形不確定或難考者，從上下文義來推勘該字有可能為某字；三、偏旁分析法，即是分析文字之偏旁，透過已識之偏旁結構來掌握該字之字形或探求疑難字；四、歷史考證法，即是探求文字演變脈絡以考釋古文字。

（二）古音通假

先秦文字有大量通假之情況，在探求文字通假問題上，應以嚴謹之學術態度來說明。本字與通假字之間應當在「聲紐」、「韻部」皆需接近，並附有古書、字書、楚簡的通假例子作佐證，也需要注意開合口問題。聲紐之部分主要依據黃侃古聲十九紐之說，韻部之部分則主要依據王力三十部之說。

第貳章 〈曹沫之陳〉題解及釋譯

第一節 題 解

〈曹沫之陳〉的篇名與內容，最早見於李零《簡帛古書與學術源流》一書，不過該書中只提及篇名，並沒有任何內容。在《上博簡（四）》尚未公布之前，其中一位《上博簡》整理者濮茅左又曾透露該篇篇名，將之稱為〈曹沫之陣〉，[註1] 後來李零又在其著作稱之為〈曹沫之陳〉或〈敔蔑之陳〉，[註2] 可見在人名或「陳」與「陣」之使用上皆未有定案。直到《上博簡（四）》正式公布，負責該篇之《上博簡》整理者李零正式定名作〈曹沫之陳〉。最大之原因在於《上博簡（四）‧曹沫》簡 2 背（參右圖）本有篇題，字隸定作「敔蔑之戰」，並釋讀作「曹沫之陳」，學界對於李零之定名基本信從，只是有些學者把「戰」字改讀作「陣」，其理由在於今天都是使用「軍陣」之「陣」而不用「陳」。[註3] 後來《安大簡（二）》出版後，由於《安大簡（二）‧曹沫》本無篇題，《安大簡》整理者認為《上博簡（四）‧曹沫》、《安大簡（二）‧曹沫》兩個版本在內容上

[註1] 濮茅左：〈《孔子詩論》簡序解析〉，載上海大學古代文明研究中心、清華大學思想文化研究所編：《上博館藏戰國楚竹書研究》（上海：上海書店出版社，2002 年），頁 14。

[註2] 李零：《簡帛古書與學術源流》（北京：生活‧讀書‧新知三聯書店，2004 年），頁 373；李零：〈中國歷史上的恐怖主義：刺殺和劫持〉，《讀書》第 11 期（2004 年），頁 14。

[註3] 高師佑仁：《《上海博物館藏戰國楚竹書（四）‧曹沫之陣》研究》上冊（臺北：花木蘭文化出版社，2008 年），頁 4。

基本相同，僅有個別文字略有不同，故直接沿用《上博簡》整理者李零之定名，亦擬定作〈曹沫之陳〉。〔註4〕上文提及有學者擬改「陳」作「陣」，筆者認為亦無不可，只是傳世古書、出土文獻皆有用「陳」字表示「戰陣」義，如《孫子・軍爭》：「勿擊堂堂之陳」、〔註5〕《銀雀漢簡・孫臏・八陳》簡4：「用八陳（陣）戰者」。〔註6〕而且為表示尊重《上博簡》整理者李零之定名，故本文亦沿用〈曹沫之陳〉之篇名。

〈曹沫之陳〉為一部兵書，其內容是春秋時期魯莊公與曹沫之對話，藉此帶出曹沫對於天命、修政、戰爭之看法。〈曹沫之陳〉可分為兩大內容——「論政」、「論兵」，再細分可作八個主題：「莊公問政」、「論問陳、守邊城」、「論三教」、「論為親、為和、為義」、「論用兵之幾」、「論敗戰、盤戰、甘戰、苦戰」、「論善攻、善守」及「論三代之所」，學界以往把「論為親、為和、為義」拆分作「論為親、為和、為義」、「論勿兵以克」，可是我們可以知道「論為親、為和、為義」章與「論勿兵以克」兩大章節彼此相關，當魯莊公問曹沫「為義如之何」，曹沫回答「戰有顯道，勿兵以克」，莊公再追問曹沫「勿兵以克奚如」。接下來莊公就是問「用兵之幾」，把「勿兵以克」章獨立為一章節似有不合理之處。

〔註4〕安徽大學漢字發展與應用研究中心編，黃德寬、徐在國主編：《安徽大學藏戰國竹簡（二）》（上海：中西書局，2022年），頁53。

〔註5〕〔春秋〕孫武撰，〔三國〕曹操等注，楊丙安校理：《十一家注孫子校理》（北京：中華書局，2012年），頁191。

〔註6〕山東博物館、中國文化遺產研究院編，張海波整理：《銀雀山漢墓簡牘集成〔貳〕》（北京：文物出版社，2021年），頁24。

整體來說，〈曹沫之陳〉對於研究春秋魯國歷史、古代兵法、軍事制度、文字構形等方面均有很大的助益。

第二節　《上博簡》釋文

敓（曹）蔑（沫）之戟（陳）【2背】

（一）「莊公問政」章

魯臧（莊）公爲大鐘，型既成矣，敓（曹）蔑（沫）內（入）見，曰：「昔周室之邦魯，東西七百，南北五百，非（彼）【1】山非（彼）澤，亡（無）又（有）不民。今邦憗（彌）少（小）而鐘愈大，君亓（其）悫（圖）之也。昔堯（堯）之卿（饗）螜（舜）也，飯於土韜（簋），欲〈歠（歠）〉於土型（鉶），【2正】而攺（撫）又（有）天下。此不貧於敓（美）福（富）於悳（德）與（歟）？昔周室【3】又（有）戒言曰：『弇尔（爾）正祉，不弇而或墅（興），或康呂（以）兇（凶），【37下】保竸（境）必奰（勝），可呂（以）又（有）悡（治）邦。』《周等（志）》是鷹（存）。」臧（莊）公曰：【41】「今天下之君子既可智（知）巳，箮（孰）能并（併）兼人【4】才（哉）？」敓（曹）蔑（沫）曰：「君亓（其）毋員（愼）。臣翻（聞）之曰：『惢（鄰）邦之君明，則不可呂（以）攸（修）政而善於民。不肰（然），忢（恐）亡女（焉）。【5】惢（鄰）邦之君亡（無）道，則亦不可呂（以）不攸（修）政而善於民。不肰（然），亡（無）呂（以）取之。』」臧（莊）公曰：「昔沱（施）胉（伯）語募（寡）人曰：【6】『君子昙（得）之蓬（失）之，天命。』今異於而（爾）言。」敓（曹）蔑（沫）曰【7上】：「亡（無）呂（以）異於臣之言。君弗爭（盡）。臣翻（聞）之曰：『君【8下】子呂（以）毆（賢）奄（稱）而遴（失）之，天命；呂（以）亡（無）道奄（稱）而旻（沒）身遷（就）茪（世），亦天命。』不肰（然），君子呂（以）毆（賢）奄（稱），害（曷）又（有）弗【9】昙（得）？呂（以）亡（無）道奄（稱），害（曷）又（有）弗遴（失）？」臧（莊）公曰：「曼（晚）才（哉），虖（吾）翻（聞）此言。」乃命毀鐘型而聖（聽）邦政。不晝【10】寈（寢），不歆＝（歆酒），不聖（聽）樂。居不墊嫛（文），飤（食）不戝（貳）盬（羹），【11】兼忢（愛）蓂（萬）民，而亡（無）又（有）厶（私）也。

（二）「論問陳、守邊城」章

還年而腒（問）於敀（曹）【12】蔑（沫）：「虗（吾）欲與齊戗（戰），腒（問）戗（陳）枀（奚）女（如）？戰（守）鄝（邊）城枀（奚）女（如）？」敆（曹）蔑（沫）含（答）曰：「臣腒（聞）之：『又（有）固愳（謀），而亡（無）固城。【13】又（有）克正（政），而亡（無）克戗（陳）。』三弋（代）之戗（陳）皆鷹（存）。或呂（以）克，或呂（以）亡。虗（且）臣腒（聞）之：『少（小）邦屄（居）大邦之鬮（間），啻（敵）邦【14】交墬（地），不可呂（以）先复（作）悄（怨）。』疆墬（地）母（毋）先而必取□女（焉），所呂（以）佢（拒）鄝（邊）；母（毋）恋（愛）貨資、子女，呂（以）事亓（其）【17】俊（便）遟（嬖），所呂（以）佢（拒）內；城亯（郭）必攸（修），纏（繕）麖（甲）利兵，必又（有）戗（戰）心呂（以）獸（守），所呂（以）爲倀（長）也。虗（且）臣之腒（聞）之：『不和【18】於邦，不可呂（以）出餘（舍）。不和於餘（舍），不可呂（以）出戗（陳）。不和於戗（陳），不可呂（以）戗（戰）。』是古（故）夫戗（陳）者，三季（教）之【19】末。君必不巳（已），則縣（由）亓（其）杲（本）虖（乎）？」

（三）「論三教」章

臧（莊）公曰：「爲和於邦女（如）之可（何）？」敀（曹）蔑（沫）含（答）曰：「母（毋）稴（獲）民峕（時），母（毋）敓（奪）民利。【20】繻（陳）攻（功）而飤（食），坓（刑）罰又（有）辠（罪），而賞篸（爵）又（有）悳（德）。凡畜羣臣，貴戔（賤）同戈（等），{髟（施）}彔（祿）母（毋）倍（倍）。《詩》於又（有）之曰：『幾（愷）【21】屖（悌）君子，民之父母。』此所呂（以）爲和於邦。」臧（莊）公曰：「爲和於餘（舍）女（如）可（何）？」敆（曹）蔑（沫）曰：「三軍{大}出，君自衛（率），【22】必又（有）二牁（將）軍；母（毋）牁（將）軍，必又（有）嚳（數）辟（嬖）夫=（大夫）；母（毋）俾（嬖）夫=（大夫），必又（有）嚳（數）大官之市（師）、公孫公子。凡又（有）司衛（率）倀（長）【25】民者，毋（無）囟（攝）篸（爵），母（無）佾（御）軍，母（無）辟（避）辠（罪），甬（同）都{而}季（教）於邦【37上】則亓（期）會之不難，所呂（以）爲和於餘（舍）。」牁（莊）公或（又）腒（問）：【23下】「爲和於戗（陳）女（如）可（何）？」含（答）

曰：「車閜（間）宍（容）伍=（伍，伍）閜（間）宍（容）兵，貴【24上】立（位）至（重）飤（食），思（使）爲牂（前）行。三行之逡（後），句（苟）見耑（短）兵，攴（什）【30】五（伍）之閜（間）必又（有）公孫公子，是胃（謂）軍紀。五人吕（以）敓（伍），天=（一人）【26】又（有）多，四人皆賞，所吕（以）爲勦（敦）。毋上（尚）蒦（獲）而上（尚）䎽（聞）命，【62】所吕（以）爲母（毋）退。銜（率）車吕（以）車，銜（率）徒吕（以）徒，所吕（以）同死【58】於民。」臧（莊）公曰：「此三者足吕（以）戰（戰）虍（乎）？」含（答）曰：「戒敚（勝）【49】怠（怠），果敚（勝）矣（疑），辟（親）銜（率）敚（勝）史（使）人，不辟（親）則不繛（敦），不和則不㒳〈昌（輯）〉，不悆（義）則不備（服）。」

（四）「論為親、為和、為義」章

臧（莊）公{或（又）}曰：「爲辟（親）女（如）【33】可（何）？」含（答）曰：「君母（毋）蝁（憚）自裝（勞），吕（以）觀卡=（上下）之青（情）憍（偽）；佖（四）夫募（寡）婦之獄訶〈訟〉，君必身聖（聽）之。又（有）智（知）不足，亡（無）所【34】不中，則民斳（親）之。」臧（莊）公或（又）䎽（問）：「爲和女（如）可（何）？」含（答）曰：「母（毋）辟（嬖）於佞（便）俾（嬖），母（毋）倀（黨）於父趕（兄），賞塈（均）聖（聽）中，則民【35】和之。」臧（莊）公或（又）䎽（問）：「爲義〈義〉女（如）可（何）？」含（答）曰：「繛（陳）攻（功）尚（尚）殹（賢）。能綏（治）百人，史（使）倀（長）百人；能綏（治）三軍，思（使）銜（帥）。受（授）【36】又（有）智，舍（予）有能，則民宜（義）之。虘（且）臣䎽（聞）之：『卒（卒）又（有）倀（長）、三軍又（有）銜（帥）、邦又（有）君，此三者所吕（以）戰（戰）。』是古（故）倀（長）【28】不可不慭（慎）。不卒（卒）則不亙（恆），不和則不㒳（輯），不兼（嚴）畏（威）【48】則不敚（勝）。卒（卒）谷（欲）少吕（以）多，少則惥（易）敓（察），气（氣）成（盛）則惥（易）【46下】會。古（故）銜（帥）不可思（使）牪=（牪，牪）則不行。戰（戰）又（有）㬎（顯）道，勿兵吕（以）克。」臧（莊）公曰：「勿兵吕（以）克奚（奚）女（如）？」含（答）曰：「人之兵【38】不砥礴（礪），我兵必砥礴（礪）。人之㕛（甲）不緊（堅），我㕛（甲）必緊（堅）。人史（使）士，我史（使）夫=（大夫）。人史

（使）夫=（大夫），我史（使）牆（將）軍。人【39】史（使）牆（將）軍，
我君身進。此戠（戰）之）昊（顯）道。」

（五）「論用兵之幾」章

牆（莊）公曰：「既成善（教）矣，出市（師）又（有）幾虖（乎）？」含
（答）曰：「又（有）。臣翻（聞）之：『三軍出，【40】亓（其）遲（將）遱（卑），
父躍（兄）不廳（存），縣（由）邦駜（御）之，此出市（師）之幾。』」臧（莊）
公或（又）翻（問）：「三軍彎（捷）果又（有）幾虖（乎）？」含（答）曰：
「又（有）。臣翻（聞）【42】之：『三軍未成戠（陳），未｛可呂（以）出｝豫
（舍），行堅凄（濟）障（險），此彎（捷）果之幾。』」臧（莊）公或（又）翻
（問）：「戠（戰）又（有）幾虖（乎）？」含（答）曰：「又（有）。亓（其）
去（去）之【43】不遬（速），亓（其）遑（就）之不專（傅），亓（其）堅〈啟〉
節不疾，此戠（戰）之幾。是古（故）矣（疑）戠（陳）敃（敗），矣（疑）戠
（戰）死。」臧（莊）公或（又）翻（問）：「既戠（戰）又（有）幾虖（乎）？」
【44】含（答）曰：「又（有）。亓（其）賞讖（輕？）虞（且）不中，亓（其）
誑（誅）至（重）虞（且）不訳（察），死者弗收，剔（傷）者弗翻（問），既
戠（戰）而又（有）怨=（怨心），此既戠（戰）之幾。」

（六）「論敗戰、盤戰、甘戰、苦戰」章

臧（莊）【45】公或（又）翻（問）曰：「遧（復）敃（敗）戠（戰）又（有）
道虖（乎）？」含（答）曰：「又（有）。三軍大敃（敗），【46上】母（毋）誑
（誅）而賞，母（毋）皋（罪）百眚（姓），而改（改）亓（其）遲（將）。君
女（如）牌（親）衛（率），【27】乃自悤（過）呂（以）敚（悅）蘁（萬）民。
弗琤（狎）正（危）壟（地），母（毋）火飤（食）。【63上】死者收之，剔（傷）
者翻（問）之，善於死者爲生者。君【47】必聚罿又（有）司而告之｛曰｝：
『二厽（三）子亝（勉）之。悤（過）不才（在）子才（在）【23上】募（寡）
人。虗（吾）戠（戰）酓（敵）不訓（順）於天命。』反（返）市（師），牆
（將）遧（復）戠（戰），【51下】必訋（召）邦之貴人及邦之可（奇）士，厽
（御）窣（卒）史（使）兵，母（毋）遧（復）耂（前）【29】棠（常）。凡貴
人囚（使）尻（處）耂（前）立（位）一行。遬〈退〉則見亡，進【24下】則
彔（祿）簊（爵）又（有）棠（常）。幾莫之堂（當）。」臧（莊）公或（又）

昏（問）：「逶（復）盤戰（戰）又（有）道虖（乎）？」含（答）曰：「又（有）。既戰（戰）逶（復）餘（舍），虖（號）命（令）於軍中【50】曰：『纏（繕）廞（甲）利兵，明日酒（將）戰（戰）。』則（測）胾（死？）尾（度）剔（傷），呂（以）盤遺（就）行，【51上】｛凡｝遙（失）車廞（甲），命之母（毋）行。昍＝（明日）酒（將）戰（戰），思（使）爲蒡（前）行。牒（諜）人【31】坌（來）告曰：『亓（其）遙（將）銜（帥）尃（盡）剔〈飤（食）〉，載（車）連（輦）皆栽（載），曰酒（將）槑（早）行。』乃【32上】命白徒：『槑（早）飤（食）烖（供）兵，各載尔（爾）贊（藏）。』既戰（戰）酒（將）盩〈擊（擊）〉，爲之【32下】母（毋）忿（怠），母（毋）思（使）民矣（疑）。汲（及）尔（爾）龜箸（筮），皆曰弅（勝）之。改（改）縶（祈）尔（爾）鼓，乃遙（失）亓（其）葆〈備（服）〉，明日逶（復）戟（陳），必迖（過）亓（其）所。此逶（復）【52】盤戰（戰）之道。」臧（莊）公或（又）昏（問）：「逶（復）甘戰（戰）又（有）道虖（乎）？」含（答）曰：「又（有）。必【53上】愬（慎）呂（以）戒，如酒（將）弗克，母（毋）冒呂（以）迬（陷），必迖（過）蒡（前）攻。【60下】賞獲（獲）詣（示）孳（蒠），呂（以）悆（勸）亓（其）志。埇（勇）者憙（喜）之，充者愳（悔）之，蘲（萬）民、【61】鰲（黔）首皆欲或（有）之。此（復）甘戰（戰）之道。」臧（莊）公或（又）昏（問）【53下】曰：「逶（復）故（苦）戰（戰）又（有）道虖（乎）？」含（答）曰：「又（有）。收而聚之，羸（束）而厚之。賍（重）賞泊（薄）垚（型），思（使）忘亓（其）死而見亓（其）生。思（使）良【54】車、良士徍（往）取之餌。思（使）亓（其）志起（起），戟（勇）者思（使）憙（喜），孳（蒠）者思（使）唇（悔），狀（然）句（後）改（改）訂（怠）。此逶（復）故（苦）戰（戰）之道。」

（七）「論善攻、善守」章

臧（莊）公或（又）昏（問）：【55】「善攻者粲（奚）女（如）？」含（答）曰：「民又（有）寶（寶），曰城，曰固，曰蔽（阻）。三者尃（盡）甬（用）不皆（稽），邦豪（家）呂（以）佷（宏／雄）。善攻者必呂（以）亓（其）【56】所又（有），呂（以）攻人之所亡（無）又（有）。」臧（莊）公曰：「戳（守）者粲（奚）女（如）？」含（答）曰：【57】「亓（其）飤（食）足呂（以）飤

（食）之，亓（其）兵足呂（以）利之，亓（其）城固【15】足呂（以）戎（捍）之，卡=（上下）和虘（且）咠（輯），緯（解）紀於大=𠦝=（大〈國〉，大〈國〉）新（親）之，天下【16】亓（欺）志{=}（之心）者募（寡）矣。」臧（莊）公或（又）翻（問）：「虐（吾）又（有）所翻（聞）之：一【59】出言三軍皆慫（勸），一出言三軍皆逞（往），又（有）之虖（乎）？」含（答）曰：「又（有）。明【60上】飤於魂（鬼）神軯（振）武，非所呂（以）善（教）民，唯君〔亓（其）〕智（知）之。此【63下】先王之至道。

（八）「論三代之所」章

臧（莊）公曰：「蔑（沫），虐（吾）言氏（寔）而不女（如），或者少（小）道與（歟）？虐（吾）一谷（欲）翻（聞）三弋（代）亩=（之所）。」敔（曹）蔑（沫）含（答）曰：「臣翻（聞）之：『昔之明王之记（起）【64】於天下者，各呂（以）亓（其）殜（世），呂（以）及亓（其）身。』今與古亦多【65上】不同矣，臣是古（故）不敢呂（以）古含（答）。肰（然）而古亦【7下】又（有）大道女（焉），必共（恭）儉（儉）呂（以）旻（得）之，而鴍（驕）大（泰）呂（以）逢（失）之。君亓（其）【8上】亦隹（唯）翻（聞）夫墅（禹）、康（湯）、傑（桀）、受（紂）矣。」【65下】

第三節　《安大簡》釋文

（一）「莊公問政」章

魯臧（莊）公爲大鐘，型既成矣，敔（曹）蔑（沫）內（入）見，曰：「昔周室之坅（封）遨（魯）也，東西七百，南北五百，非（彼）山非（彼）澤，岂（無）又【1】（有）不民。含（今）坅（邦）彌（彌）少（小）而鐘愈大，君亓（其）蒼（圖）之也。昔堯（堯）之卿（饗）坴（舜）也，飯於土輨（簋），歠（歠）於土型（鉶），而它（撫）又（有）天下，此不貧於散〈散（美）〉【2】而買（富）於惪（德）與（歟）？昔周室又（有）戒言曰：『牪尔（爾）正江，不牪而或興，或康呂（以）兇（凶），保弢（疆）必夤（勝），可呂（以）又（有）絅（治）邦。』《周旹（志）》【3】是鹰（存）。」臧（莊）公曰：「今天下之君子既可智（知）巳，箐（孰）能并（併）兼人才（哉）？」敔（曹）蔑（沫）曰：「君亓（其）毋員（惛）。臣翻（聞）之曰：『篸（鄰）邦之君明，則【4】不可

呂（以）攸（修）政而善於民。不肰（然），忎（恐）亡女（焉）。笶（鄰）邦之君亡（無）道，則亦不可呂（以）不攸（修）政而善於民。不肰（然），亡（無）呂（以）取之。」【5】臧（莊）公曰：「昔沱（施）胉（伯）語募（寡）人曰：『君子旻（得）之逢（失）之，天命。』含（今）異於而（爾）言。」敔（曹）蔑（沫）曰：「無呂（以）異於臣之言也，君弗麦〈聿（盡）〉。臣翻（聞）之曰：「君【6】子呂（以）叚（賢）愛（稱）而逢（失）之，天命；呂（以）無道愛（稱）而叟（沒）身邊（就）殜（世），亦天命。不肰（然），孞=（君子）呂（以）叚（賢）愛（稱），害（曷）又〈又（有）〉弗旻（得）？呂（以）無道愛（稱），害（曷）又（有）逢（失）？」臧（莊）公曰：「叚〈曼（晚）〉【7】才（哉），虔（吾）翻（聞）此言。」乃命毀鐘型而聖（聽）邦正（政）。不畫誡（寢），不酓=（飲酒），不聖（聽）樂，居不褻（襲）㫚（文），釳（食）不啻（貳）盤（羹），兼恶（愛）萬民，天〈而〉亡（無）又（有）厶（私）也。

（二）「論問陳、守邊城」章

還年【8】而畣（問）於敔（曹）蔑（沫）曰：「虔（吾）欲與齊戥（戰），翻（問）戈（陳）緅（奚）女（如）？獣（守）鄝（邊）城緅（奚）女（如）？」敔（曹）蔑（沫）含（答）曰：「臣翻（聞）之：又（有）固愳（謀）而亡（無）固城；又（有）克正而亡（無）克戈（陳）。【9】三弋（代）之戈（陳）聿（盡）鷹（存）。或呂（以）卓〈克〉，或呂（以）亡。虔（且）臣之翻（聞）之：少（小）邦凥（居）大邦之閟（間），啻（敵）邦立〈交〉陀（地），不可呂（以）先𩇕（作）惄（怨），疆埅（地）毋（毋）先而必取口【10】女（焉），所呂（以）任〈佢（拒）〉㣇〈鄝（邊）〉；毋否〈恶（愛）〉貨贅（資）、子女，呂（以）事亓（其）俊（便）遱（嬖），所呂（以）任〈佢（拒）〉內；成（城）臯（郭）必攸（修），纏（繕）㝷（甲）利兵，必又（有）戥（戰）心以戰〈獣（守）〉，所呂（以）爲倀（長）也。虔（且）臣之【11】翻（聞）之：不和於邦，不可呂（以）出鍒〈豫（舍）〉。不和於鍒〈豫（舍）〉，不可呂（以）出戈（陳）。不和於戈（陳），不可呂（以）出戥（戰）。是古（故）夫戈（陳）者，三嗇（教）之末。君必不已（已），則【12】緜（由）亓（其）杲（本）虖（乎）？」

（三）「論三教」章

臧（莊）公曰：「爲龢〈和〉於邦女（如）可（何）？」，敔（曹）蔑（沫）

含（答）曰：「毋稼（穡）民告（時），毋斂（奪）民利。緟（陳）红（功）而飤（食），型（刑）罰又（有）辠（罪），而賞篝（爵）又（有）惪（德）。凡畜【13】羣臣，貴佞（賤）同峀〈峑（等）〉，髣（施）彔（祿）毋偪（倍）。《詩》於又（有）之曰：『幾（愷）俤（悌）君子，民之父毋（母）。』此所吕（以）爲和於邦。」臧（莊）公曰：「爲和於澮（舍）女（如）之可（何）？」菣（曹）蔑（沫）曰：【14】「三軍大出，君自衔（率），必又（有）二牁（將）軍；毋牁（將）軍，必又（有）睾（數）遱（嬖）夫＝（大夫）；毋遱（嬖）夫＝（大夫），必又（有）睾（數）大官之帀（師）、公孫、公子。凡又（有）司衔（率）倀（長）民者，【15】毋角〈図（攝）〉篝（爵），毋彾〈毋〉（御）軍，而〈毋〉辟（避）辠（罪），同都而蚃（教）於邦則亓（期）會〈會〉之不難，所吕（以）爲和於澮（舍）。」臧（莊）公或（又）餌（問）：「爲和於戠（陳）女（如）之可（何）？」含（答）曰：「車【16】闕（間）宊（容）伍＝（伍，伍）闕（間）宊（容）兵，貴位至（重）飤（食），思（使）爲耑（前）行。厽（三）行之浚（後），句（苟）見耑（短）兵，攷（什）五（伍）之闕（間），必又（有）公孫、公子，是雩〈胃（謂）〉軍紀。五人吕（以）敔（伍），【17】天＝（一人）又（有）多，四人皆賞，所吕（以）爲劗（敦）。毋止（尚）腜（獲）天〈而〉止（尚）餌（聞）命，所吕（以）爲毋退。遱（將）車吕（以）車，衔（率）徒吕（以）徒，所吕（以）同死於民。」臧（莊）公曰：「此三者，足吕（以）【18】戠（戰）虞（乎）？」含（答）曰：「戒奔（勝）怠（怠），果奔（勝）惫（疑），辟（親）衔（率）奔（勝）史（使）人，不辟（親）則不劗（敦）也，不和則不㠯〈耳（輯）〉，不義則不備（服）。」

（四）「論爲親、爲和、爲義」章

臧（莊）公或（又）餌（問）：「爲颣（親）女（如）可（何）？」含（答）曰：【19】「君毋罟（憚）自芺〈芺（勞）〉，吕（以）鉤（觀）上（上）下之情爲（僞）；似（四）夫募（寡）婦之獄訟，君必身聖（聽）之。又智（知）不足，亡（無）所不中，則民颣（親）之。」臧（莊）公或（又）餌（問）【20】：「爲和女（如）可（何）？」含（答）曰：「毋辟（嬖）於迻（便）遱（嬖），毋倘（黨）於父踔（兄），賞蛋（均）聖（聽）中，則民和之。」或（又）餌（問）：「爲義女（如）之可（何）？」含（答）曰：「緟（陳）红（功）上（尚）

臤（賢）。能絩（治）【21】百人，囟（使）倀（長）百人；能絩（治）三軍，囟（使）銜（帥）。受（授）又（有）智，舍（予）又（有）能，則民宜（義）之。虞（且）臣翻（聞）之：𢧣（卒）又（有）倀（長），三軍又（有）銜（帥），邦又（有）君，此三者，所呂（以）【22】戩（戰）也。是古（故）長不可不懃（慎）也。不𢧣（卒）則不迡（恆），不和則不邑〈耳（輯）〉，不兼（嚴）🔒〈畏（威）〉則不奃（勝）。𢧣（卒）欲少呂（以）多。少則悬（易）訣（察），气〈圪（氣）〉成（盛）則惕（易）合（合）。【23】是古（故）銜（帥）不可囟（使）犇＝（犇，犇）則不行。戩（戰）又（有）㬎（顯）道，勿兵呂（以）克。」臧（莊）公曰：「勿兵呂（以）克紧（奚）女（如）？」合（答）🦋〈曰〉：「人之兵不砡〈砥〉礪（礪），我兵必【24】砡〈砥〉礪（礪）。人之䊯（甲）不臤（堅），我䊯（甲）必臤（堅）。人史（使）士，我事（使）夫＝（大夫）。人事（使）夫＝（大夫），我事（使）牆（將）軍。人事（使）牆（將）軍，我君身進。此戩（戰）之㬎（顯）道也。」

（五）「論用兵之幾」章

臧（莊）公曰：「既【25】成善（教）矣，出帀（師）又（有）幾虖（乎）？」合（答）曰：「又（有）。臣翻（聞）之：三軍出，亓（其）遅（將）遲（卑），父踺（兄）不厝（存），繇（由）邦駿（御）之，此出帀（師）之幾也。」臧（莊）公或（又）翻（問）曰：「三軍【26】漸（捷）果又（有）幾虖（乎）？」合（答）曰：「又（有）。臣翻（聞）之：三軍未成戔（陳），未可呂（以）出餘（舍），行坅（阪）淒（濟）墼（險），此漸（捷）果之幾也。」臧（莊）公或（又）翻（問）曰：「戩（戰）又（有）幾虖（乎）？」合（答）曰：【27】「又（有）。亓（其）迲（去）之不遬（速），亓（其）邎（就）之不専（傅），亓（其）啟節不疾，此戩（戰）之幾。是古（故）悉（疑）戔（陳）敓（敗），夋（疑）戩（＝戰）死。」臧（莊）公或（又）翻（問）曰：「既戩（戰）又（有）幾虖（乎）？」【28】合（答）曰：「又（有）。亓（其）賞諿（輕）虞（且）不信，亓（其）貼（誅）貹（重）虞（且）不中。死者弗丩（收），戙（傷）者弗翻（問），既戩（戰）而又（有）恖＝（怠心），此既戩（戰）之幾。」

（六）「論敗戰、盤戰、甘戰、苦戰」章

臧（莊）公或（又）翻（問）曰：「遑（復）【29】敓（敗）戩（戰）又（有）

道虗（乎）？」酓（答）曰：「又（有）。三軍大敗（敗），毋跙（誅）而賞，毋
辠（罪）百眚（姓）而改（改）亓（其）遊（將）。君女（如）躳（親）衛（率），
乃自怣（過）吕（以）敓（悅）萬民，弗表〈哀（依）〉危（危）墬（地），【30】
毋火飤（食）。死者收之，戠（傷）者翻（問）之，善於死者爲生者。君必聚群
又（有）司而見之，曰：『二厽（三）子孛（勉）之。橤〈褍（過）〉不才（在）
子，才（在）募（寡）人，虗（吾）戰（戰）【31】啻（敵）不訓（順）於天命。』
反（返）帀（師），牆（將）復（復）戰（戰），必訋（召）邦之貴人及邦之可
（奇）士。彳（御）倅（卒）晢（延？）兵，毋遉（復）先常之。凡貴人囟（使）
尻（處）牀（前）立（位）一行。【32】遂〈退〉則見亡，進則彔（祿）隹（爵）
又（有）常，幾莫之瑩（當）。」臧（莊）公或（又）翻（問）曰：「遉（復）
㼱〈盤〉戰（戰）又（有）道虗（乎）？」酓（答）曰：「又（有）。既戰（戰）
遉（復）豫（舍），虗（號）命（令）於軍【33】中，曰：『纏（繕）庸（甲）
利兵，臬（明）日牆（將）戰（戰）。』測斯（死？）尾（度）則〈剔（傷）〉，
吕（以）盤遣（就）行，凡遬〈遻（失）〉車庸（甲），命之毋行。盟（明）日
牆（將）戰（戰），囟（使）爲牀（前）行。牒（諜）人窓（來）告曰：『亓（其）
【34】遊（將）衛（帥）既飤（食），軟〈軟（車）〉連（輦）皆載，曰牆（將）
塦〈彙（早）〉行。』乃命白徒彙（早）飤（食）戕（供）兵，各載尔（爾）
贇（藏）。既戰（戰）牆（將）博（搏），爲之毋忽（怠），毋囟（使）民惥（疑）。
及【35】尔（爾）龜筪〈筮（筮）〉，皆曰夋（勝）之。改（改）頵（禱）尔（爾）
鼓，乃遬〈遻（失）〉亓（其）爐（服）。盟（明）日遉（復）戟（陳），必怣
（過）亓（其）所。此遉（復）盤戰（戰）之道。」臧（莊）公或（又）翻（問）
曰：「遉（復）甘【36】戰（戰）又（有）道虗（乎）？」酓（答）曰：「又（有）。
必惥（慎）吕（以）戒，若牆（將）弗克，毋目（冒）吕（以）迵（動），必怣
（過）牀（前）祂（功）。賞隻〈膿（獲）〉詣（示）墂（蒽），吕（以）鸛（勸）
亓（其）志。戙（勇）者惪（喜）之，【37】㐬者悉（悔）之，萬民、騺（黔）
首皆歆〈欲〉或（有）之。此遉（復）甘戰（戰）之道。」臧（莊）公或（又）
翻（問）曰：「遉（復）故（苦）戰（戰）又（有）道虗（乎）？」酓（答）
曰：「又（有）。收而聚之，【38】繉（束）而厚之。至（重）賞泊（薄）型（刑），
囟（使）忘亓（其）死而見亓（其）生。思（使）良車良士遊（往）取亓（其）

餌，思（使）亓（其）志记（起）。敓（勇）者凶（使）惪（喜），塝（葸）者凶（使）愳（悔），【39】狀（然）句（後）改（改）怠（怠）。此敁（苦）戦（戰）之道。」

（七）「論善攻、善守」章

臧（莊）公或（又）啎（問）曰：「善攻者祭（奚）女（如）？」含（答）曰：「民又（有）實〈寶（寶）〉：曰城，曰臣（固），曰蔽（阻）。三者麦〈聿（盡）〉甬（用）不皆（稽），邦【40】象（家）呂（以）忧〈恢（宏／雄）〉。善攻者必呂（以）亓（其）所又（有），呂（以）攻人喦＝（之所）亡（無）又（有）。」臧（莊）公或（又）啎（問）曰：「善獸（守）者祭（奚）女（如）？」含（答）曰：「亓（其）飤（食）必足呂（以）飤（食）之，亓（其）兵足呂（以）利之，【41】亓（其）城臣（固）足呂（以）找（捍）之。卡＝（上下）和虞（且）邑〈䢔（輯）〉，解紀於大＝國＝（大國，大國）斳（親）之，天下记（欺）之心者〔侯〕寡（寡）惫（矣）。」臧（莊）公曰：「虔（吾）又（有）所啎（聞）之：一出言【42】三軍皆虝（勸），一出言三軍皆逜〈逴（往）〉，又（有）之庨（乎）？」含（答）曰：「又（有）。明詑於鬼（鬼）神，{軫（振）}或〈武〉，非所呂（以）教民，唯君智（知）之。此先王至道。」

（八）「論三代之所」章

臧（莊）【43】公曰：「蔑（沫），虔（吾）言氏（寔）不女（如），或者少（小）道。虔（吾）一欲啎（聞）厽（三）弋（代）之所。」蔽（曹）蔑（沫）含（答）曰：「臣啎（聞）之：『昔之〔明王之〕记（起）於天下者，各呂（以）亓（其）殜（世），呂（以）叟〈及〉亓（其）身。』【44】含（今）與古亦多不同矣。臣是古（故）不敢呂（以）古含（答）。狀（然）而亦古亦又（有）大道女（焉），必靅（恭）僉（儉）呂（以）昰（得）之，而喬〈鴌（驕）〉大（泰）呂（以）逄（失）之。君亓（其）【45】亦唯啎（聞）夫墨（禹）、湯、燊（桀）、受（紂）矣。」敢含（答）。狀（然）而亦古。【46】

倀衙者□軍是胃□□□今子孔□【22背】

幾【26背】

節【28背】

盤【33背】

堡〈㬚（早）〉【35背】

髮【43背】

第四節　語　譯

（一）「莊公問政」章

　　魯莊公即將要鑄造大鐘，鐘型已經做好了。曹沫入見道：「從前周室分封魯國，東西七百里，南北五百里，不論是山川水澤都有我們的百姓。今天國家越來越少，可是鐘卻越來越大，國君（莊公）你需要思慮。從前堯賜饗舜，用土簋食飯，用土鉶喝水，而擁有天下，這不就是輕視物質的追求，反而是追求道德嗎？從前周室有戒言：牪爾正功，不牪而或興，或康以凶，保護國家的邊境就一定會勝利，進而可以治理國家。《周志》是這樣記載的。」莊公說：「如今天下的君子都知道哪一位可以兼併其他國家？」曹沫回答說：「莊公你不要擔心，臣聽聞：『鄰近的國君英明，我們不可以不修治國政來善待百姓，不然的話，就會滅亡；鄰近的國君不行正道，我們也不能不修治國政來善待百姓，不然的話，就無法攻取他國。』」莊公說：「昔日施伯與寡人說：『君子之得或失，都是天命決定的。』與你（曹沫）說的不一樣。」曹沫回答說：「跟我說的沒有不一樣，莊公沒有理解透徹。我聽聞：『君子以賢明見稱而失位，這是天命；以不行正道的人卻可以活到壽終正寢，這也是天命。』不然的話，君子以賢明見稱，為什麼沒有得位？以不行正道的人，為什麼會失位？」莊公說：「我這麼晚才聽到你（曹沫）的這說辭。」由是命令把鐘型毀掉而認真修治國政，白天不睡覺，不喝酒，不聽音樂，居室不設置華麗的文彩，每餐都食一樣的羹菜，兼愛百姓而沒有私心。

（二）「論問陳、守邊城」章

　　過了一年，莊公問曹沫說：「我想要與齊國開戰，應該要如何佈陣，應該要如何守護國境。」曹沫回答說：「臣聽聞：『就算有堅固的謀略而沒有堅固的城牆，就算有絕好的國政而沒有絕好的陣法。』三代之陣法現在還保留著，有國家以此克敵，也有國家以此滅亡。而且臣聽聞：『小國處於大國，國壤交接，不可以先挑起紛爭。疆界地區不要先急著侵佔，這是保護邊境的方法；不要捨不得貨財、美女，把這些貨財、美女送給敵國之寵臣，這就是從敵人內部來換取

防衛的措施。一定要修整好城郭，修整好鎧甲且磨利好兵器，要有戰爭的心態來防守，這就是最好的防守方法。』臣又聽聞：『不和於邦，不可以出軍。不和於軍，不可以出陣。不和於陣，不可以出戰。』因此陣法只是三教的最後階段。國君一定要談的話，我們就要由根本談起好嗎？」

（三）「論三教」章

莊公說：「為和於邦要如何做？」曹沫回答說：「不要耽誤百姓耕種的時間，不要奪取百姓的利益，計量臣子的功績而給予恰當的報酬，對有罪的人給予刑罪，對有功德的人賜予爵位。對待群臣，貴賤用同一個標準，恩惠、俸祿不要加倍。《詩經》早已說過：『愷悌君子，是人民的父母』。這就是為和於邦的方法。」莊公說：「為和於舍要如何做？」曹沫回答說：「三軍大出，國君親自率軍，必定有二將軍；無將軍，必定有數位嬖大夫；無嬖大夫，必定有數位大官之師、公孫公子。凡是有司率領長民者，不要兼攝爵位，不要駕御軍隊，不要逃避罪過，把士兵共同聚集並加以訓練他們，這樣在作戰時約期而會就不難達成了。這就是為和於舍的方法。莊公再問：「為和於陣要如何做？」（曹沫）回答說：「戰車之間要容納士卒伍，伍間要放置兵器，爵位高貴和俸祿豐厚者，把他們排在前面。左、中、右三行軍隊的後面，必有拿著短兵器的士兵，什伍之間，一定有公孫、公子，這就叫軍紀。五人為一伍，只要一人有多出之軍功，另外四位都可以得到獎賞，這樣可以達到鼓勵的效果。而且要求士兵不要重視獲敵，一定要重視服從指令，這樣士兵就不會後退。率領戰車的人要跟著戰車在一起，率領徒兵的人要跟著徒兵在一起，這樣就會生死與共。莊公說：「此三者（為和於邦、為和於舍、為和於陣）可以開戰嗎？」（曹沫）回答說：「敬慎可以戰勝懈怠，果斷可以戰勝狐疑，親自率軍可以戰勝命令他人督軍，（國君）不躬親就不能達到敦勵之效果，上下不和諧則不和睦，（國君）不合於道義則（士兵）不服從。

（四）「論為和、為親、為義」章

莊公再問：「要如何做才能使百姓親近？」（曹沫）回答說：「國君不要害怕親自操勞，這樣才可以觀察官吏的真偽；匹夫寡婦的獄訟，國君要親身聽審。或許國君所知有不足，可是不會不公正。這樣百姓就會親近（國君）。」莊公再問：「要如何做才能與百姓和睦相處？」（曹沫）回答說：「不要偏私近臣，不要

偏袒你（魯莊公）的同姓卿大夫，獎勵要公正，要聽公平的言語，這樣百姓就會與（國君）和諧相處。」（莊公）再問：「要如何做才可以使百姓認為（國君）是正確的？」（曹沫）回答說：「衡量功績時要推崇有能力的人。（有能力的人）可以治理百人，使他成為百人的領袖；（有能力的人）可以治理三軍，使他成為士兵的領袖。把官職授予有知識、能力的人。這樣做就可以使百姓認為國君是正確的。而且臣聽聞：『士兵有領袖，三軍有將帥，國家有國君，這三者就可以開戰。因此領袖不可以不謹慎。不卒則事不恆久，不和諧則不會和睦相處，不嚴威則不會勝利。士兵欲少而精，（士兵）少則（將領）容易明察士兵的能力，（士兵）氣勢盛大則容易集合。因此帥不可使牪，牪則不行。這就是戰爭的顯道，不用動兵就可以勝利。』」莊公說：「不用動兵就可以勝利應該如何做？」（曹沫）回答說：「他國的士兵不被砥礪，我國的士兵一定要砥礪。他國的鎧甲不堅固，我國的鎧甲一定要堅固。他國派使士，我國則派使大夫。他國派使大夫，我國則派使將軍。他國派使將軍，我們就使國君親自率軍。這就是戰爭的顯道。」

（五）「論用兵之幾」章

莊公說：「已經承教了，出師有危險嗎？」（曹沫）回答說：「有。臣聽聞：『三軍出動，軍隊中的將軍地位卑微，父兄又不在，由國家統御軍隊，這樣出師就會有危險。』」莊公再問：「三軍克敵果敢有危險嗎？」（曹沫）回答說：「有。臣聽聞：『三軍未排好陣形，不可以出發，猶如行走在山坡、渡過險隘，這樣三軍克敵果敢就會有危險。』」莊公再問：「開戰有危險嗎？」（曹沫）回答說：「有。軍隊出發不迅速，趨前不敢迫近，軍隊先鋒部隊（進攻的）節奏不急速，這樣開戰就會有危險。因此佈陣遲疑必敗，開戰遲疑必死。」莊公再問：「已經開戰有危險嗎？」（曹沫）回答說：「有。軍隊的獎賞過輕而不明察（公平），軍隊的刑罰重而不公平（明察）。戰死的人沒有人收殮，受傷的人又沒有人慰問，已經開戰而有懈怠的心，這樣已經開戰就會有危險。」

（六）「論敗戰、盤戰、甘戰、苦戰」章

莊公再問：「打敗戰再復戰有方法嗎？」（曹沫）回答說：「有。三軍大敗，不要誅罰（軍隊的人）反而要賞賜他們，不要怪罪百姓並且改換軍隊的將軍。國君如果親自率軍，國君要自我反省來取悅萬民，（駐紮軍隊）不要靠近危險之

地方，不要食熱食。要收殮戰死的人，慰問受傷的人，善待戰死的人猶如在世的人。國君必須聚集有司並親見（告訴）他們：『說一些勉勵的話以鼓勵他們。過錯不在你們，在寡人，我與他國開戰不順應天命。』返回國家，一定要召集國內的貴人及奇士，讓他們統御軍隊，不要再依照以前的作戰方法。把所有貴人排在軍隊的前面一行，如果（貴人）後退就會滅亡，如果（貴人）勇於前進則賞祿封爵，這樣就會近於無人可抵擋。」莊公再問：「盤戰之後再戰有方法嗎？」（曹沫）回答說：「有。開戰過後，重新紮營，命令軍中，說：『修繕愷甲、磨利兵器，明天將要開戰。』計算軍中的死傷人數，以盤就行，凡是遺失兵甲的士兵，命令他們不要作戰，明天將要開戰，讓（帶有兵甲的士兵）處於軍隊的前面。諜人來告知說：『敵國的將軍已經食飽，車輦都已經載滿了輜重，說明天早上出發。』於是命令沒有受過訓練的白徒早點食飯，載運兵器，各自載好你們輜重。即將開戰，不要懈怠，不要使士兵疑惑。以龜筮來占卜，都說是勝利的卜辭。以戰鼓再次進行祀禱，乃失其服。明天佈陣，一定要超越前天的戰況。這就是打敗戰再復盤戰的方法。」莊公再問：「節湊沈滯的戰爭之後再戰有方法嗎？」（曹沫）回答說：「有。一定要謹慎警戒，若果將軍不用攻克，不要冒然進攻（行動），一定會超越前一次的戰役。獎賞有軍功的人以展示給畏葸膽小的人看，以激勵畏葸膽小者的鬥志。勇敢的人喜歡，畏懼的人後悔，萬民、黔首都願意獻出生命。這就是節湊沈滯的戰爭之後再戰的方法。」莊公再問：「節湊快速的戰爭之後再戰方法嗎？」（曹沫）回答說：「有。把散失的士兵聚會在一起，重新組織他們並厚待他們，有功者重賞，有過者輕罰，使他們忘記死亡，進而見到生存之希望。派使好的戰車、士兵去攻取敵人的餌兵，促使他們的鬥志高昂。使勇敢的人喜歡，畏懼的人後悔，以改變節湊快速的戰爭時士兵的懈怠狀態。這就是節湊快速的戰爭之後再戰的方法。」

（七）「論善攻、善守」章

莊公再問：「善攻者要如何做？」（曹沫）回答說：「百姓有寶，就是城、固、阻，三者完全用到而沒有加以阻礙，國家就會強大。善攻者一定以他所擁有的，以攻擊敵人所沒有的。」莊公再問：「善守者要如何做？」（曹沫）回答說：「軍隊的糧食必須足夠使士兵食飽，軍隊的士兵才可以有足夠力氣來作戰，國家的城固可以防衛敵人，上下和諧且親愛，結交大國，並親近大國，這樣天下欺凌

他國的心就會減少。」莊公說：「我有聽聞：『一出言三軍就會努力，一出言三軍就會前往，到底有沒有？』」（曹沫）回答說：「有。利用鬼神來振奮軍隊，並不是教導百姓的方法。唯有國君才會知道，這是先王最高的道理。」

（八）「論三代之所」章

莊公說：「曹沫，我之前所說的話確實是不如你，或許是因為小道。我非常想聽三代所說的大道。」曹沫回答說：「臣聽聞：『昔日明王的興起，是因為他們所處的世代，以及他們自身的修為。』今天與古代多有不同，因此臣不敢以古代的情況來回答你。可是古代是有大道的，那就必定是敬恭節儉而得到天下，反而驕傲安泰則失去天下。國君一定聽過禹、湯、桀、紂這些歷史人物吧。」

第參章 〈曹沫之陳〉校釋

第一節 「莊公問政」章

一、〔邦／封〕、〔魯〕

《上博簡（四）‧曹沫》簡1：「昔周室之邦﹝一﹞魯﹝二﹞」

《安大簡（二）‧曹沫》簡1：「昔周室之坴（封）﹝一﹞遚（魯）﹝二﹞也」

【一】「封」

《上博簡》整理者：邦魯，封魯。﹝註1﹞

《安大簡》整理者：「坴」，與《說文》「封」字籀文「」同，《上博四‧曹沫》簡一假「邦」為「封」。「封」，分封。﹝註2﹞

謹案：《上博簡》作「$\triangle_1$」（下文將以「$\triangle_1$」表示），《安大簡》作「$\triangle_2$」（下文將以「$\triangle_2$」表示）。《安大簡》整理者以為假「$\triangle_1$」字為「$\triangle_2$」字，可從。王國維指出「古『邦』、『封』一字。《說文》『邦』之古文作，从㞢从

〔註1〕馬承源主編：《上海博物館藏戰國楚竹書（四）》（上海：上海古籍出版社，2004年），頁243。

〔註2〕安徽大學漢字發展與應用研究中心編，黃德寬、徐在國主編：《安徽大學藏戰國竹簡（二）》（上海：中西書局，2022年），頁57。

田，與『封』字从屮从土均不合六書之恉。『屮』皆『丰』之譌。」〔註3〕後來謝明文、尉侯凱均指出甲骨文「」（《合集》36530）、「」（《合集》595 正）應是一字異體，並以為「土」旁義近替換作「田」旁，且指出《說文》所載「封」是「邦」之古文，二者並非一字，而是一組音義皆近的同源詞。〔註4〕兩位學者之說法皆可信。

加上，古書、戰國楚簡多見「邦」字表示｛封｝之音義。在古書方面，《詩・商頌・玄鳥》：「邦畿千里」，《文選・西京賦》李善《注》作「封畿千里。」〔註5〕又《書・蔡仲之命》：「叔卒，乃命諸王邦之蔡。」〔註6〕又《墨子・非攻下》：「唐叔與呂尚邦齊晉……」〔註7〕楚簡則有《清華簡（二）・繫年》簡104：「改邦陳、蔡之君，使各復其邦。」又《上博簡（八）・成王》簡1：「成王既邦周公二年」。

【二】「魯」

《安大簡》整理者：「遬」，《上博簡・曹沫》簡一作「魯」。「遬」當從上博簡讀為「魯」。曾侯乙墓竹簡「魯鴋（陽）公」之「魯」作「遬」，與本簡用法相同。〔註8〕

謹案：《上博簡》作「」、《安大簡》作「」。《安大簡》整理者之說法可從。「遬」本從「旅」聲，「旅」、「魯」二字之上古音皆屬來紐魚部，二字之古音極近，加上「旅」、「魯」二字在傳世古書、出土文獻多有通假之例證。〔註9〕

〔註3〕 王國維：《史籀篇疏證》，載謝維揚、房鑫亮主編：《王國維全集》第 5 冊（杭州：浙江教育出版社，2010 年），頁 42。

〔註4〕 謝明文：〈吳虎鼎銘文補釋〉，《出土文獻》第 2 期（2022 年），頁 53～54；尉侯凱：〈「甸」還是「封」？〉，《中國語文》第 2 期（2023 年），頁 230～232。

〔註5〕 〔漢〕毛亨傳，〔漢〕鄭玄箋，〔唐〕孔穎達疏：《毛詩正義》（北京：北京大學出版社，2000 年，嘉慶 21 年南昌學堂重刊宋本），卷 20，頁 1701；〔梁〕蕭統編，〔唐〕李善、呂延濟、劉良、張銑、呂向、李周翰注：《六臣注文選》（北京：中華書局，2012 年，涵芬樓所藏宋刊《六臣注文選》影印），頁 53。

〔註6〕 〔漢〕孔安國傳，〔唐〕孔穎達疏：《尚書正義》（北京：北京大學出版社，2000 年，嘉慶 21 年南昌學堂重刊宋本），卷 17，頁 533。

〔註7〕 〔清〕孫詒讓撰，孫啟治點校：《墨子閒詁》（北京：中華書局，2001 年），頁 155。

〔註8〕 安徽大學漢字發展與應用研究中心編，黃德寬、徐在國主編：《安徽大學藏戰國竹簡（二）》（上海：中西書局，2022 年），頁 57。

〔註9〕 可詳閱高亨纂著，董治安整理：《古字通假會典》（濟南：齊魯書社，1989 年），頁 884；白於藍編著：《簡帛古書通假字大系》（福州：福建人民出版社，2017 年），頁 312。

二、〔簋〕、〔欼〕

《上博簡（四）‧曹沫》簡2正：「昔𦍒（堯）之卿（饗）󰀀（舜）也，飯於土輜（簋）【一】，欲〈𣪠（欼）〉【一】於土型（鉶）」

《安大簡（二）‧曹沫》簡2：「昔𦍒（堯）之卿（饗）󰀀（舜）也，飯於土𨌢（簋）【一】，𣤶（欼）【二】於土型（鉶）」

【一】「簋」

《上博簡》整理者：「簋」是見母幽部字，「輜」或「瑠」是來母幽部字，讀音相近。「瑠」同「簋」，是食器。〔註10〕

《安大簡》整理者：「𨌢」，《上博四．曹沫》簡二作「輜」。上博簡整理者讀為「輜」為「簋」。「𨌢」，从「車」，「缶」聲。上古音「缶」屬幫母幽部，「留」屬來母幽部，二字聲母關係密切，韻部相同。疑「𨌢」亦常讀為「簋」。或說「𨌢」讀為「缶」，瓦盆。《爾雅．釋器》：「盎謂之缶。」郭璞注：「盆也。」《經義述聞》：「《墨子．節用篇》『古者堯治天下，飯於土塯，啜於土形（與鉶同）』，《漢書．司馬遷傳》『塯』作『簋』，顏注曰：『簋，所以盛飯也。土，謂燒土為之，即瓦器也。』土簋，蓋即缶矣。」〔註11〕

汗天山（侯乃峰）：安大簡原字形左部好像並非「車」旁，且從「車」也無義可說。我們懷疑，此字左邊本是從「土」旁，抄寫者大概受到當時多見的「寶」字形之影響，寫成了「𤦎」，「玉」旁的寫法與早期古文字形（如甲骨文）差不多，可以參看。後來，輾轉傳抄者誤認偏旁，最終就寫成了上博簡的「車」旁。〔註12〕

王寧：簡2的「𨌢」字，整理者指出上博簡本作「輜」，上博簡整理者讀「瑠」是對，但又說「『瑠』同『簋』，是食器」就未必對……《方言》五又云：「甑，自關而東謂之甗，或謂之鬵，或謂之酢餾。」錢繹《箋疏》指出「酢之言餢也」、「餢與酢通」，又云「塯、鏤聲並與餾同，義亦相近也。今人以火乾煮物曰炸，音與餢相近。又吳人以物入釜微煮之曰溜，聲如鏤。蓋餢餾或用釜，

〔註10〕馬承源主編：《上海博物館藏戰國楚竹書（四）》（上海：上海古籍出版社，2004年），頁244。

〔註11〕安徽大學漢字發展與應用研究中心編，黃德寬、徐在國主編：《安徽大學藏戰國竹簡（二）》（上海：中西書局，2022年），頁58。

〔註12〕汗天山（侯乃峰）：〈安大簡《曹沫之陳》初讀〉，武漢網，跟帖第16樓，2022年8月25日（2022年9月10日上網）。

或用甒，因名甒為酢餾矣。」……蓋古人所說的「土增」應該就是陶甒的別名，是一種蒸飯器，古人食物用釜甒作熟而食，故亦曰「食於釜甒」……「區」是「簋」之古文，這大概是後人覺得「增」非是盛飯之器而改作的；《玉篇》訓「增」為「瓦飯器」，恐怕也是因為它或作「簋」才訓如此，非古義也。因此，感覺「䡈」字當是「䡈」字的異體或形訛，上博簡整理者認為『增同簋』和安大簡整理者云疑當讀為「簋」之說都未必可信。〔註13〕

高師佑仁：關於汗天山之說，簡2的「䡈」字形作「䡈」，左半寫法乍看雖與甲骨文的「玉」近似（例如「丰」《合集》34149），但「玉」字演變至戰國文字，中間豎筆已不再向上或向下貫穿，例如「玉」（《繫年》簡59），故以「䡈」比附甲骨文的「玉」恐有不當。細審該安大簡《曹沬之陳》之「車」旁，例如「車」（簡18／車）、「軍」（簡27／軍），「車」字下半的橫筆貼近「田」形，遂造成學者釋「玉」的誤判，此字確實從「車」無疑。安大簡原整理者提出二說，第一說是讀為「簋」，可信……「留」與「簋」字聲系音近可通。安大簡的「䡈」與上博簡的「䡈」只是採用的聲符不同，「䡈」屬「缶」字聲系，「䡈」從「留」聲，「留」屬「卯」字聲系，「缶」（幫紐、幽部）、「卯」（明紐、幽部）上古音聲紐都是雙唇音，韻部一致，古籍相通之例可參《古字通假會典》「繇與籀」、「繇與柳」等條……至於安大簡原整理者所提出的假說二，亦即將「䡈」讀成「缶」，此說恐難成立……「缶」是汲水或裝酒之容器，其與堯舜飯於「䡈」的語境不合……古籍與簡文的文例契合，沒有另作他解（如王寧依據今方言的「溜」釋為蒸飯器）的必要。綜上所述，簡文上博簡的「䡈」與安大簡的「䡈」均應讀「簋」，為食飯之器。〔註14〕

謹案：《上博簡》作「䡈」（下文將以「△₁」表示），〔註15〕《安大簡》作「䡈」（下文將以「△₂」表示）。「△₁₋₂」二字皆讀作「簋」。先談汗天山（侯

〔註13〕王寧：〈安大簡《曹沬之陳》初讀〉，武漢網，跟帖第64樓，2022年8月25日（2022年9月27日上網）。

〔註14〕高師佑仁：〈安大簡《曹沬之陳》補釋〉，（待刊於《興大人文學報》）。

〔註15〕石小力曾指出《清華簡（七）・子犯》簡5「䡈」、《清華簡（九）・治政》簡29「䡈」字皆是軌道之「軌」的專造字。其說可從。「䡈」字右上所從「屮」旁並無表意作用，而「䡈」字增益「土」旁，應是強調車軌之意。引自石小力：〈釋戰國楚文字中的「軌」〉，《「首屆漢語字詞關係學術研討會」會議論文集》（2019年），頁81～85。

乃峰）之說法，高師佑仁已指出「△₂」字之左半並非从「玉」旁，應是从「車」旁。高說可從。回查書後字形表，字本作「𨍭」，其左半確實有一弧筆，只是字有殘泐，看起來與甲骨文「玉」形近。區分楚文字「玉」、「車」二字中間之直筆有否貫穿整個字，字形如下：

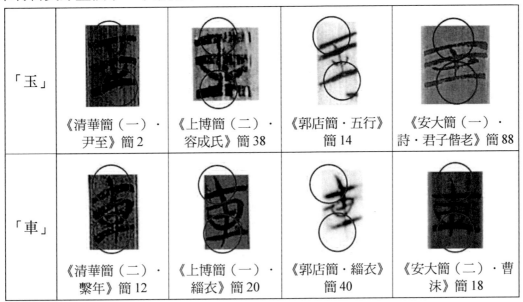

「玉」	《清華簡（一）・尹至》簡2	《上博簡（二）・容成氏》簡38	《郭店簡・五行》簡14	《安大簡（一）・詩・君子偕老》簡88
「車」	《清華簡（二）・繫年》簡12	《上博簡（一）・緇衣》簡20	《郭店簡・緇衣》簡40	《安大簡（二）・曹沫》簡18

從楚文字「玉」、「車」二字之寫法可知，「車」字之直筆是一筆貫穿整個字，反而「玉」字的中間直筆從第一條橫筆寫到最後一橫筆就收筆。故「△₂」字之左半確實从「車」是沒有問題的。

《安大簡》整理者提出另一說以為「△₁₋₂」二字皆讀作「缶」，訓作「瓦盆」義，其說實不可從。不過「缶」、「盆」二字多指盛水、酒之器皿，如《說文・缶部》：「缶，瓦器。所以盛酒漿。」〔註16〕又《詩・陳風・宛丘》：「坎其擊缶，宛丘之道。」孔穎達《疏》：「則缶是汲水之器。然則缶是瓦器，可以節樂，若今擊甌。又可以盛水、盛酒，即今之瓦盆也。」〔註17〕又《左傳・襄公九年》：「具綆缶，備水器」，陸德明《釋文》：「缶，汲水瓦器。」〔註18〕從上舉之注疏可見，「缶」與食器毫無關係。若讀作「缶」，則與「飯」字不合。

〔註16〕〔漢〕許慎撰，〔宋〕徐鉉校定：《說文解字》（北京：中華書局，陳昌治本為底本），頁104。

〔註17〕〔漢〕毛亨傳，〔漢〕鄭玄箋，〔唐〕孔穎達疏：《毛詩正義》（北京：北京大學出版社，2000年，嘉慶21年南昌學堂重刊宋本），卷7，頁514。

〔註18〕〔周〕左丘明傳，〔晉〕杜預注，〔唐〕孔穎達疏：《春秋左傳正義》（北京：北京大學出版社，2000年，嘉慶21年南昌學堂重刊宋本），卷30，頁988；〔唐〕陸德明撰，黃焯斷句：《經典釋文》（北京：中華書局，1983年），頁257。

另外，網友王寧以為「△1-2」二字皆讀作「𤲅」，訓作「蒸飯器」，王說似可不必。王說非常迂迴，加上簡文「飯於土～」中的「飯」是用作動詞，指吃飯的 {飯}，如《說文‧食部》：「飯，食也。」段玉裁《注》：「然則云食也者，謂食之也，此飯之本義也。」〔註19〕用蒸飯器吃飯也不合簡文的意思。

最後，談談高師佑仁之說法，高說則以為「△1-2」二字應讀作「簋」，其說基本可從。先談談「△1」字讀「簋」，由於「飯於土簋，啜於土Ｙ」或「飯於土𤲅，飲於土Ｙ」本是先秦習語，如《墨子‧節用中》：「飯於土𤲅，啜於土形」、〔註20〕《韓非子‧十過》：「飯於土簋，飲於土鉶」。〔註21〕清人王念孫已注意「簋」、「𤲅」二字在聲音上的關係，言「(簋)聲與『𤲅』相近，故字亦相通」。〔註22〕故「△1」字宜讀「簋」。〔註23〕回來談談「缶」讀「簋」的問題，我們不妨以古文字「飽」談起。謝明文曾考釋古文字「飽」，並指出以下諸字皆是「飽」，字形揭示如下：

A1	A2	A3	A4
《合集》17952	《合集》17953	作冊夨令簋《集成》4300	弜仲簋《集成》4627

謝文指出「A1」字從「食」從「勹」，「A2」字從「皀（簋之初文）」從「勹」，「A1」、「A2」二字所從「勹」旁是聲符，是「飽」之初文。而「A4」字是在「A2」字的基礎上再加注「缶」聲，在銘文中用作「飽」，且「A3」字是在「A2」字中的「皀」旁改作「毁」聲。〔註24〕這說明「A3」、「A4」二字也是異體關係，只是所採取的聲符不同而已，「A3」字從「毁（簋）」聲，「A4」字

〔註19〕〔漢〕許慎撰，〔清〕段玉裁注：《說文解字注》（上海：上海古籍出版社，1981年，經韻樓原刻為底本），頁218。

〔註20〕〔清〕孫詒讓撰，孫啟治點校：《墨子閒詁》（北京：中華書局，2001年），頁165。

〔註21〕〔清〕王先慎撰，鍾哲點校：《韓非子集解》（北京：中華書局，2003年），頁70。

〔註22〕〔清〕王念孫撰，徐煒君、樊波成、虞思徵、張靖偉點校：《讀書雜志》（上海：上海古籍出版社，2015年），頁195。

〔註23〕口試委員蘇師建洲提出重紐三等的「簋」字可擬介音*-r-，這樣可以與「留」字相通。

〔註24〕謝明文：〈說「腹」、「飽」〉，收入氏著：《商周文字論集》（上海：上海古籍出版社，2017年），頁49～54。

則從「缶」聲。這則例證可以說是「缶」、「叚（簋）」二字相通之明證，那麼可以證明「△₂」字讀「簋」應無問題。

【二】「歔」

《上博簡》整理者：「欲」字當是「歔」字之誤。「型」字當讀為「鉶」，鉶是飲器。案：這兩句話是古書所常見，如今本《墨子·節用中》「飯於土塯，啜於土刑」（《史記·太史公自序》引「塯」作「簋」，《漢書·司馬遷傳》引「塯」亦作「簋」，「啜」作「歔」），《韓非子·十過》「飯於土簋，飲於土鉶。」（《史記·秦始皇本紀》引「簋」作「塯」，「飲」作「啜」，「鉶」作「刑」，《李斯列傳》引「簋」作「匭」，「飲」作「啜」），就是類似的文例。〔註25〕

《安大簡》整理者：「歔」，《上博四·曹沫》簡二作「欲」，學者多認為是「歔（歔）」之誤。「歔」從「欠」，「惄」聲，疑是「歔（歔）」字異體。《說文·欠部》：「歔，飲也。」「型」，讀為「鉶」。《儀禮·公食大夫禮》「宰夫設鉶四于豆西」，鄭玄注：「鉶，菜和羹之器。」《儀禮·特牲饋食禮》：「筵對席，佐食分簋鉶。」簡文以上三句內容，見於傳世文獻（參看《上博四·曹沫》簡二正整理者注），如《韓非子·十過》：「臣聞昔者堯有天下，飯於土簋，飲於土鉶。」〔註26〕

高師佑仁：《說苑·反質》云「啜於土鈃」，《墨子·節用中》作「啜於土形」，飲食的動詞均用「啜」。所謂的「啜」安大簡作「」（簡2），上博簡作「」（簡2），安大簡原整理者已正確隸定作「歔」，但可惜沒有指出它與「啜」的關係，安大簡從「心」，古籍與上博簡均從「口」，古文字「心」、「口」當意符使用時可以相通，將「」的已「心」旁換成「口」即是「歔（啜）」字。上博簡作「欲」，原整理者李零主張「欲」乃「歔」之誤……筆者認為上博簡的「欲」應該是「啜」的訛字，楚簡中「叕」可以寫成「」、「」、「」，而「欲」則作「」，二字確實有訛寫的空間。〔註27〕

謹案：《上博簡》作「」（下文將以「△₁」表示），《安大簡》作「」

〔註25〕馬承源主編：《上海博物館藏戰國楚竹書（四）》（上海：上海古籍出版社，2004年），頁244。

〔註26〕安徽大學漢字發展與應用研究中心編，黃德寬、徐在國主編：《安徽大學藏戰國竹簡（二）》（上海：中西書局，2022年），頁58。

〔註27〕高師佑仁：〈安大簡《曹沫之陳》補釋〉，（待刊於《興大人文學報》）。

（下文將以「△₂」表示）。其實「△₁」字左上所從「仌」形應是從「※」、「⁂」形訛變而來。高師佑仁提出楚簡的「叕」本可以寫作「※」、「⁂」形，如「」（《上博簡（五）·弟子問》簡8）、「」（《上博簡（六）·競公瘧》簡9）及「」（《清華簡（六）·子儀》簡11），進一步訛變作「仌」形，以及二字所從「心」、「口」二形當形符使用時可以相通，〔註28〕其說可從。「△₁₋₂」二字之差異僅在於左半，「△₂」字所從「※」、「⁂」形應是「叕」，學者已有研究。〔註29〕加上，「飯於土X，啜於土Y」或「飯於土X，飲於土Y」本是先秦習語，如上引諸位學者所引《說苑·反質》、《墨子·節用中》、《韓非子·十過》及《史記·太史公自序》等，案：「啜」、「飲」本同義，《說文·歠部》：「歠，飲也。」〔註30〕《說文·歠部》：「歉，歠也。」〔註31〕「歠（啜）」、「歉（飲）」二字互訓，即「啜」、「飲」兩字義同，「歠（啜）」、「歉（飲）」二字可以視為在本質上來講是形符，是另一意義相近或相類之字的偏旁（非聲符）。由此看來，可以視「△₁」字為誤字，二字都應該釋為「啜」。

或說「△₁」字所從「仌」形是類化後的結果。雖然楚文字極少見到「叕」寫作「仌」形，把「△₁」字視為錯字合情合理，不過以平行之字形演變來看，把「叕」寫作「仌」形視為類化也不無可能，以楚文字「智」、「訟」二字為例，楚文字「智」是常見字，「智」字左上本多從「大」形，亦有少數從「大」形訛作「矢」形，不過「智」字卻從「仌」形，如「」（《上博簡（六）·莊王》簡6）、「」（《上博簡（七）·武王》簡1）、「」（《上博簡（七）·

〔註28〕高師佑仁：〈安大簡《曹沫之陳》補釋〉，（待刊於《興大人文學報》）。

〔註29〕可詳閱裘錫聰：〈釋戰國文字的「叕」〉，《古籍研究》第2期（2007年），頁185～188；駱珍伊：《《上海博物館藏戰國楚竹書（七）～（九）》與《清華大學藏戰國竹簡（壹）～（叁）》字根研究》（臺北：國立臺灣師範大學碩士論文，2015年），頁76～77；金宇祥：〈上博五·弟子問「飲酒如啜水」及其相關問題〉，《成大中文學報》第67期（2019年），頁41～51；北京大學《儒藏》編纂與研究中心編：《儒藏·精華編》第282冊（北京：北京大學出版社，2020年），頁852。

〔註30〕〔漢〕許慎撰，〔宋〕徐鉉校定：《說文解字》（北京：中華書局，陳昌治本為底本），頁178。

〔註31〕〔漢〕許慎撰，〔宋〕徐鉉校定：《說文解字》（北京：中華書局，陳昌治本為底本），頁178。

凡物（甲）》簡 5）、「」（《上博簡（八）·顏淵》簡 7），可能是受左下「口」形影響而出現左上從「大」形類化作「公」形，導致與「谷」字同形。另外楚文字「訟」是常見字，左從「言」右從「公」，不過「」（《上博簡（九）·史蒥》簡 7）右半卻從「谷」，《上博簡（九）·史蒥》簡 7「獄～」，《上博簡》整理者已指出當是「獄訟」，〔註32〕學界並無疑義，加上「訟」之《說文》古文作「」也是從「谷」旁，〔註33〕「」、「」應該也是受右下「口」形影響而類化作「公」形。最後，楚文字「豫」作「」（《包山簡》簡 191），不過亦可以類化作「公」形而作「」（《清華簡（四）·筮法》簡 40）。林清源曾提出「集團形近類化」之文字類化現象，〔註34〕由此可見，以上三字都是集體類化作「公」形，符合林說所提出之現象。故「△₁」字左下亦從「口」形，也有可能與「智」字之情況一樣，其所從「※」、「※」形進一步類化作「公」形，最後導致與「欲」字同形。

三、〔美〕

《上博簡（四）·曹沬》簡 3：「此不貧於散（美）而福（富）於惠（德）與（歟）」

《安大簡（二）·曹沬》簡 2-3：「此不貧於敝〈散（美）〉而賈（富）於惠（德）與（歟）」

　　《安大簡》整理者：「敝」，《上博四·曹沬》簡三作「散」。「散」「敝」二字形近易訛。《易·頤》初九爻辭「觀我朵頤」之「朵」，陸德明《釋文》引京房本作「揣」，「楇」應作「揣」（參黃焯彙校，黃延祖重輯《經典釋文彙校》第四四頁，中華書局二〇〇六年），阜陽漢簡《周易》簡一三二作「端」，《上博三·周》簡二四作「散」。疑本簡「敝」是「散」字的訛誤。上古音「散」屬明母微

〔註32〕馬承源主編：《上海博物館藏戰國楚竹書（九）》（上海：上海古籍出版社，2012 年），頁 282。

〔註33〕張富海：《漢人所謂古文之研究（修訂本）》（上海：中西書局，2023 年），頁 53。

〔註34〕林清源指出「集團形近類化」現象指好幾個原本構形互不相同的字，後來都陸續演變成同一個形體。」引自林清源：《楚國文字構形演變研究》（臺中：東海大學博士論文，1997 年），頁 162。

部,「物」屬明母物部,二字聲母相同,韻部陰入對轉,音近可通。《易·繫辭下》「君子知微知彰」之「微」,馬王堆帛書作「物」。據此,頗疑本篇「微」讀為「物」。〔註35〕

潘燈:簡 2 末字,整理者隸定作左耑右攴,上博簡與之對應者釋「微(少彳)」。整理者認為「二字形近易訛」,讀「物」……從原文字形來看,我們認為安大《曹沫之陳》簡 2 末字,左上與上博簡對應之字乃同文異形,也就是說是一組異體字。安大簡其左下不是「而」,中間橫不能與左下部分關聯視為「而」,其下部應是「大」形。而上博簡之字左下為「人」……古文字中,人與大均與「人」有關,做義符時可互換,故此二文非「形近易訛」,而應當視作同文異形。在安大二簡文中,偏旁「攴」寫法若「反」,這也是需要辨別的。〔註36〕

高師佑仁:「敞」字形作「」,安大簡原整理者認為是「散」的誤字,「敞」左下角從「而」,「散」則從「人」,扣除左下構形外,二字其餘寫法十分近似,訛混之說應可成立。不過,安大簡原整理者進一步將「散」讀為「物」,「散」、「物」二者確實有通假,不過似僅見於其所引馬王堆《周易·繫辭下》「君子知物(微)知彰」一例,將「散」直接讀為「美」更符合楚人的用字習慣。〔註37〕

謹案:《上博簡》作「」(下文將以「△1」表示),《安大簡》作「」(下文將以「△2」表示)。《安大簡》整理者、高師佑仁之說正確可從。「△1-2」二字之差異僅在於左下,二字確有可能因形近而訛。不過網友潘燈以為「△2」字左下不從「而」形,應是從「大」形,可以視為「散」字之異體。其說不可信。就現有竹簡材料來看,楚文字「散」字從不從「大」形,只見從「人」形,故把「△2」字視為「散」字之異體實不可信。「△2」字應隸定作「敞」,字之左方應從「耑」形。《安大簡(二)·曹沫》書手寫「耑」字,如「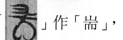」(簡17),對應《上博簡》「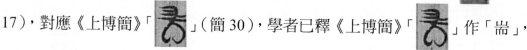」(簡30),學者已釋《上博簡》「」作「耑」,

〔註35〕安徽大學漢字發展與應用研究中心編,黃德寬、徐在國主編:《安徽大學藏戰國竹簡(二)》(上海:中西書局,2022 年),頁58。

〔註36〕潘燈:〈安大簡《曹沫之陳》初讀〉,武漢網,跟帖第 31 樓,2022 年 8 月 25 日(2022 年 9 月 11 日上網)。

〔註37〕高師佑仁:〈安大簡《曹沫之陳》補釋〉,(待刊於《興大人文學報》)。

從「△₂」字之左方與「」對比後，可以確認「△₂」字之左方應是從「耑」形。不過楚文字「耑」一般从「而」形，如「」（《上博簡（六）·競公瘧》簡7）、「」（《上博簡（七）·武王》簡2）、「」（《安大簡（二）·仲尼曰》簡13），以往學者甚少注意「耑」字之下部所從，隨著戰國竹簡材料漸多，不難發現「耑」字確實有從「大」形，如「」（《上博簡（三）·亙先》簡9）、「」（《上博簡（七）·凡物（甲）》簡25）、「」（《清華簡（八）·處位》簡5）。不過西周金文「耑」確實可從「大」形，如「」（仲考父盤／《資料庫》NB2576），或許從西周金文開始，「耑」字所從「而」形已經開始類化作「大」形，亦被戰國楚文字所繼承。值得注意的是，以往「耑」字可上溯到甲骨文，可是謝明文已指出甲骨文「」（《合集》20070）並非「耑」字，〔註38〕其說可從。或說《安大簡（二）·曹沫》書手訛寫「而」之下半作「大」形。回檢《安大簡（二）·曹沫》書手寫「天」、「而」二字，就可以發現書手把「而」字訛寫作「天」字，如「」（簡7）、「」（簡8）。戰國楚文字「天」、「而」本身就是形近易訛，在區分二字之標準僅在於下半左右二撇筆是不是弧筆。從這角度來分析，或許有可能是書手誤寫「而」形下半作「大」。

就文意來看，「△₂」字確實是誤字，「△₁₋₂」二字都應該釋作「散」，讀作美。《安大簡》整理者把「△₁₋₂」二字都讀作「物」，不過高師佑仁已指出「散」、「物」通假之例僅見於西漢時代，加上不符合楚人用字習慣。楚文字用作｛美｝都是以「岜」字聲系來表示。〔註39〕故「△₁₋₂」二字都讀作「物」不可從。

四、〔境／疆〕

《上博簡（四）·曹沫》簡41：「保競（境）必勅（勝）」

《安大簡（二）·曹沫》簡3：「保弜（疆）必勅（勝）」

〔註38〕謝明文：〈說耑及相關諸字〉，《文史》第3輯（2020年），頁5～18。

〔註39〕可詳閱禤健聰：《戰國楚系簡帛用字習慣研究》（北京：科學出版社，2017年），頁212～213。

《安大簡》整理者：「」，讀為「強」或「疆」。《上博四‧曹沫》簡四一作「競」。古「強」「疆」「競」都有強盛、強勁之義。〔註40〕

謹案：《上博簡》作「」（下文將以「△₁」表示），《安大簡》作「」（下文將以「△₂」表示）。「△₁」當讀作「境」，而「△₂」字當讀作「疆」，二字均指「邊境」義。以往學者對「△₁」字之釋讀主要有兩種意見：

（一）《上博簡》整理者以為「△₁」字隸定作「競」，讀作「境」。〔註41〕

（二）陳斯鵬直接隸釋作「竟」，無說。〔註42〕

（三）高師佑仁從《上博簡》整理者之隸定，以為「競」字之訓讀待考。〔註43〕

先談高師佑仁的說法，高說之所以言「待考」，其以為《上博簡（四）‧曹沫》簡41有殘缺。現在看來，高說可信，現根據《安大簡》的編聯，我們可以知道以往的編聯方案並不正確，現在《上博簡》的編聯當是簡37下綴合簡41，而且綴合簡37下＋簡41仍缺一「保」字，故當據《安大簡》補「保」字。現在有了《安大簡》版本，「△₁」字對應「△₂」字，《安大簡》整理者以為「△₂」字隸釋作「弴（強）」字，並指「△₁₋₂」二字指「強盛」、「強勁」之義。《安大簡》整理者對「△₂」字的隸定，可信。可是「△₁₋₂」二字並不是指「強勁」義，二字當作名詞用，當指「疆界」義。由於古書未見「保競」的用法，反而有「保境」、「保疆」，如《後漢書‧西南夷列傳》「與郡功曹謝暹保境為漢」、〔註44〕《史記‧三王世家》「楊州保疆」等等，〔註45〕上舉兩則文例的「境」、「疆」二字皆指「邊境」義。唯古書卻未見「保競」、「保強」的用例。值得注意的是，過去「競」字以為可上溯到殷商甲骨、西周金文，字作「」

〔註40〕安徽大學漢字發展與應用研究中心編，黃德寬、徐在國主編：《安徽大學藏戰國竹簡（二）》（上海：中西書局，2022年），頁58。

〔註41〕馬承源主編：《上海博物館藏戰國楚竹書（四）》（上海：上海古籍出版社，2004年），頁269。

〔註42〕陳斯鵬：《簡帛文獻與文學考論》（廣州：中山大學出版社，2007年），頁94。

〔註43〕高師佑仁：《《上海博物館藏戰國楚竹書（四）‧曹沫之陣》研究》上冊（臺北：花木蘭文化出版社，2008年），頁62。

〔註44〕〔宋〕范曄撰，〔唐〕李賢等注：《後漢書》第10冊（北京：中華書局，1973年），頁2845。

〔註45〕〔漢〕司馬遷撰，〔宋〕裴駰集解，〔唐〕司馬貞索隱，〔唐〕張守節正義：《史記（點校本二十四史修訂本）》（北京：中華書局，2014年），頁2570。

（《合集》31706）、「」（《合集》4338）、「」（《合集》27938）、「」（《屯》810）、「」（《合集》106 反）、「」（競器／《集成》10479）、「」（御史競簋／《集成》4134），根據王子楊的說法，上述諸字應改釋為「麗」，並指出「」（竟鬲／《集成》497）在過去曾釋作「竟」，也應該改釋作「麗」，是「麗」之省體，並用確切無疑的「競」字作「」（猷鐘／《集成》260）、「」（秦王鐘／《集成》37），王氏以「」、「」為第一類寫法，而「」、「」為第二類寫法，第二類法的「競」字有確鑿的辭例與後世古文字材料作印證，如「」（《包山簡》簡132），進一步證明第二類法就是「競」字。〔註46〕

其說可從。對於「」（《合集》35224）〔註47〕是「競」還是「竟」，學界多有不同之說法。《譜系》以為是「競」字之省體。〔註48〕詹鄞鑫疑為黥刑的「黥」的初文。〔註49〕李孝定以為是「竟」的初文。〔註50〕現在看來「△₃」字仍無法確指是哪一字之初文，其辭例作「弔△₃」。由於辭例殘斷，難以證明「△₃」當與「競」、「竟」、「黥」哪一個字有關，且「△₃」僅見一例，目前沒有任何證據來判斷各家之說法。另外，《字源》以為「竟」是「競之省形」，〔註51〕其說恐有誤。古文字並未見「竟」字，多假借「競」來表示「竟」，而且二字的字義當有所不同。綜合形音義三者考慮，現在可以明確指出「竟」字應是從「競」字假借分化出來。在字形方面，「竟」字多見於西漢文字，字作「」（《馬王堆・戰》260.12）、「」（《馬王堆・相》38.44），二字之差異僅在於「口」形

〔註46〕 王子楊：〈甲骨金文舊釋「競」的部分字當改釋為「麗」〉，《出土文獻》第 1 期（2020年），頁 24～36。

〔註47〕 「」字在下文將以「△₃」表示。

〔註48〕 王蘊智：〈釋「競」、「業」及與其同源的幾個字〉，收入氏著：《字學論集》（鄭州：河南美術出版社，2004 年），頁 295～308。

〔註49〕 于省吾主編，姚孝遂按語編撰：《甲骨文字詁林》（北京：中華書局，1999 年），頁 185～186。

〔註50〕 于省吾主編，姚孝遂按語編撰：《甲骨文字詁林》（北京：中華書局，1999 年），頁 186。

〔註51〕 李學勤主編：《字源》（天津：天津古籍出版社，2012 年），頁 198。

有沒有一道橫筆，後者則是承小篆「竟」而來，也是今天「竟」字的寫法。再上溯到戰國時期，「競」字已出現省略其中一個「竟」旁，字作「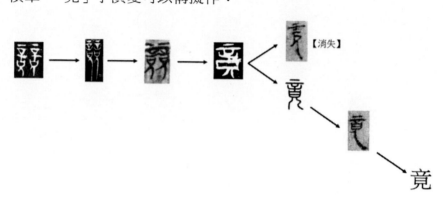」（《尊古》317）、「」（《璽彙》275），其右半當是「競」之省，字當分析作從言，競省聲。由此可見，「竟」字是從「競」省略其中一個「竟」旁並在「口」形添加一橫筆，「竟」字演變可以構擬作：

在字音方面，「竟」字之聲系與「競」字之聲系多有互動。「竟」、「競」二字聲系在傳世古書、出土文獻經常有通假的例證，可參《古字通假會典》、《簡帛古書通假字大系》，〔註52〕於此不再贅引。「竟」字之古音屬見紐陽部，「競」字之古音則屬羣紐陽部，聲紐同屬牙音，韻部相同，二字音近可通。在字義部分，根據王說，我們可以知道早期「競」字多用作「無競」之｛競｝、「邊境」之｛境｝、「人名或族名」之｛景｝，可是「竟」字在《說文》訓作「樂曲盡為竟」，〔註53〕後引伸出凡指一切的「終了」、「窮究」等義項，當與「競」字無關。「竟」字早期假借「競」字為之，在秦漢時期開始從「競」字分化出來。

　　回來再談「△1」字之釋讀，上文綜合從古書文例，以及文字演變兩方面的討論，「△1」字當讀作「境」，而「△2」字作應讀作「疆」，「境」、「疆」二字都有邊境、邊界義，〔註54〕二字就可以視為一組義近異文。

〔註52〕高亨纂著，董治安整理：《古字通假會典》（濟南：齊魯書社，1989年），頁291、293；白於藍編著：《簡帛古書通假字大系》（福州：福建人民出版社，2017年），頁1087～1088。

〔註53〕〔漢〕許慎撰，〔宋〕徐鉉校定：《說文解字》（北京：中華書局，2013年，陳昌治本為底本），頁52。

〔註54〕可參宗福邦、陳世鐃、蕭海波：《故訓匯纂》（北京：商務印書館，2003年），頁442、1495。

綜上所述，「△₁」字當讀作「境」，而「△₂」則讀作「疆」，皆訓作「邊界」義，即意謂「保護（國家的）邊境就會勝利」。

五、〔盡〕

《上博簡（四）·曹沫》簡 8：「君弗聿（盡）」

《安大簡（二）·曹沫》簡 6：「君弗麦〈聿（盡）〉」

　　《上博簡》整理者：君弗聿，「聿」字下有句讀。〔註55〕

　　《安大簡》整理者：「君弗聿」，《上博四·曹沫》整理者讀為「君弗盡」，意思是君不完全瞭解臣之言。〔註56〕

　　謹案：《上博簡》作「　」，《安大簡》作「　」（下文將以「△」表示）。「△」字當是「聿（盡）」之錯字。《安大簡（二）·曹沫》「聿」字凡三見，字作「△」、「　」（簡10）、「　」（簡40）。當中「△」、「　」二字的寫法首見，其下半的「　」似是「攵」形，唯古文字「聿（盡）」下半未見從「攵」形。甲骨文作「　」（《合集》3515）、「　」（《合集》3518），像人手持刷子清潔器皿之形，即飲食已盡而滌拭之，即表示「終盡」義。西周金文未見，〔註57〕春秋文字「盡」作「　」（《侯馬》3：7）、「　」（《侯馬》156：15），不難發現甲骨文所從「　」形進入春秋時期已有訛變，其「又」形仍見，只是「　」的「ㄟ」形已訛作二或三道撇筆，又或是保留了其中一個「ㄟ」形且再添加二或三道撇筆，後一種寫法可以說是甲骨文「盡」之孑遺，此兩種寫法被後來戰國楚系、晉系文字所繼承，並可省或不省「皿」旁，楚系：「　」（《上博簡（二）·容成氏》簡49）、「　」（《清華簡（七）·越公》簡74），晉系：「　」（中山王嚳

〔註55〕馬承源主編：《上海博物館藏戰國楚竹書（四）》（上海：上海古籍出版社，2004年），頁248。

〔註56〕安徽大學漢字發展與應用研究中心編，黃德寬、徐在國主編：《安徽大學藏戰國竹簡（二）》（上海：中西書局，2022年），頁59。

〔註57〕謹案：最近公布了新見的西周青銅器格姬簋，銘文出現「　」字，唯該字用作人名，難以落實是否與「聿」字為同一字。引自嚴志斌、謝堯亭：〈格姬簋銘研究〉，《中國國家博物館館刊》第9期（2023年），頁76。

壺／《集成》9735）、「■」（《璽彙》3263）。而戰國秦系文字「盡」則作「■」
（始皇詔版／《銘圖》18934），下半已訛變作類「火」形，為小篆「盡」所本。
由此可見，「△」字這類「帇」之寫法從來未見，當是「帇」之錯字。

六、〔又〕

《上博簡（四）・曹沫》簡9-10：「害（曷）又（有）弗夓（得）」

《安大簡（二）・曹沫》簡7：「害（曷）■〈又（有）〉弗夓（得）」

謹案：《上博簡》作「■」，《安大簡》作「■」（下文將以「△」表
示）。「△」字當是「又」之錯字。《安大簡（二）・曹沫》書手寫「又」字主要
有兩類寫法，一作「■」（簡27），二作「△」。古文字「又」是一個極為
常見的字，從未見過任何異體的寫法。甲骨金文「又」（「■」《合集》24593、
「■」盂鼎／《集成》2837）從未見添加飾筆，不過戰國三晉、齊系、燕系
文字「又」卻有添加飾筆的特徵，三晉：「■」（《璽彙》4801）、「■」（叙
盗壺／《集成》9734）、齊系：「■」（《璽彙》648）、燕系：「■」（《璽彙》
4728），不過新見楚簡也發現添加飾筆的「又」字之蹤跡，如「■」（《安大
簡（二）・仲尼曰》簡5），該字是在「又」的下半添加一道飾筆，與三晉、齊
系、燕系文字的寫法一致，可以知道添加飾筆的「又」字並非單一國別所擁
有。不過「△2」字與上舉戰國各系文字「又」完全不能等量齊觀，「△」字乃
帶有錯訛成分。縱觀《安大簡（二）・曹沫》書手抄寫文字的情況，多次出現
誤加筆畫的情況，如「■」（簡13）、「■」（簡24）等等。加上，通過
對比「△」字所從「■」形與從「夕」旁之字，如「■」（簡10）、「■」
（簡33），可以知道二字所從「■」在筆順上是一致的，有可能是《安大簡
（二）・曹沫》書手在寫完「■」形後，將錯就錯，把字繼續硬寫下去，遂出
現此種特殊的字形。既然古文字「又」是極為常見而沒有任何異體寫法的字，
直接視「△」字為「又」之錯字。

七、〔晚〕

《上博簡（四）·曹沫》簡 10：「臧（莊）公曰：『曼（晚）才（哉），虐（吾）䎶（聞）此言。』」〔註58〕

《安大簡（二）·曹沫》簡 7-8：「臧（莊）公曰：『㬎〈曼（晚）〉才（哉），虐（吾）䎶（聞）此言。』」〔註59〕

《上博簡》整理者：曼，或為「勖」字之誤寫。〔註60〕

《安大簡》整理者：㬎哉，讀為「顯哉」。《孟子·滕文公下》第九章引《書》佚文：「丕顯哉！文王謨。丕承哉！武王烈。」趙岐注：「丕，大。顯，明。⋯⋯言文王大顯明王道。」焦循《孟子正義》引王引之《經傳釋詞》云：「《玉篇》曰：『不，詞也。』經傳所用或作『丕』。顯哉承哉，贊美之詞。丕則發聲也。」「㬎（顯）才（哉）」，《上博四·曹沫》簡十作「曼才」。上古音「顯」屬曉母元部，「曼」屬明母元部，二字韻部相同，聲母關係密切。上博簡「曼才」當從本簡讀為「顯哉」。〔註61〕

汗天山（侯乃峰）：我們懷疑「曼」「顯」皆當讀為「晚」。《老子》「大器晚成」，郭店本作「大器曼成」。揣摩魯莊公這句話，似乎不是讚歎曹沫之言如何光明顯著，而當是感慨他聽聞曹沫之言太晚，也就是沒有早些聽到曹沫之言，故下文緊接著命毀鐘型。〔註62〕

海天遊蹤（蘇師建洲）：安大簡 07-08「顯才（哉）」，上博作「曼才（哉）」，整理者認為「曼」當改讀為「顯」。按：此說不可從。二者聲紐較遠，韻部開合不同，不能相通。〔註63〕

陳斯鵬：上引簡文，是寫魯莊公在聽了曹蔑的一番勸誡之後的回應。倘如

〔註58〕馬承源主編：《上海博物館藏戰國楚竹書（四）》（上海：上海古籍出版社，2004 年），頁 249。

〔註59〕安徽大學漢字發展與應用研究中心編，黃德寬、徐在國主編：《安徽大學藏戰國竹簡（二）》（上海：中西書局，2022 年），頁 53。

〔註60〕馬承源主編：《上海博物館藏戰國楚竹書（四）》（上海：上海古籍出版社，2004 年），頁 250。

〔註61〕安徽大學漢字發展與應用研究中心編，黃德寬、徐在國主編：《安徽大學藏戰國竹簡（二）》（上海：中西書局，2022 年），頁 59。

〔註62〕汗天山（侯乃峰）：〈安大簡《曹沫之陳》初讀〉，武漢網，跟帖第 18 樓，2022 年 8 月 25 日（2022 年 9 月 11 日上網）。

〔註63〕海天遊蹤（蘇師建洲）：〈安大簡《曹沫之陳》初讀〉，武漢網，跟帖第 45 樓，2022 年 8 月 25 日（2022 年 9 月 11 日上網）。

整理者所言，讀「𢗥」為「顯」，「顯哉」為贊美之詞，則似理解為對曹蔑之言的稱贊。但從語義方面看，以「顯哉」贊美曹蔑之言，並不十分恰當；而從語法角度看，這種解釋也有問題。古書中「X哉！Y」這樣的句式頗為多見。語義上看，其中的「X哉」往往是對「Y」的評價；語法上看，可以說「Y」是主語，「X哉」是被提前加以強調的謂語……準此，簡文中的「𢗥哉」應是對「吾聞此言」的評價，而不應該是對「此言」的評價……陳劍先生讀為「晚」，季旭昇讀「慢」訓「遲」。則均甚順適。「晚哉！吾聞此言」或「慢哉！吾聞此言」，猶言「吾聞此言晚哉」或「吾聞此言慢哉」，為莊公感嘆聞道遲晚的醒悟之言，語義語法俱合。故接言「乃命毀鐘型而聽邦政」，付諸實際行動，順理成章。上博本之「曼」既得以合理解釋，反觀安大本之「𢗥」，恐當視為訛字。蓋二字上部形體相近而致訛。又，誠如整理者所言，二字音也相近，此也有可能是造成訛字的一個影響因素。〔註64〕

高師佑仁：《孟子·滕文公下》所引的「丕顯哉」見於《尚書·君牙》，然今本〈君牙〉乃廿五篇《偽古文尚書》之一……就《孟子》所引「丕顯哉」、「丕承哉」等句法來看，〈君牙〉應是西周時代的文獻，文辭古樸簡奧，然而《曹沫之陳》的時空背景乃春秋時代魯莊公與曹沫的君臣對話，莊公以「顯哉」這麼古奧的句法來回應，不符合當時的用語習慣……程少軒〈試說戰國楚地出土文獻中歌月元部的一些音韻現象〉曾經系統性的檢視唇音元部字的通假問題，他舉出13組唇音元部通假例證，其中「開口」相通的有4組，「合口」相通的有5組，而「開合口」相通的則有4組，可見開合並非完全不能相通……亦即「開合口不同的字絕不能通假」，恐怕還有討論空間。以上博簡的「曼」字為例，「曼」字聲系有大量通假為「免」字聲系的情況……「曼」是合口音，「免」卻是開口字……筆者認為「𢗥」和「曼」都是元部字，聲紐則前者為曉紐，後者為明紐……當然，「𢗥」屬曉紐，並不是唇音字，如果依照程少軒「非唇音的元部字相通時，開口和合口有嚴格的界限」的結論，那麼「𢗥」和「曼」能否相通，有再討論的空間，因此陳斯鵬的誤字說也不能完全排除。〔註65〕

謹案：《上博簡》作「」（下文將以「△₁」表示），《安大簡》作「」

〔註64〕陳斯鵬：〈談談安大簡《曹蔑之陣》中的幾處訛字〉，載中國文字學會、南通大學文學院：《中國文字學會第十一屆學術年會論文集》（2022年），頁82～83。

〔註65〕高師佑仁：〈安大簡《曹沫之陣》補釋〉，（待刊於《興大人文學報》）。

（下文將以「△₂」表示）。筆者認為網友海天遊蹤（蘇師建洲）之說法可從。「△₁」字之古音屬明紐元部三等合口，「△₂」字之古音則屬曉紐元部四等開口。先談聲紐之問題，「△₂」字屬開口曉紐字，不符合明、曉二聲紐互諧之通則。高本漢最早注意到諧聲系列的【麻與麾】、【民與昏】、【黑與墨】等例皆是明紐（*m-）與曉紐（*x-）對立，由是高本漢把曉紐字皆擬作*xm-，即是以「擦音＋清鼻音」之聲紐來解釋，[註66] 後來再從*xm-改作*hm-（或是*m̥-）型聲母來表示雙唇清鼻音。[註67] 後來施瑞峰進一步說明上古基本聲紐為雙唇鼻音 *M-＝{*m-，*m̥-} 諧聲系列的中古聲紐一般分布是「明紐-曉紐-滂紐」，且指出*m̥->*hʷ-這一音變始於漢代。[註68] 透過上述學者的深入研究，我們可以知道所謂明、曉互諧主要是明紐字與合口曉紐字，不過仍有少數的雙唇清鼻音 *m̥-變成開口曉紐字，如「每（*m-）：海（*x-）」。[註69] 按照明、曉互諧之通則，「△₁₋₂」二字之聲紐應該不能互諧。

再來談談韻部的問題，雖然「△₁₋₂」二字同屬元部，唯主要元音開合不同。「㬎（顯）」字可擬作*ŋʰenʔ、「曼」字可擬作*mons，[註70] 二字之主要元音有開合不同，這是標準的元部開合口不同不能相通的例證。加上，「㬎（顯）」字不是唇音，不適用於歌、月、元三部唇音開合不別的條例。除了唇音字以外，上古開合口嚴格區別，且不可相通。

經上文討論後，可以落實「㬎」字是「曼」之誤字，如高師佑仁以為「顯哉」一語過於古奧，與魯莊公、曹沫所身處之時代背景不合，又或陳斯鵬從語

[註66] 〔瑞〕高本漢著，聶鴻音譯：《中上古漢語音韻綱要》（濟南：齊魯書社，1987 年），頁 105～106。

[註67] 可詳閱董同龢：《上古音韻表稿》（臺北：中央研究院歷史語言研究所，1944 年），頁 12～14；李方桂：《上古音研究》（北京：商務印書館，2015 年），頁 93～101；鄭張尚芳：《上古音系》（上海：上海教育出版社，2018 年），頁 148～150；〔美〕白一平、〔法〕沙加爾著，來國龍、鄭偉、王弘治譯：《上古漢語新構擬》（香港：中華書局，2022 年），頁 188～189。

[註68] 施瑞峰：〈作為同時證據的諧聲、假借對上古漢語音系構擬的重要性——一項準備性的研究〉，《出土文獻》第 13 輯（2018 年），頁 428。

[註69] 楊濬豪曾指出戰國楚文字「海」從「每」聲替換作「母」聲，故「海」之古音屬明紐之部一等開口。其說不可從。「海」字共有兩種寫法：「（圖）」（《清華簡（九）·治政》簡 6）及「（圖）」（《清華簡（二）·繫年》簡 112），後者省略了「每」旁上半的「來」形，是「海」之省體。引自楊濬豪：《古文字聲符變化與上古音系統研究》（臺北：國立臺灣師範大學博士論文，2021 年），頁 88。

[註70] 此蒙口試委員蘇師建洲提示，謹致謝忱。

法之角度來說明「顯哉」一語是讚美魯莊公，並不是針對曹沫之言論，加之陳氏把「△哉」放在「吾聞此言」句末來理解。陳說可從。古書多見「X 哉！Y」或「Y 哉！」等句型，即可以把「哉」字放在句中、句末，此二種句式之「哉」之用法都是表示感嘆語氣詞，用法一致。值得注意的是，句末語氣詞「哉」在西周時期已經產生，直到戰國時期仍見，如何尊（《集成》6014）銘文：「徹令敬享哉」、班簋（《集成》4341）銘文：「唯民謀拙哉」、《上博簡（五）‧姑》簡 6：「顧頷以至於今哉」等。「X 哉！Y」之句型本可以改換作「Y，X 哉！」或「YX 哉！」，如《左傳‧僖公十二年》：「管氏之世祀也宜哉！」〔註71〕又《戰國策‧趙策四》：「國奚無人甚哉！」〔註72〕如果「㬎（顯）」字放回簡文釋讀，即簡文「吾聞此言顯哉！」主詞就會變成「吾」（即「魯莊公」）字，魯莊公讚揚自己曾聽過曹沫之言論，與簡文之內容有很大之差別。換作「晚」字，主詞也是「吾」字，不過整句就會理解作魯莊公後悔太晚聽到曹沫之言，由是做了一連串之補救行為，這樣理解符合簡文上下文意。

八、〔貳〕

《上博簡（四）‧曹沫》簡 11：「食不貳（貳）鬺（羹）」

《安大簡（二）‧曹沫》簡 8：「食不胾（貳）鬺（羹）」

　　《安大簡》整理者：「貳」，從「弍」聲，古文字多用為「貳」。《墨子‧節用中》：「古者聖王制為飲食之法……黍稷不二，羹胾不重，飯於土塯，啜於土形。」簡文『食不貳羹』之「貳」與此「黍稷不二」之「二」同義。「居不襲文，食不貳羹」意謂燕居衣服不重色彩，飲食不重滋味。〔註73〕

　　高師佑仁：細審字形，安大簡字形作「」，書後字形表則作「」，安大簡原整理者所隸定的「貳」明顯與原篆不合，該字左半猶有一道豎筆，字形表的寫法尤為清楚。而「肉」旁上半的寫法也只有一道橫筆，而非從「二」（兩道橫筆），隸定作「貳」並不精確……筆者認為將「」理解為從「弍」或「式」

〔註71〕〔周〕左丘明傳，〔晉〕杜預注，〔唐〕孔穎達正義：《春秋左傳正義》（北京：北京大學出版社，2000 年，嘉慶 21 年南昌學堂重刊宋本），卷 13，頁 421。

〔註72〕〔西漢〕劉向集錄，范祥雍箋證，范邦瑾協校：《戰國策箋證》（上海：上海古籍出版社，2018 年），頁 1207。

〔註73〕安徽大學漢字發展與應用研究中心編，黃德寬、徐在國主編：《安徽大學藏戰國竹簡（二）》（上海：中西書局，2022 年），頁 59。

均不允當，此字應當是从「戌」从「肉」……綜上所述，安大簡《曹沫之陳》的「」當理解从肉从戌，這種从「戌」的寫法早在金文就出現，一脈相承至於秦漢篆隸。〔註74〕

　　謹案：《安大簡（二）・曹沫》簡 8 記載了魯莊公聽完曹沫之諫言後，所做的一連串行為，其中「食不～羹」中的「」（下文將以「△₁」表示），對應《上博簡（四）・曹沫》簡 11 的「」（下文將以「△₂」表示）。《安大簡》整理者把「△₁」字隸定作「貳」，後來高師佑仁則認為「△₁」字應隸定作「𦟖」（从戌、肉），讀作「貳」。高說可從，下文將補足其說。由於〈曹沫之陳〉最見於《上博簡（四）》，今又見於《安大簡（二）》，「△₁₋₂」二字之寫法不盡相同，不難發現「△₁」字之左上仍有一直筆，並較「△₂」字缺了一橫筆。不過簡文本為互文關係，只能讀作「貳」。由於《上博簡》、《安大簡》簡文皆作「居不襲文，食不～羹」，此二句本是先秦習語，類似見於傳世古書、出土文獻，如《上博簡（二）・容成氏》簡 21：「衣不襲美，食不重味」，〔註75〕又《史記・吳太伯世家》：「衣不重采，食不重味」，〔註76〕又《史記・越王勾踐世家》：「食不加肉，衣不重采」，〔註77〕又《漢書・游俠傳》：「衣不兼采，食不重味」，〔註78〕又《新書・春秋》：「食不眾味，衣不雜采」等，〔註79〕簡文前一句的「襲」字之訓釋當如陳劍所說，當訓作「重」。〔註80〕下一句就只能是「貳」字，問題在於「△₁」字為何可以讀作「貳」？下文羅列所有與「貳」相關諸字：

〔註74〕高師佑仁：〈安大簡《曹沫之陳》補釋〉，（待刊於《興大人文學報》）。

〔註75〕馬承源主編：《上海博物館藏戰國楚竹書（二）》（上海：上海古籍出版社，2002 年），頁 266。

〔註76〕〔漢〕司馬遷撰，〔宋〕裴駰集解，〔唐〕司馬貞索隱，〔唐〕張守節正義：《史記（點校本二十四史修訂本）》（北京：中華書局，2014 年），頁 1776。

〔註77〕〔漢〕司馬遷撰，〔宋〕裴駰集解，〔唐〕司馬貞索隱，〔唐〕張守節正義：《史記（點校本二十四史修訂本）》（北京：中華書局，2014 年），頁 2102。

〔註78〕〔漢〕班固撰，〔清〕王先謙補注，上海師範大學古籍整理研究所整理：《漢書補注》（上海：上海古籍出版社，2008 年），頁 5554。

〔註79〕〔漢〕賈誼撰，閻振益、鍾夏校注：《新書校注》（北京：中華書局，2000 年），頁 248。

〔註80〕可參閱陳劍：〈釋上博竹書和春秋金文的「羹」字異體〉，收入氏著：《戰國竹書論集》（上海：上海古籍出版社，2013 年），頁 243～244。

A1	A2	A3	A4	B1
召鼎（《集成》2838）西周中期	琱生尊（《銘圖》11816）西周晚期	琱生尊（《銘圖》11817）西周晚期	五年琱生簋（《集成》4292）西周晚期	邵大叔斧（《集成》11788）春秋晚期
B2	**B3**	**B4**	**B5**	**B6**
驫鎛（《銘圖》15797）春秋晚期	中山王嚳壺（《集成》9735）戰國晚期	《上博簡（四）·曹沫》簡11 戰國時期	《安大簡（二）·曹沫》簡8 戰國時期	《雲夢秦簡·爲吏》簡14 戰國時期
B7	**C1**	**D1**	**D2**	**D3**
《里耶秦簡》簡6背 戰國時期	小篆	《馬王堆·談》16.1 西漢時期	《馬王堆·戰》169.16 西漢時期	《北大漢簡（三）·周馴》簡42 西漢時期
D4	**D5**			
《徵存》651 西漢時期	《盛》41 西漢時期			

學者就古文字「貳」字之構形多有分析，意見也頗為分歧，如董珊以為「貳」
字原作「戠」，所從「二」形常借用「戌」形之橫筆，簡化作「𧶠」，後來「戌」
形又演變作「戈」、「弋」二形。〔註81〕又《古文字譜系疏證》（下文將簡稱「《疏

〔註81〕董珊：〈「弌日」解〉，《文物》第3期（2007年），頁58～59。

證》」）分析作「从貝，戉聲，貳之異文」，又將「戉」分析作「从戊，二聲，弍之異文」。〔註82〕單曉偉分析作「从貝从戊」以為是「戊乃弍之訛體」。〔註83〕趙培以為「貳」字从「二」得聲，「A2」字應是脫落了聲符「二」。〔註84〕又《出土戰國文獻字詞集釋》（下文將簡稱「《集釋》」）分析作「从𢦏（戉）从貝，會分割義」，以為「《說文》小篆所从聲符『弍』當是『戉』訛變聲化造成的。」〔註85〕又林清源以為「戉」當分析作从二，戉聲，『二』形有時會與『戉』旁共用橫筆，共用一道橫筆者簡化作「戍」，共用二道橫筆者簡化作『戉』。當『貳』字所从聲符簡化作『戉』形，就很容易被認為表意偏旁，進而將之替換成形、義相近的『戈』旁或『戍』旁……替換成形近而義無關的『弋』旁。『貳』字所从聲符，無論是『戈』旁、『戍』旁或『弋』旁，均已喪失表音功義。」〔註86〕

　　上溯西周金文就可以知道，其實「賆」字已見，當中也是讀作「貳」。從「貳」字之演變脈絡作觀察，西周金文「貳」本有聲符「二」，不過兩件形制及銘文皆相同的瑚生尊之「貳」字（即「A2」、「A3」）卻有不同之寫法，「A2」字省略了聲符「二」，趙培言「A2」字是失去聲符「二」，甚確，即是說「A2」字是「A3」、「A4」二字之省聲，亦是說「B5」字亦是省略聲符「二」，亦是一省聲字。不過《集釋》、《疏證》皆言「A4」字所从「𢦏」形釋作「戉」，實不可從，應是从「戍」。甲骨金文「戉」、「戍」本不同字，學者已有研究，〔註87〕於此不再贅引。《集釋》、單說皆以為「戉」形訛變聲化作「弍」，不過西周金文「A1」、「A3」及「A4」三字早有聲符「二」，不能以「變形聲化」來解釋之。《疏證》把「A1」、「A4」視為不同字來處理，不可信。「A1」字之釋讀大概有

〔註82〕黃德寬主編：《古文字譜系疏證》（北京：商務印書館，2007 年），頁 2072～2073。

〔註83〕單曉偉：《秦文字疏證》（合肥：安徽大學碩士論文，2010 年），頁 276。

〔註84〕趙培：〈「貳」的古今字形及其相關考論〉，載西南大學出土文獻綜合研究中心、西南大學漢語文獻研究所主辦：《出土文獻綜合集刊》第 5 輯（成都：巴蜀書社，2017 年），頁 131。

〔註85〕曾憲通、陳偉武主編，林志強、胡志強編撰：《出土戰國文獻字詞集釋》第 6 冊（北京：中華書局，2018 年），頁 3071。

〔註86〕林清源：〈北大漢簡《周馴》訛字及相關問題檢討〉，《漢學研究》第 4 期（2022 年），頁 295。

〔註87〕謝明文〈「或」字補說〉已指出甲骨文「戉」應象「▓」（《花東》206），不是如季旭昇《說文新證》所說的「有柄圓刃斧」。引自謝明文：〈「或」字補說〉，收入氏著《商周文字論集》（上海：上海古籍出版社，2019 年），頁 89～110；季旭昇：《說文新證》（臺北：藝文印書館，2014 年），頁 865～866、985。

三種說法：一是郭沫若《大系》隸定作「弍」，同「貳」。〔註88〕二是馬承源隸定作「成」，意謂「講和」。〔註89〕三是周鳳五以為「A1」是壞字，無說。〔註90〕案：當從郭說，字讀作「貳」，不過嚴式隸定應作「戌」。先談釋為「成」之問題。由於甲骨金文「成」多見，其字從不從「二」，釋為「成」不可信。再者，周說以為是壞字，唯周氏並沒有舉證來證明其說，在沒有強而有力的證據下，儘量不要以壞字、錯字之方向來思考。郭氏以為「A1」字從弋，二聲，不過細審字形，字應從「戌」，直接逕釋為「貳」，並訓作「背離」，如《國語・周語上》：「其刑矯誣，百姓携貳。」韋昭《注》：「貳，二心也。」〔註91〕又《左傳・隱公元年》：「既而大叔命西鄙、北鄙貳於己。」杜預《注》：「貳，兩屬。」〔註92〕此類「貳于某國」句式多見於《左傳》，如《左傳・僖公二十三年》：「討其貳於宋也」，〔註93〕又《左傳・僖公三十年》：「且貳於楚也」。〔註94〕由此可見，智鼎銘文與《左傳》文例頗類，可以合觀，即意謂「應無使五夫背離而即胝」，在文意上文從字順。

　　從戰國文字「B1」到「B6」等字來看，當有可能是同時有省聲及借筆之情況。「B1」、「B2」字從戈，不從戌，應是形義相近替換。不過楚文字「貣」本用作{貣}，如「」（《清華簡（五）・三壽》簡11）、「」（《清華簡（七）・越公》簡28），從字形來看，上舉二字已與「B1」、「B2」同形，戰國文字「弋」在豎筆上多變成長點或橫筆，又偶訛作一撇筆而與「戈」混同，說明凡用作偏旁「弋」、「戈」或是單字使用皆混訛不清，〔註95〕只要省略聲符「二」，就難以

〔註88〕郭沫若：《兩周金文辭大系》第3冊（北京：科學出版社，2002年），頁97。

〔註89〕吳鎮烽亦從馬說，把字隸定作「成」，無說。引自馬承源主編，陳佩芬、潘建明、陳建敏、濮茅左編撰：《商周青銅器銘文選》第3冊（北京：文物出版社，1990年），頁171；吳鎮烽編著：《商周青銅器銘文暨圖像集成》第5冊（上海：上海古籍出版社，2012年），頁447。

〔註90〕周鳳五：〈智鼎銘文新釋〉，《故宮學術季刊》第2期（2015年），頁10。

〔註91〕徐元誥撰，王樹民、沈長雲點校：《國語集解（修訂本）》（北京：中華書局，2019年），頁29。

〔註92〕〔周〕左丘明傳，〔晉〕杜預注，〔唐〕孔穎達正義：《春秋左傳正義》（北京：北京大學出版社，2000年，嘉慶21年南昌學堂重刊宋本），卷2，頁61。

〔註93〕〔周〕左丘明傳，〔晉〕杜預注，〔唐〕孔穎達正義：《春秋左傳正義》（北京：北京大學出版社，2000年，嘉慶21年南昌學堂重刊宋本），卷15，頁467。

〔註94〕〔周〕左丘明傳，〔晉〕杜預注，〔唐〕孔穎達正義：《春秋左傳正義》（北京：北京大學出版社，2000年，嘉慶21年南昌學堂重刊宋本），卷17，頁532。

〔註95〕可參閱袁瑩：《戰國文字形體混同現象研究》（上海：中西書局，2019年），頁45、112、121、124、131、135。

分辨出是「貳」還是「贅」。其實清人段玉裁已注意到「貳」、「贅」二字存在一定的關係，《說文・左部》：「差，貳也」。〔註96〕段玉裁改為「差，贅也」，下注云：「贅，各本作貳……今正。贅者，忒之假借字……」〔註97〕段玉裁之改動無疑是有其道理的，情況就有點像上文所言省略聲符「二」的「貳」與「贅」一樣，或者是邵大叔斧（《集成》11788）之銘文「呂大叔以新金，為贅車之斧」，陳佩芬以為銘文中的「贅車」應是古書常見的「貳車」，〔註98〕或是鼢鎛（《銘圖》15797）銘文「余不贅，在天之下」，整理者亦釋為「貳」。〔註99〕「B1」、「B2」二字釋為「貳」，甚確。「B4」字本从戈、貝，二聲，「B1」、「B2」二字本可以視為「B4」字之省聲，放回銘文釋讀也非常合適。

問題在於林說，林氏以為「貳」字不論是从「戌」、「咸」，都可以全部借用「戌」字中間的橫筆以為之。林說可備一說。上文已言「貳」字本从「二」得聲，亦是「貳」字之聲符所在，當中「B3」、「B6」及「D1」等字就是借用「戌」字中間的橫筆而變成「戍」，全部借用不能說完全沒有可能，只是聲符是否可以完全借用，在此仍有疑問。

值得注意的是，戰國楚文字「戍」是「A3」、「A4」及「B6」的省形，且「弌」字又是「戍」之省。張富海曾根據《郭店簡・五行》簡48：「上帝臨女，毌戍（貳）爾心」，字作「![字]」，指山「戍」字仍保留了「戌」形，進一步簡省作「弌」，〔註100〕其說基本可從。《說文》「二」字之古文「弍」本从「弋」旁，不過戰國楚文字「弎」（「![字]」《清華簡（七）・越公》簡19）本从「戈」旁，即有可能從「弎」字進一步省簡作「弌」（即「弌」字）。

〔註96〕〔漢〕許慎撰，〔宋〕徐鉉校定：《說文解字》（北京：中華書局，2013年，陳昌治本為底本），頁94。

〔註97〕〔漢〕許慎撰，〔清〕段玉裁注：《說文解字注》（上海：上海古籍出版社，1981年，經韻樓原刻為底本），頁200。

〔註98〕陳佩芬：《夏商周青銅器研究（東周篇）》（上海：上海古籍出版社，2004年），頁281。

〔註99〕李家浩〈鼢鐘銘文考釋〉以為「贅」字應該讀作「特」，或是馮勝君〈鼢鐘銘文解釋〉以為「贅」字應該讀作「忒」。謹案：不論讀作「特」、「忒」皆可備一說，不過仍不足以排除讀作「貳」的可能。引自河南省文物研究所、河南省丹江庫區考古發掘隊、淅川縣博物館編：《淅川下寺春秋楚墓》（北京：文物出版社，1991年），頁265；郭國權：《河南淅川縣下春秋楚墓青銅器銘文集釋》（長春：吉林大學碩士論文，2007年），頁114～115。

〔註100〕張富海：《漢人所謂古文之研究（修訂本）》（上海：中西書局，2023年），頁22。

　　另外，「貳」之本義是否如《集釋》所說是「分割」義，暫不從《集釋》。由於「貳」在先秦時期當有「副」、「重」、「二」、「變」、「疑」、「別」、「離」、「敵」、「復」等義項，〔註101〕唯沒有更為早期之文字資料，難以考釋「貳」之本義。必須注意的是，「二」、「貳」並非一字，不能把二字等量齊觀。《說文‧貝部》：「貳，副益也。」〔註102〕後一字「益」字應是「貳」字之引伸義，如《管子‧弟子職》：「周還而貳，唯嗛之視。」尹知章《注》：「貳，謂再益。」〔註103〕又《廣雅‧釋詁一》：「貳，益也。」〔註104〕故段玉裁《注》已注意到「益」義應是「貳」字之引伸義，才言「副也，益也。」〔註105〕從「貳」字之詞群來看，當可以引伸出數字｛二｝之義項，如《易‧繫辭下》：「因貳以濟民行，以明失得之報。」孔穎達《疏》：「貳，二也。」〔註106〕又《國語‧楚語下》：「民之精爽不攜貳者，而又能齊肅衷正。」韋昭《注》：「貳，二也。」〔註107〕又《孟子‧盡心上》：「殀壽不貳，脩身以俟之，所以立命也。」趙岐《注》：「貳，二也。」〔註108〕又《楚辭‧九章‧惜誦》：「事君而不貳兮，迷不知寵之門。」王逸《注》：「貳，二也。」〔註109〕又《禮記‧王制》：「喪不貳事，自天子達於庶人。」鄭玄《注》：「貳之言二也。」〔註110〕從最早之古書注疏可知「副」字本訓作「分」，《詩‧大雅‧生民》：「不坼不副，無菑無

〔註101〕可詳閱宗福邦、陳世鐃、蕭海波主編：《故訓匯纂》（北京：商務印書館，2003 年），頁 2179～2180。

〔註102〕〔漢〕許慎撰，〔清〕段玉裁注：《說文解字注》（上海：上海古籍出版社，1981 年，經韻樓原刻為底本），頁 281。

〔註103〕黎翔鳳撰，梁運華整理：《管子校注》（北京：中華書局，2004 年），頁 1147。

〔註104〕〔清〕王念孫撰，張靖偉、樊波成、馬濤等點校點：《廣雅疏證》（上海：上海古籍出版社，2016 年），頁 186。

〔註105〕〔漢〕許慎撰，〔清〕段玉裁注：《說文解字注》（上海：上海古籍出版社，1981 年，經韻樓原刻為底本），頁 281。

〔註106〕〔魏〕王弼注，〔唐〕孔穎達疏：《周易正義》（北京：北京大學出版社，2000 年，嘉慶 21 年南昌學堂重刊宋本），卷 8，頁 368。

〔註107〕徐元誥撰，王樹民、沈長民點校：《國語集解（修訂本）》（北京：中華書局，2019 年），頁 512。

〔註108〕〔漢〕趙岐注，〔宋〕孫疏奭：《孟子注疏》（北京：北京大學出版社，2000 年，嘉慶 21 年南昌學堂重刊宋本），卷 13 上，頁 412。

〔註109〕〔宋〕洪興祖撰，黃靈庚點校：《楚辭補注》（上海：上海古籍出版社，2021 年），頁 184～185。

〔註110〕〔漢〕鄭玄注，〔唐〕孔穎達疏：《禮記正義》（北京：北京大學出版社，2000 年，嘉慶 21 年南昌學堂重刊宋本），卷 12，頁 444。

害。」陸德明《釋文》：「副，《說文》云：『分也。』」〔註111〕又《禮記·曲禮上》：「為天子削瓜者副之，巾以絺。」鄭玄《注》：「副，析也。」〔註112〕即是說把一件東西一分為二，進而引伸出｛二｝。

綜上所述，「△1」字當隸定作「𣍹」，釋為「貳」。古文字「貳」本見借筆及省聲兩種文字演變過程，「△1」字應是省聲字，「𣍹」字應分析作從「戌」、「肉」，二省聲。

九、〔而〕

《上博簡（四）·曹沫》簡12：「而亡（無）又（有）厶（私）也」

《安大簡（二）·曹沫》簡8：「天〈而〉亡（無）又（有）厶（私）也」

謹案：《安大簡》整理者誤釋「天」字作「而」，當是「而」之訛字。《上博簡》作「[圖]」（簡12）、「[圖]」（簡62），《安大簡》作「[圖]」（簡8）、「[圖]」（簡18）。《安大簡》整理者在此兩處把字皆隸釋作「而」，當隸定作「天」字，應是「而」之訛誤。楚文字「而」、「天」在字形上非常接近，也常見混訛。就簡文的文例來看，當釋作「而」為是。

第二節 「論問陳、守邊城」章

一、〔皆／盡〕、〔存〕

《上博簡（四）·曹沫》簡14：「三弋（代）之戦（陳）皆〔一〕𧟊（存）〔二〕」

《安大簡（二）·曹沫》簡10：「三弋（代）之戦（陳）肁（盡）〔二〕𧟊（存）〔二〕」

【一】「皆／盡」

《安大簡》整理者：「肁」，讀為「盡」，《上博四·曹沫》簡十四作「皆」。

《助字辨略》卷三：「盡，皆也，悉也。」〔註113〕

〔註111〕〔漢〕毛亨傳，〔漢〕鄭玄箋，〔唐〕孔穎達疏：《毛詩正義》（北京：北京大學出版社，2000年，嘉慶21年南昌學堂重刊宋本），卷17，頁1246；〔唐〕陸德明撰，黃焯斷句：《經典釋文》（北京：中華書局，1983年），頁93。

〔註112〕〔漢〕鄭玄注，〔唐〕孔穎達疏：《禮記正義》（北京：北京大學出版社，2000年，嘉慶21年南昌學堂重刊宋本），卷2，頁76。

〔註113〕安徽大學漢字發展與應用研究中心編，黃德寬、徐在國主編：《安徽大學藏戰國竹簡（二）》（上海：中西書局，2022年），頁60。

謹案：《上博簡》作「」，《安大簡》作「　」。二字均用作虛詞使用，二字並沒有分別。筆者於此再補二例，如《上博簡（四）·曹沫》簡32：「其將帥盡食，車輦皆載」，當中的「盡」、「皆」並舉。又《讀書雜志·經下》「盡若方之相召也」條引王引之曰：「盡，猶皆也。」〔註114〕又《詞詮》卷六「盡，表數副詞，悉也，皆也。」〔註115〕

【二】「存」

謹案：《上博簡》作「　」，《安大簡》作「　」（下文將以「△」表示）。「△」字下半從類「大」形，寫法頗為特別。《安大簡（二）·曹沫》「虞」字凡兩見，一作「△」，二作「　」（簡26）。「△」字的寫法已見，字作「　」（《清華簡（十三）·食禮》簡35）、「　」（《清華簡（十三）·食禮》簡27）、「　」（《清華簡（十二）·參不韋》簡66）。《清華簡（十二）》整理者已指出《參不韋》與《清華簡（一）·保訓》是同一書手，竹書文字具有晉系風格。〔註116〕楚文字「虞」下半本身就有大量異體的寫法，原篆羅列如下：

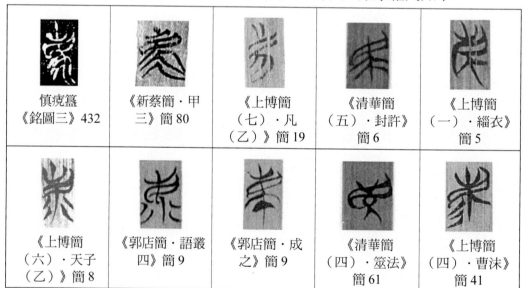

慎痎簋《銘圖三》432	《新蔡簡·甲三》簡80	《上博簡（七）·凡（乙）》簡19	《清華簡（五）·封許》簡6	《上博簡（一）·緇衣》簡5
《上博簡（六）·天子（乙）》簡8	《郭店簡·語叢四》簡9	《郭店簡·成之》簡9	《清華簡（四）·筮法》簡61	《上博簡（四）·曹沫》簡41

〔註114〕〔清〕王念孫撰，徐煒君、樊波成、虞思徵、張靖偉點校：《讀書雜志》（上海：上海古籍出版社，2015年），頁1536。

〔註115〕楊樹達：《詞詮》（北京：中華書局，1978年），頁293。

〔註116〕石小力：〈清華簡《參不韋》概述〉，《文物》第9期（2022年），頁54。

《上博簡（四）・曹沫》簡42	《上博簡（二）・容成氏》簡48	《清華簡（七）・越公》簡26		

上舉諸字的下半基本沒有固定且有變化多端的寫法，似沒有必要視「△」字為錯字。不過《安大簡（二）・曹沫》兩種寫法的「廌」字大同小異，「△」字之演變可構擬作「」→「类」→「羊」→「禾」，且不能視「△」字具有晉系文字之特徵。

值得注意的是，楚文字「廌」已出現保留早期文字的寫法，字作：

《清華簡（五）・命訓》簡15

該字就是「灋」之省形，嚴式隸定作「𡃱」，甲骨文「廌」作「」（《合集》5685反）、「」（《合集》10470反）、「」（《合集》28422），又或西周金文「灋」所從「廌」旁，如「」（師西簋／《集成》4288）、「」（克鼎／《集成》2836）。「」字所從「廌」旁與甲骨金文的寫法完全一致，可能是「文字存古」的現象。關於「廌」之字形考釋及動物屬性，可參單育辰《甲骨文所見動物研究》。〔註117〕

二、〔克〕

《上博簡（四）・曹沫》簡14：「或吕（以）克」

《安大簡（二）・曹沫》簡10：「或吕（以）𢤱〈克〉」

謹案：《上博簡》作「𢤱」，《安大簡》作「𢤱」（下文將以「△」表示）。

〔註117〕單育辰：《甲骨文所見動物研究》（上海：上海古籍出版社，2020年），頁176～179。

「△」字當是「克」之誤字。「△」字與一般「克」字不同,「△」字之寫法首
見,所從「厂」形帶有錯訛成分。《安大簡(二)・曹沫》「克」字凡四見,
如「△」字、「」(簡24)、「」(簡24)、「」(簡37)。只有「△」
字中間寫作「厂」形,其餘三字則寫作「尸」形,與典型楚文字「克」的寫
法一致。甲骨金文「克」作「」(《合集》19779)、「」(《合集》36909)、
「」(大保簋/《集成》4140)、「」(井侯簋/《集成》4241),甲骨文
「克」(從「由」,從「皮」省)演變到戰國文字,其構形仍然保持一致,只是
下半或可以添加或省略「又」旁,又或從「又」旁改換作「心」旁,戰國各系
文字分別作:

楚系:(《清華簡(七)・越公》簡13)、

(《郭店簡・緇衣》簡19)

晉系:(中山王𧻛壺/《集成》9735)、

(十七年相邦𥅆戈/《珍吳》140)

齊系:(陳侯因𦤝錞/《集成》4649)、

(司馬懋鎛/《山東》104)

秦系:(《詛楚文・巫咸》)、

(《陶彙》6.317.1)

燕系:(燕王職壺/《新收》1483)

上舉諸字「克」皆與甲骨金文的寫法一致，基本上「△」字中間所從「ᒉ」形當是「ᒆ」之訛形。

三、〔交〕

《上博簡・曹沫》簡 14＋17：「啻（敵）邦交墬（地）」

《安大簡・曹沫》簡 10：「啻（敵）邦立〈交〉陀（地）」

　　《上博簡》整理者：讀「交地」，兩國接壤之地。《孫子・九地》：「我可以往，彼可以來者，為交地」，「交地則無絕」，「交地吾將謹其守」。〔註118〕

　　《安大簡》整理者：「立陀」，《上博四・曹沫》簡十七作「交墬」。按：「立」「交」二字形近易訛，疑本簡「立」是「交」的訛誤。「墬」即「地」。「立〈交〉陀」當從上博簡讀為「交地」，指邊境與他國交接之地。《孫子兵法・九地》：「我可以往，彼可以來者，為交地。」杜牧曰：「川廣地平，吾來吾往，足以交戰對壘。」〔註119〕

　　質量復位：簡 10「敵邦立地」，整理者懷疑「立」是「交」之訛。按，「立」可能讀為「接」，傳世文獻中有立聲系與妾聲系間接通假的例證，如「汲」「泣」古通（《漢字通用聲素研究》P990）、「扱」「接」古通（《漢字通用聲素研究》P991）；「拉」「搚」古通（《漢字通用聲素研究》P983）、「蹂」「蹓」古通（《漢字通用聲素研究》P1031）。傳世古書中也有「接地」的表述，如《戰國策・秦策四》：「先帝文王、莊王，王之身，三世而不接地於齊，以絕從親之要。」《說苑・權謀》：「夫吳越接地鄰境，道易通，仇讎敵戰之國也。」「接」與「交」是一對同義的異文。〔註120〕

　　謹案：《上博簡》作「」，《安大簡》作「」。當從《安大簡》整理者之說。網友質量復位以為「立」字可以讀作「接」，並以輾轉通假的方法來證明「立」、「接」二字有可能相通。其說實不可信。首先，輾轉通假之方法過於

〔註118〕馬承源主編：《上海博物館藏戰國楚竹書（四）》（上海：上海古籍出版社，2004 年），頁 254。

〔註119〕安徽大學漢字發展與應用研究中心編，黃德寬、徐在國主編：《安徽大學藏戰國竹簡（二）》，頁 60。

〔註120〕質量復位：〈安大簡《曹沫之陳》初讀〉，武漢網，跟帖第 10 樓，2022 年 8 月 25日（2022 年 9 月 11 日上網）。

複雜，也不符合音理。〔註121〕加上，「立」字無法通讀作「接」。「立」字之上古音屬來紐緝部，「接」字之上古音屬精紐葉部，韻部雖可以旁轉，唯聲紐相去甚遠，故「立」、「接」二字不能通假。既然「立」、「交」二字在字形上本接近，「交」字是有可能訛作「立」字。加上有《孫子》作對照。那麼《安大簡》、《上博簡》二字皆釋作「交」，文從字順。由此可見，《安大簡》「立」字當是「交」的形近訛字。

四、〔拒〕、〔邊〕

【一】「拒」

《上博簡（四）・曹沫》簡17-18：「所吕（以）佢（拒）〔一〕鄔（邊）〔二〕……所吕（以）佢（拒）〔一〕內」

《安大簡（二）・曹沫》簡11：「所吕（以）任〈佢（拒）〉〔一〕〈鄔（邊）〉〔二〕……所吕（以）任〈佢（拒）〉〔一〕內」

謹案：《上博簡》作「」（下文將以「△₁」表示），《安大簡》作「」（下文將以「△₂」表示）。「△₂」字當是「佢」之錯字。《安大簡（二）・曹沫》「佢」字凡二見，如「△₂」、「」（下文將以「△₃」表示），不難發現二字右半所從「巨」旁與本簡「王」字（「」簡43）同形，當中「△₂」、「△₃」二字所從「巨」旁訛形作「王」。戰國楚文字「巨」、「佢」作「」（巨萱鼎／《集成》2301）、「」（《上博簡（六）・天子（乙）》簡6）、「」（《包山簡》簡190）、「」（《郭店簡・唐虞》簡16），上舉諸字與「△₁」字所從「巨」旁一致，不過「△₂₋₃」所從「巨」旁中間筆畫卻從「〜」筆變成橫筆，導致與「王」字同形。由此可見，「△₂₋₃」二字當隸定作「任」，是「佢」之錯字。「任」字已見於後世字書，如《字彙・人部》：「任，急行也。」〔註122〕唯「任」字要

────────────

〔註121〕王挺斌曾言「有些學者則任意破讀，完全不考慮音理通假等條件，喜歡根據這個∵A＝B，B＝C，∴A＝C公式而任意輾轉通假或輾轉訓詁。」引自王挺斌：《戰國秦漢簡帛古書訓釋研究》（北京：清華大學博士論文，2018年），頁2。

〔註122〕〔明〕梅膺祚撰：《字彙》（上海：上海辭書出版社，1991年，上海辭書出版社所藏清康熙二十七年靈隱寺刻本），頁32。

晚到明朝才見，加上《康熙字典・人部》言「仕」是「往」之訛字。〔註123〕此說不無可能。且先秦兩漢時期仍未見「仕」字，故《字彙》「仕」字當是後起新見字，與《安大簡（二）・曹沫》「仕」字當無涉，《字彙》「仕」字、「△2-3」字屬異時同形關係。

關於「佢」之訓讀，筆者認為「佢」讀「拒」即可。有學者以為「佢」讀「拒」或「距」皆可。〔註124〕筆者或認為「拒」有可能是「距」之分化字，在釋讀上還是以「拒」較為理想。清人王先謙在《荀子・仲尼》「而富人莫之敢距」句引盧文弨曰「『距』，古字。『拒』，俗字。」〔註125〕案「距」是古字當可信，可是「拒」是俗字就有可商之處。戰國至西漢時期已見「距」字，如「（圖）」（悍距末／《集成》11915）、「（圖）」（《說文・足部》）、「（圖）」（《馬王堆・合》簡21.8）等。從早期的古書用字來看，如《詩・大雅・皇矣》「敢距大邦」，孔穎達《疏》：「抗拒大國」。〔註126〕可能早期是假「距」字來表示{拒}，如《淮南子・本經》：「句爪居牙戴角出距之獸於是驚矣」，高誘《注》：「距，讀拒守之拒。」〔註127〕又《潛夫論・敘錄》：「距諫所敗」，汪繼培《箋》：「距與拒通。」〔註128〕只是後來改換作「手」旁以分化出「拒」。故「拒」字當非俗字，實際上是從「距」字分化出來。

再來談談「△1」字之隸定問題，《安大簡》整理者把《上博簡》「△1」、「（圖）」二字隸定作「㠯」，實不可從。其實二字當從「尸」旁，楚文字常見「人」、「尸」二旁混訛。硬要依形隸定的話，是可以隸定作「㞢」，有學者提及「（圖）」（《清華簡（六）・鄭太伯（甲）》簡11）、「（圖）」（《清華簡（六）・

〔註123〕〔清〕張玉書等編纂，漢語大詞典編纂處整理：《康熙字典：標點整理本》（上海：漢語大詞典出版社，2002年），頁19。

〔註124〕高師佑仁：《《上海博物館藏戰國楚竹書（四）・曹沫之陣》研究》上冊（臺北：花木蘭文化出版社，2008年），頁120～121。

〔註125〕〔清〕王先謙撰，沈嘯寰、王星賢點校：《荀子集解》（北京：中華書局，1988年），頁107。

〔註126〕〔漢〕毛亨傳，〔漢〕鄭玄箋，〔唐〕孔穎達疏：《毛詩正義》（北京：北京大學出版社，2000年，嘉慶21年南昌學堂重刊宋本），卷16，頁1208。

〔註127〕何寧撰：《淮南子集釋》（北京：中華書局，1998年），頁563。

〔註128〕〔漢〕王符著，〔清〕汪繼培箋，彭鐸校正：《潛夫論箋校正》（北京：中華書局，1997年），頁468。

鄭太伯（乙）》簡 10）應當隸定作「屌」。〔註 129〕《清華簡（六）・鄭太伯》二字確實是從「尸」旁，可是學界已普遍接受這類從「尸」旁的「征」、「屁」是可以直接隸定作「佢」，如《戰國文字字形表》也沒有為這種從「尸」旁的「佢」另立新的隸定，〔註 130〕不如把「△₁」、「屁」二字直接隸定作「佢」即可。

【二】「邊」

《安大簡》整理者：「鄔」，原文右下作「夕」，當是「鄔」之訛體，可與《上博四・曹沫》簡十七「鄔」字比較，參上注〔二六〕。《國語・吳語》「句踐用帥二三之老，親委重罪，頓顙於邊。」韋昭注：「邊，邊境。」〔註 131〕

謹案：《上博簡》作「𤲃」，《安大簡》作「𤲃」（下文將以「△」表示）。筆者認為《安大簡（二）・曹沫》「鄔」字下半或有可能作「夕」形，且「△」字當是「鄔」字之誤。《安大簡》整理者以為「△」字之下半作「夕」形，不過以原篆字形來看，字上從「自」，下從「夕」。檢視《安大簡（二）・曹沫》書手寫「鄔」字的情況，書手第一次寫「鄔」字與一般戰國楚文字「鄔」並沒有差異，字形如下：

《安大簡（二）・曹沫》簡 9	《清華簡（九）・治政》簡 37）》	《上博簡（四）・曹沫》簡 13	《清華簡（六）・孺子》簡 12

值得注意的是戰國楚文字「鄔」左下所從已訛變作「旁」旁，西周金文「邊」（「𦫼」散氏盤／《集成》10176）本從「辵」，「㲋」聲。「㲋」（幫紐元部）本從「方」（幫紐陽部）得聲。又或者再加注聲符「丙」（幫紐陽部）聲，如「𤲃」

〔註 129〕簡欣儀：〈清華陸〈鄭文公問太伯〉與《左傳》人名蠡測〉，《淡江中文學報》第 48 期（2023 年），頁 134～135。

〔註 130〕黃德寬主編，徐在國副編，徐在國、程燕、張振謙編著：《戰國文字字形表》（上海：上海古籍出版社，2017 年），頁 1226。

〔註 131〕安徽大學漢字發展與應用研究中心編，黃德寬、徐在國主編：《安徽大學藏戰國竹簡（二）》（上海：中西書局，2022 年），頁 60。

（大盂鼎／《集成》2837）。後來所从「丙」旁演變作「吂」旁，並與「方」形結合而成「旁」旁，筆者疑楚文字「鄥（邊）」（幫紐元部）所从「旁」（並紐陽部）旁似有表音作用，或可以視為「變形音化」。當書手寫到「△」字，就完全省略了「旁」旁而寫作「⿰」形，檢視《安大簡・曹沫》書手之書寫習慣，其實「⿰」形已見於「蔑」字，如「▢」（簡6）、「▢」（簡13）、「▢」（簡14）、「▢」（簡44），從楚文字與「⿰」形相類之構形已見於「募」、「備」、「𢎴」等字，字形如下：

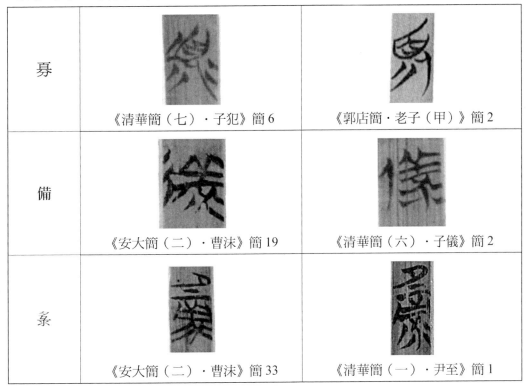

募	《清華簡（七）・子犯》簡6	《郭店簡・老子（甲）》簡2
備	《安大簡（二）・曹沫》簡19	《清華簡（六）・子儀》簡2
𢎴	《安大簡（二）・曹沫》簡33	《清華簡（一）・尹至》簡1

上舉字形之下半中間可寫作「丫」、「⺅」等構形，左右皆有四撇筆作「ⵥ」，即「𠇋」，又或省略右半二撇筆而作「⿰」，即是「△」字右下所从，只是「△」字所從「ノ」與「丁」形結合起來作「⿰」。從《安大簡（二）・曹沫》書手抄寫「募」、「𢎴」等字就可以發現，書手多把左右撇筆結合「丫」、「⺅」等形，所以「△」字右下並不是從「⿰」形，應是從「⿰」形。綜合考慮下，古文字「鼻」從未見類似「△」字右半所從「⿰」之寫法，故「△」字當是「鄥」之錯字。

五、〔愛〕

《上博簡（四）‧曹沬》簡 17：「母（毋）**悉**（愛）貨資、子女」

《安大簡（二）‧曹沬》簡 11：「毋 **否** 〈**悉**（愛）〉貨貲（資）、子女」

　　謹案：《上博簡》作「」（下文將以「△₁」表示），《安大簡》作「」

（下文將以「△₂」表示），「△₂」字當是「悉」的錯字。《安大簡（二）‧曹沬》

「悉」字凡二見，如「 春 」（簡 8）、「△₂」。前者與一般楚文字「悉」（「 亹 」

《清華簡（六）‧子儀》簡 17）的寫法並無差別。不過楚簡文字「悉」所從「旡」

旁變化多端，原篆如下：

A	B	C	D	E
《清華簡（一）‧程寤》簡 9	《郭店簡‧老子（甲）》簡 36	《郭店簡‧尊德義》簡 26	《郭店簡‧五行》簡 13	《清華簡（八）‧邦道》簡 21
F	G	H	I	J
《清華簡（二）‧魯邦》簡 2	《郭店簡‧成之》簡 20	《郭店簡‧唐虞》簡 6	《郭店簡‧唐虞》簡 6	《郭店簡‧唐虞》簡 7

「A」字正常楚文字「悉」寫法一致，當無問題。「B」字所從「旡」旁缺了一
筆，而「C」字在「B」字所從「**又**」旁下添加「人」形。「D」字則是從「旡」
訛形作「夊」。「E」字所從「又」旁當是從「D」字所從「夊」旁簡省一道撇筆
就會變成「又」旁，而且「△₁」字與「E」字的寫法是一樣的。「F」、「G」字
所從「**火**」、「**大**」旁本與「夭」字下半（「 **史** 」《清華簡（三）‧良臣》簡 3）
相類，「F」、「G」字上半所從當是「旡」之訛形。「H」、「I」二字所從「**夂**」、
「**又**」旁應是「旡」之變體。至於「J」字所從「**七**」旁頗為奇特，似是「旡」
之變體。至於「△₂」字的寫法首見，該字當有錯訛的成分。而且在他系文字

系統中，晉、燕二系文字「㤅」之原篆如下：

晉系：（姧蚉壺／《集成》9734）、 （《璽彙》4655）

燕系： （燕侯載簋／《集成》10583）

上舉諸字與楚文字「㤅」在構形上是一致的。最後「△₁」字對應「△₂」字，簡文作「毋～貨資、子女」，二字隸釋作「愛」文從字順。

綜上所述，「△₁」字上半所從「又」旁當是「旡」之訛形，且「△₂」字當是「㤅」之錯字。

六、〔守〕

《上博簡（四）・曹沫》簡18：「必又（有）戰（戰）心㠯（以）獸（守）」

《安大簡（二）・曹沫》簡11：「必又（有）戰（戰）心㠯（以）戰〈獸（守）〉」

《安大簡》整理者：「必又戰心㠯戰」，《上博四・曹沫》簡十八作「必又戰心㠯獸」。「戰」，即古文「戰」。後「戰」當是「獸」之訛，讀為「守」。〔註132〕

謹案：從簡文來看，《安大簡（二）・曹沫》「戰」字確實是「獸」之訛字，二字皆讀作「守」。《上博簡》作「 」，《安大簡》作「 」。二字之差異僅在於右半，前者從「犬」，後者則從「戈」，雖然從未見過「犬」、「戈」二形有混訛之例，不過以簡文內容來分析，魯莊公問曹沫「要與齊國作戰，要如何佈陣及守衛邊界」，曹沫回答了一系列之措施，如「敵邦交地，不可以作怨」、「疆地毋先而必取口」、「毋愛貨資、子女以事其便嬖」、「城郭必修」、「繕甲利兵」等措施，前者是對外防範與敵國開戰，並從自己的國家內部做好防禦準備，以守待戰，故簡文「必有戰心以～」一語當以「獸（守）」為是。疑有可能是受到簡文「戰心」的「戰」字所影響，導致「涉上而誤」。〔註133〕故《安大簡（二）・曹沫》「戰」字應視為「獸」之形近訛字。

〔註132〕安徽大學漢字發展與應用研究中心編，黃德寬、徐在國主編：《安徽大學藏戰國竹簡（二）》（上海：中西書局，2022年），頁60。

〔註133〕可參閱王叔岷撰：《斠讎學：補訂本；校讎別錄》（北京：中華書局，2007年），頁284～285；程千帆、徐有富：《校讎廣義：校勘編》（濟南：齊魯書社，1998年），頁110～112。

七、〔乎〕

《上博簡（四）·曹沫》簡20：「則繇（由）亓（其）杲（本）⿸虍介（乎）？」

《安大簡（二）·曹沫》簡12-13：「則繇（由）亓（其）杲（本）⿸虍㕣（乎）？」

《安大簡》整理者：「則繇亓杲⿸虍㕣」，《上博四·曹沫》簡二十「⿸虍㕣」作「虎」……〔註134〕

李家浩：像這樣寫法的「⿸虍介」，還見於清華大學藏戰國竹簡……大概其整理者也認為「⿸虍介」的下部「介」字形所从「八」是「飾筆」。〔註135〕

謹案：《上博簡》作「」（下文將以「△」表示），《安大簡》作「」。《安大簡》整理者之隸定方案可商。《上博簡》整理者把「△」字隸定作「⿸虍介」，無說。後來《安大簡》整理者改隸定作「虎」。《上博簡》用作｛乎｝之字，除了「△」字，還有「」（簡40）、「」（簡43）、「」（簡44）、「」（簡46上）、「」（簡49）、「」（簡50）、「」（簡60上），以及用作號令的｛號｝作「」（簡50）。高師佑仁以為上舉數字下半从「介」旁，並指出「人」形左右的撇筆應是飾筆，〔註136〕李家浩亦主之。陳斯鵬則以為表示｛乎｝習作「⿸虍介」、「⿸虍㕣」，並指出「⿸虍介」字下从所从「人」旁左右「加飾而成」，而「⿸虍㕣」字所添加的「口」旁皆有區別功能。〔註137〕陳氏對「⿸虍介」字所添加的左右撇筆具有區別作用是可信的，只是陳氏把飾符與別符之概念混為一談卻有問題。孫偉龍曾釐清飾符與別符之概念，並指出飾符對文字系統是可有可無，而別符具有區別作用，是不可隨意剔除的。〔註138〕

〔註134〕安徽大學漢字發展與應用研究中心編，黃德寬、徐在國主編：《安徽大學藏戰國竹簡（二）》（上海：中西書局，2022年），頁61。

〔註135〕李家浩：〈上博楚簡《曹沫之陳》「復盤戰」一段文字義疏〉，載安徽大學漢字發展與應用研究中心編，徐在國主編：《戰國文字研究》第5輯（合肥：安徽大學出版社，2022年），頁52～53。

〔註136〕高師佑仁：《《上海博物館藏戰國楚竹書（四）·曹沫之陣》研究》下冊（臺北：花木蘭文化出版社，2008年），頁362～363。

〔註137〕陳斯鵬：《楚系簡帛中字形與音義關係研究（修訂本）》（上海：中西書局，2022年），頁229～230。

〔註138〕孫偉龍：《《上海博物館藏戰國楚竹書》文字羨符研究》（長春：吉林大學博士論文，2009年），頁25。

值得注意的是，楚文字「虖」基本上都是用作表示｛乎｝，《上博簡》之辭例可參徐在國《上博楚簡文字聲系》，〔註139〕以及用作｛呼｝，如《清華簡（一）·祭公》簡4、8、14、15及17之辭例皆作「嗚虖（呼）」。僅有一例用作表示｛號｝，即《上博簡（四）·曹沫》簡50「虖（號）命於軍中」。可是楚簡通常以「虐」字來記錄｛號｝。筆者疑「虖」字記錄｛號｝應是偶有通假，似與用字習慣無關。

綜上所述，「△」字應隸定作「虖」，其下半「人」旁左右兩道撇筆應是區別符，並不是飾符。楚文字「虖」、「虐」均可以表示｛乎｝詞。

第三節 「論三教」章

一、〔和〕

《上博簡（四）·曹沫》簡20：「為和於邦女（如）之可（何）？」

《安大簡（二）·曹沫》簡13：「為▢〈和〉於邦女（如）可（何）？」

《安大簡》整理者：「▢」，《上博四·曹沫》簡二十作「和」。「▢」當是「和」字異體。〔註140〕

高師佑仁：「和」字从「口」、「禾」聲，在古文字中是相對穩定的單字，安大簡《曹沫之陳》共出現十次「和」字，除本處寫法較為特殊外，其餘均與一般寫法之「和」無別。筆者認為本處簡13的特殊構形顯然是受到下一字「▢（於）」的影響而致誤，校讎學中習慣將這類型的錯誤稱為「涉下而誤」。細審字形會發現「▢」、「▢」的起始兩筆完全一樣，近似於「人」形，也就是書手在書寫「▢」字時，開頭兩筆先誤寫為「於」，發現後硬改為「和」，遂出現此種特殊字形，此字乃帶有訛誤成分的「和」，並非「和」字新見的異體寫法，故無必要為它特別創造新的隸定。〔註141〕

謹案：《上博簡》作「▢」，《安大簡》作「▢」。高師佑仁之說正確可

〔註139〕徐在國：《上博楚簡文字聲系（一～八）》（合肥：安徽大學出版社，2013年），頁1235～1238。

〔註140〕安徽大學漢字發展與應用研究中心編，黃德寬、徐在國主編：《安徽大學藏戰國竹簡（二）》（上海：中西書局，2022年），頁61。

〔註141〕高師佑仁：〈安大簡《曹沫之陳》補釋〉，（待刊於《興大人文學報》）。

從，可參。「🀰」字並無必要另外創立新的嚴式隸定，直接視為「和」之錯字即可。

二、〔等〕

《上博簡（四）‧曹沫》簡21：「貴戔（賤）同坓（等）」

《安大簡（二）‧曹沫》簡14：「貴俴（賤）同屮〈坒（等）〉」

　　《安大簡》整理者：「貴俴同屮」，讀為「貴賤同等」。〔註142〕

　　高師佑仁：此處讀成「貴賤同等」沒有疑義，不過細審「等」字，「坓」、「坒」字形稍有不同，嚴式隸定應有區別。上博簡的「坓」原整理者隸定「坒」，陳劍改訂為「坓」，字形上「之」下「止」，可信。而安大簡的「坒」原整理者釋作「屮」，顯然也不夠精確，字形應從二「之」。古文字「止」與「之」有別，「止」作「🄯」（上博‧緇衣16）、「🄰」（郭店‧六德48），乃「趾」之初文，三筆為之；「之」字作「𡳿」（包7）、「𡳿」（包60）、「𡳿」（曾75），象人足跨出門檻，本義為出發、前往之意，以四筆為之……古文字的「之」在偏旁中常隸定作「屮」，例如「旹（時）」、「𧈪」、「匿（匡）」、「𡾋」、「進（往）」等，則「坒」或許可考慮嚴式隸定為「屮」。〔註143〕

　　謹案：高說可從，可參。《上博簡》作「坓」，《安大簡》作「坒」。

三、〔施〕

《上博簡（四）‧曹沫》簡21：「｛鬌（施）｝彔（祿）母（毋）倍（倍）」

《安大簡（二）‧曹沫》簡14：「鬌（施）彔（祿）毋倍（倍）」

　　《安大簡》整理者：「鬌彔毋倍」，《上博四‧曹沫》簡二一無「鬌」字。「鬌」，又見於簡四三背，從「髟」、「它」聲，即見於《說文》「鬄」字異體的「鬌」，讀為「施」，給予，施捨。「彔毋倍」，陳劍讀為「祿毋倍」（參《戰國竹書論集》第一一七頁）。「施祿毋倍」，給予俸祿不要加倍。〔註144〕

〔註142〕安徽大學漢字發展與應用研究中心編，黃德寬、徐在國主編：《安徽大學藏戰國竹簡（二）》（上海：中西書局，2022年），頁61。

〔註143〕高師佑仁：〈安大簡《曹沫之陳》補釋〉，（待刊於《興大人文學報》）。

〔註144〕安徽大學漢字發展與應用研究中心編，黃德寬、徐在國主編：《安徽大學藏戰國竹簡（二）》（上海：中西書局，2022年），頁61～62。

海天遊蹤（蘇師建洲）：簡14「（施）祿毋倍」，其中「施」的字形當與上博簡《仲弓》14+9「早（躁）使不行，妥△【14】有成」的「△」為一字。〔註145〕

youren（高師佑仁）：筆者認為據安大本而補足漏字……（《上博簡（四）‧曹沫》）補上「施」字後，前後多是四字句，文句更為通順。「髮」見於簡14，又見於該簡之背，細審其差異，簡背「髟」表示飄逸秀髮的部件以波浪形呈現，而正面寫法寫成三道橫筆，簡背寫法比較正確。〔註146〕

謹案：《安大簡》整理者之可備一說。筆者或認為《安大簡》「髮」字當讀作「施」，訓作「恩惠」、「好處」義。《安大簡》作「」（下文將以「△」表示），在《安大簡》簡43背亦見「」，當與「△」為一字。《安大簡》整理者以為「△」字可分析作從「髟」，「它」聲，讀作「施」，指施捨、給予義。下文將談《上博簡》之補字問題，及後分析「△」字及釋讀問題，最後討論「」（《上博簡（三）‧仲弓》簡14，並在下文以「△₁」表示）與「△」字是否同一字的問題。

由於《上博簡》簡文作「母僓」，而《安大簡》簡文作「髮毋僓」，《上博簡》較《安大簡》缺一字，《上博簡》應補一字，與《安大簡》看齊，因為該段簡文「凡畜群臣，貴賤同等，～祿毋倍」多是四字為一句，故《上博簡》當依據《安大簡》補「施」字。

先談「△」字之聲符問題，《安大簡》整理者以為「△」字從「它」聲，其說可從。從《說文‧髟部》諸字來看，除了「髦」、「髯」二字之外，〔註147〕凡從「髟」之字基本上是從「髟」，「X」聲的構形，由此可證「△」字亦當從「它」聲。

〔註145〕海天遊蹤（蘇師建洲）：〈安大簡《曹沫之陳》初讀〉，武漢網，跟帖第45樓，2022年8月25日（2023年3月17日上網）。

〔註146〕youren（高師佑仁）：〈安大簡《曹沫之陳》初讀〉，武漢網，跟帖第53樓，2022年8月25日（2023年3月17日上網）。

〔註147〕《說文‧髟部》：「髦，髮也。從髟從毛。」又《說文‧髟部》：「髯，髮隋也。從髟，隋省。」後來段玉裁《說文注》指出「髦」、「髯」是會意兼聲字。引自〔漢〕許慎撰，〔宋〕徐鉉校定：《說文解字》（北京：中華書局，2013年，陳昌治本為底本），頁183；〔漢〕許慎撰，〔清〕段玉裁注：《說文解字注》（上海：上海古籍出版社，1981年，經韻樓原刻為底本），頁426、428。

　　再來討論網友海天遊蹤（蘇師建洲）指出「△₁」字與「△」字本為一字，可信。上文已證「△」當是「髶」字，只是「△₁」字所從「髟」旁與一般「髟」字所見三道橫筆（或作「～」筆）缺一筆，考慮到該字與「△」字之構形一致，故「△₁」字當是省寫一橫筆而已。

　　最後談談「△」上半所從問題，《安大簡》整理者以為「△」字上半從「髟」旁，可信。古文字「髟」多見，甲骨金文作「□」（《合集》14294）、「□」（《合集》17945）、「□」（髟莫父乙瓠／《集成》7264）、「□」（史牆盤／《集成》10175）、「□」（克罍／《銘圖》13831），又或者用作偏旁作「□」（克鼎／《集成》2836）、「□」（師麻孝叔簠／《集成》4555）。陳世輝以為象頭髮下披之形。[註148]林澐從之，並云「象人有飄飄長髮之形」。[註149]戰國楚文字作「□」（《郭店簡・成之》簡22）。不難發現甲骨金文演變到戰國楚文字，「手」的部分已有省略的現象且漸演變作「人」形。通過對比「△」字與「□」，當中的差異僅在於前者從「尸」形，後者則從「人」形，不過戰國楚文字「尸」、「人」二旁形近易訛且有大量之例證，可詳閱孫合肥《戰國文字形體研究》，[註150]於此不再贅引。加上「△」字上半皆見三道橫筆，與古文字「髟」之構形基本一樣，對於「△」字的三道橫筆較為特別，上舉甲骨金文「髟」多以波浪形來表示飄逸秀髮，故高師佑仁才言「□」字的寫法比較正確。其實在西周金文、戰國文字已見以橫筆來表示飄逸秀髮，如「□」（孤竹父丁罍／《集成》9810）、「鬜」字（「□」《珍秦》258）、「鬘」字（「□」《珍秦》260）及「△₁」字，或有可能戰國文字「髟」的秀髮部分皆可以用橫筆或波浪筆畫來表示。

　　「△」字讀作「施」之問題，《上博簡（四）・曹沫》簡6「沱胎」即是「施

[註148] 陳世輝：〈牆盤銘文解說〉，《考古》第5期（1980年），頁433。
[註149] 林澐：〈釋史牆盤銘中的「逖虘髟」〉，收入氏著：《林澐文集》古史卷（上海：上海古籍出版社，2019年），頁175。
[註150] 孫合肥：《戰國文字形體研究》下冊（北京：中華書局，2020年），頁515～516。

伯」，已是學界定論，其字形作「」（簡6），字本从「水」，「它」聲，讀作「施」。楚文字「貤」、「攺」、「它」等字皆表示｛施｝之專字，禤健聰已指出楚文字「貤」、「攺」是｛施｝之專字，前者从「貝」是表施予義，後者从「攴」表施設義，又或直接假借「它」字以表示｛施｝之諸義。〔註151〕由此可見，「△」字讀作「施」並沒有問題。

最後，「△」字當訓作「恩惠」、「好處」義。雖然古書有「施祿」之用法，如《易・夬》：「君子以施祿及下，居德則忌。」〔註152〕把「△」字訓作施捨、給予義，放回簡文釋讀亦頗為順暢。可是考慮到《曹沫之陳》較多對文，而簡文「貴賤同等」之語法結構當是「nn＋v」，下一句「～祿無倍」亦應該是「nn＋v」。古書多見「施」訓作「恩惠」、「好處」之義，如《國語・晉語二》：「務施與力而不務德」，韋昭《注》：「施，惠也。」〔註153〕又《左傳・僖公二十七年》：「報施救患，取威定霸，於是乎在矣。」〔註154〕又《吳子・料敵》：「二曰上愛其下，惠施流布」。〔註155〕

綜上所述，《安大簡》整理者以為「△」字當分析作从「髟」，「它」聲，讀作「施」，訓作施捨、給予義。《安大簡》整理者對於「△」字之構形分析，以及讀作「施」當可信。不過訓作施捨、給予義則可備一說。筆者或認為「△」字讀作「施」，訓作「恩惠」、「好處」之義，即意謂「恩惠、俸祿不要加倍」。

四、〔悌〕

《上博簡（四）・曹沫》簡21-22：「幾（愷）㞷（悌）君子」

《安大簡（二）・曹沫》簡14：「幾（愷）俤（悌）君子」

《安大簡》整理者：「幾俤君子」，《上博四・曹沫》簡二二作「幾㞷君子」，皆讀為「愷悌君子」。此句和下句，上博簡整理者注謂出自《詩・大雅・泂酌》

〔註151〕禤健聰：《戰國楚系簡帛用字習慣研究》（北京：科學出版社，2017年），頁286～287。

〔註152〕〔魏〕王弼注，〔唐〕孔穎達疏：《周易正義》（北京：北京大學出版社，2000年，嘉慶21年南昌學堂重刊宋本），卷5，頁212。

〔註153〕徐元誥撰，王樹民、沈長雲點校：《國語集解（修訂本）》（北京：中華書局，2019年），頁287。

〔註154〕〔周〕左丘明傳，〔晉〕杜預注，〔唐〕孔穎達正義：《春秋左傳正義》（北京：北京大學出版社，2000年，嘉慶21年南昌學堂重刊宋本），卷16，頁501。

〔註155〕陳曦集釋：《吳子集釋》（北京：中華書局，2021年），頁107～108。

「豈弟君子，民之父母」。《禮記》引《詩》作「凱弟君子，民之父母」。《說苑·政理》引《詩》作「凱悌君子，民之父母」。《韓詩外傳》《大戴禮記》《孔子家語》等作「愷悌君子，民之父母」。《上博二·民》簡一作「幾俤君子，民之父母」，與本簡同。〔註156〕

謹案：《上博簡》作「」（下文將以「△」表示），《安大簡》作「」，二字皆讀作「悌」為是。先談「△」字之隸定問題，「△」字應隸定作「屖」。《上博簡》整理者把「△」字隸定作「俤」，無說。後來陳劍、高師佑仁皆改隸定作「屖」，皆以為「屖」、「俤」二字可以通假。〔註157〕陳氏、高氏之隸釋意見可從。

就簡文內容來看，「△」字當讀作「悌」。「愷悌君子，民之父母」本是先秦習語，古書、楚簡多見，故「△」字讀作「悌」本無疑問。不過「屖」字之上古音屬心紐脂部，「弟」字之上古音屬定紐脂部，高師佑仁以為「屖」、「弟」二字之聲紐稍遠，高氏也舉出《說文·辵部》「遲」字之籀文「」本從「屖」得聲，「遲」字之上古音屬定紐脂部，與「弟」字音近可通。〔註158〕隨著新派古音學家不斷發表新的學術成果，我們可以知道「弟」（定紐脂部四等開口）、「屖」（心紐脂部四等開口）二字之聲紐同屬*L-系。中古的舌齒音聲紐之來源可分為*T-系、*L-系兩大類，這兩系在中古聲紐之分布作：

	端	透	定	知	徹	澄	章	昌	禪	書	船	以	心	邪
T 類	+	+	+	+	+	+	+	+	+	+	−	−	−	−
L 類	−	+	+	−	+	+	−	+	−	+	+	+	+	+

李豪曾指出「弟」字之聲紐應歸入*L-系。〔註159〕現在可以知道屬心紐的「屖」字當屬*L-系。由此可見，「屖」、「弟」二字之聲紐都是*L-系聲紐，韻部相同，二字音近可通。上文已談及《說文》籀文「」字本從「屖」得聲，與戰國楚

〔註156〕安徽大學漢字發展與應用研究中心編，黃德寬、徐在國主編：《安徽大學藏戰國竹簡（二）》（上海：中西書局，2022 年），頁 62。

〔註157〕可詳閱陳劍：〈上博竹書《曹沫之陳》新編釋文〉，收入氏著：《戰國竹書論集》（上海：上海古籍出版社，2013 年），頁 117；高師佑仁：《《上海博物館藏戰國楚竹書（四）·曹沫之陣》研究》上冊（臺北：花木蘭文化出版社，2008 年），頁 145～146。

〔註158〕高師佑仁：《《上海博物館藏戰國楚竹書（四）·曹沫之陣》研究》上冊（臺北：花木蘭文化出版社，2008 年），頁 145。

〔註159〕李豪：〈結合古文字和文獻用字論「兕」「弟」「雉」等字的上古聲母〉，《出土文獻》第 1 期（2021 年），頁 140～145。

文字之用字習慣相合。隨著戰國竹簡的不斷公布，我們可以知道從「犀」得聲之字本可以讀作「遲」，如：

（一）《上博簡（一）・詩論》簡2：「其樂安而犀（遲）」，字作「」

（二）《上博簡（七）・吳命》簡7：「毋敢有遲·（遲）速之期」，字作「」。

上文已言「犀」字之古音屬心紐脂部四等開口，而「遲」字之古音則屬定紐脂部三等開口，可證「遲」字之聲紐也屬*L-系。

值得注意的是，以「犀」字表示{悌}也見於「」（叔夷鐘／《集成》277），其辭例作「外內愷犀（悌）」。到底「犀」字表示{悌}是齊系文字的用字習慣，還是楚、齊兩系共同的用字習慣，待未來有更多出土材料來判斷。

五、〔嬖〕

《上博簡（四）・曹沫》簡25：「必又（有）舉（數）辟（嬖）夫＝（大夫）；毋（無）舉（數）俾（嬖）夫＝（大夫）」

《安大簡（二）・曹沫》簡15：「必又（有）舉（數）違（嬖）夫＝（大夫）；毋（無）舉（數）違（嬖）夫＝（大夫）」

《上博簡》整理者：「舉獄夫＝」，「舉」同「數」。「夫＝」，合文，讀為「大夫」。「數獄大夫」，「數」是表示若干；「獄大夫」，疑掌軍中之刑罰。「俾夫＝」，讀「裨大夫」，疑即上「獄大夫」。〔註160〕

《安大簡》整理者：「舉違大夫」，「舉」見於戰國中山王鼎（《集成》二八四○），用為「數」，簡文「舉」與之同。此句「違大夫」和下句「違大夫」，《上博四・曹沫》簡二五作「辟大夫」「俾大夫」，陳劍指出「辟大夫」「俾大夫」皆讀為《國語・吳語》的「嬖大夫」。《吳語》：「陳士卒百人，以為徹行百行。行頭皆官師，擁鐸拱稽，建肥胡，奉文犀之渠。十行一嬖大夫……」韋昭注：「三君皆云：『官師，大夫也。』昭謂：下言『十行一嬖大夫』，此一行宜為士。《周禮》：『百人為卒，卒長皆上士。』……十行，千人。嬖，下大夫也。子產謂子南曰：『子晳，上大夫。汝，嬖大夫。』」（參《戰國竹書論集》第一

〔註160〕馬承源主編：《上海博物館藏戰國楚竹書（四）》（上海：上海古籍出版社，2004年），頁259。

一八頁注四）〔註161〕

謹案：《上博簡》「嬖大夫」、「俾大夫」及《安大簡》「連大夫」皆讀為「嬖大夫」為佳。《上博簡》分別作「」（下文將以「△」表示）、「」，《安大簡》分別作「」、「」。《安大簡》整理者引用陳劍的說法，陳說已是學界定論，可信。關於「△」字之寫法，高師佑仁以為「△」字與一般楚文字「辟」的寫法稍有差異，並指出「△」字左半從「彳」旁，〔註162〕可信。《上博簡（四）·曹沫》「辟」字凡三見，如「△」字、「」（簡35）、「」（簡37），後二字與一般「辟」字寫法一致，「△」字所從「彳」旁當是從「尸」訛變而來，「尸」、「彳」混訛已見例子，如「作」（「」《清華簡（九）·禱辭》簡1、「」《清華簡（九）·成人》簡10）。

六、〔攝〕、〔御〕、〔毋〕

《上博簡（四）·曹沫》簡37上：「毋囟（攝）【一】簜（爵），母（毋）鈥（御）【二】軍，母（毋）【三】辟（避）辠（罪）」

《安大簡（二）·曹沫》簡16：「毋角〈囟（攝）〉【一】簜（爵），毋𢏌（御）軍【二】，而〈毋〉【三】辟（避）辠（罪）」

【一】「攝」

《上博簡（四）·曹沫》簡37上：「毋囟（攝）簜（爵）」

《安大簡（二）·曹沫》簡16：「毋角〈囟（攝）〉簜（爵）」

《上博簡》整理者：疑讀「攝爵」。《說文·囗部》：「囟，下取物縮藏之，從口、從又，讀若聶。」「毋囟爵」可能是說為君者不可惜爵而不授。〔註163〕

《安大簡》整理者：「角簜」，《上博四·曹沫》簡三七上作「角簜」。上博

〔註161〕 安徽大學漢字發展與應用研究中心編，黃德寬、徐在國主編：《安徽大學藏戰國竹簡（二）》（上海：中西書局，2022年），頁62。

〔註162〕 高師佑仁：《《上海博物館藏戰國楚竹書（四）·曹沫之陣》研究》上冊（臺北：花木蘭文化出版社，2008年），頁151～152。

〔註163〕 馬承源主編：《上海博物館藏戰國楚竹書（四）》（上海：上海古籍出版社，2004年），頁267。

簡「角」字原文寫法與《上博四·曹沫》簡十六「繝」字所從「角」相似，唯前者「角」內筆畫作「又」形，《上博四·曹沫》簡三七上釋文將其釋作「図」，非是。「筐」，即「箻」的省寫，從「竹」，「雀」聲。「角筐」「角箻」皆應讀為「祿爵」。《史記·留侯世家》司馬貞索隱引《陳留志》所記商山四皓之一的「角里先生」，謂孔安國《秘記》「角里」作「祿里」。「筐」用為「爵」，還見望山一號楚墓簡二二、二三等，下簡三三有「進則彔（祿）筐（爵）又（有）棠（常）」之語，亦可以參看。〔註164〕

　　海天遊蹤（蘇師建洲）：整理者將「角」讀為「祿」與下面的「『從？』軍」對不起來。「角」的位置當是一個動詞。整理引一說讀為「角」，但古漢語的「角」作動詞是較量、競爭的意思，置於簡文不合。考慮到安大簡《曹沫之陣》書手的書法較為稚拙，而且出現不少錯字……我們懷疑安大簡的「角」當是上博簡「図」的錯字。〔註165〕

　　陳斯鵬：上博本與「角」相應之字作「⿰弓攵」……「図（攝）」字之釋，諸家無異議……但釋「攝爵」為惜爵不授，則較費解。「攝」古常訓兼，如《論語·八佾》：「官事不攝。」朱熹集注：「攝，兼也。」《左傳》昭公十三年：「羊舌鮒攝司馬。」杜預注：「攝，兼官。」疑此「攝爵」即兼攝爵位之意……上博本之「図」既不誤，那麼安大簡之「角」是否屬於異義兩通呢？恐怕也不然。「角」雖可訓「競」，但卻應為理解競爭、較量，而不宜理解為競逐。因為從古漢語中的「角N」組合來看，N一般不是「角」的對象，而是所用以「角」的東西，例如「角力」「角刃」「角酒」「角技」等均如此，所以，如果要表達競逐爵位的意思，似不應該說成「角爵」。因此，安大本之「角」更可能是上博本之「図」的形近訛字。〔註166〕

　　謹案：《安大簡》「角」字或有可能是《上博簡》「図」字之錯訛。《上博簡》作「⿰弓攵」（下文將以「△₁」表示），《安大簡》作「⿱⿰夕夕」（下文將以「△₂」

〔註164〕安徽大學漢字發展與應用研究中心編，黃德寬、徐在國主編：《安徽大學藏戰國竹簡（二）》（上海：中西書局，2022年），頁62。

〔註165〕海天遊蹤（蘇師建洲）：〈安大簡《曹沫之陣》初讀〉，武漢網·跟帖第45樓，2022年8月25日（2022年9月19日上網）。

〔註166〕陳斯鵬：〈談談安大簡《曹蔑之陣》中的幾處訛字〉，載中國文字學會、南通大學文學院：《中國文字學會第十一屆學術年會論文集》（2022年），頁83〜85。

表示）。在未公布《安大簡》的時候，《上博簡》整理者以為「△1」字隸定作「図」，讀作「攝」，學界大多從之。直到《安大簡》出來以後，《安大簡》整理者以為「△2」字隸定作「角」，讀作「祿」，並視「△1」字為「△2」字之訛誤。網友海天遊蹤（蘇師建洲）、陳斯鵬則以為「△2」字為「△1」字之訛誤，陳氏進一步把「△1」字訓「兼」，可從。

先談「△1」字之釋形問題，諸家以為「△1」字从「卣」旁，不可信也。季旭昇曾據「」（《上博簡（一）・緇衣》簡 23）指出「△1」字非从「〇」，疑是从「卣」旁兼聲。〔註167〕唯新見《清華簡（十一）・五紀》「図」字凡四見，如「」（簡 106）、「」（簡 115）、「」（簡 117）、「」（簡 120），《清華簡》整理者把四字直接隸定作「図」，讀作「攝」，〔註168〕可信。《清華簡（十一）・五紀》簡文 106、115、117「攝威」一詞已見於《左傳・襄公十一年》、〔註169〕《淮南子・氾論訓》，〔註170〕是楚文字「図」讀作「攝」之佐證。而且陳氏已指出「攝」字訓作「兼」，指兼攝義，可信。《清華簡（十一）・五紀》「図」仍是从「口」旁，未見从「卣」。而且四字所从「ℬ」旁與「因」字（「」《清華簡（十一）・五紀》簡 16）所从「ℬ」旁相類。上溯早期文字，字作「」（《合集》22173）、「」（《合集》22293），《古文字譜系疏證》以為二字就是「図」字，唯二字皆用作人名。〔註171〕若此說可信的話，似可以直接證明「図」字从「〇」。而且「△1」字所从「ℬ」形或有可能是「〇」的變體，其演變即可構擬作：

$$\text{〇} \rightarrow \text{ℬ} \rightarrow \text{ℬ}$$

〔註167〕季旭昇主編，陳霖慶、鄭玉姍、鄒濬智合撰：《《上海博物館藏戰國楚竹書（一）》讀本》（臺北：萬卷樓圖書股份有限公司，2004 年），頁 148。

〔註168〕黃德寬主編，清華大學出土文獻研究與保護中心編：《清華大學藏戰國竹簡（拾壹）》下冊（上海：中西書局，2021 年），頁 126。

〔註169〕〔周〕左丘明傳，〔晉〕杜預注，〔唐〕孔穎達正義：《春秋左傳正義》（北京：北京大學出版社，2000 年，嘉慶 21 年南昌學堂重刊宋本），卷 31，頁 1032。

〔註170〕何寧撰：《淮南子集釋》（北京：中華書局，1998 年），頁 934。

〔註171〕〔周〕左丘明傳，〔晉〕杜預注，〔唐〕孔穎達正義：《春秋左傳正義》（北京：北京大學出版社，2000 年，嘉慶 21 年南昌學堂重刊宋本），卷 31，頁 1032。

再談「△₂」字之隸定問題，《安大簡》整理者以為「△₂」字應隸定作「角」，可信。「△₂」字與一般楚文字「角」（「」《包山簡》簡 180、「」《上博簡（三）‧周易》簡 41）的寫法相類，只是「△₂」字的寫法較為特別而已，類似的寫法只見於三晉文字「」（《侯馬》200：20）、「」（中山王嚳鼎／《集成》2840），不過《安大簡（二）‧曹沬》的整體書寫風格皆以楚系為主，「△₂」字可能是楚系文字與三晉文字共同的寫法，並不是單一國別擁有。

最後討論「△₁」、「△₂」二字之釋讀問題，筆者贊成陳斯鵬的說法。由於簡文「毋～爵，毋御軍，毋避罪」當是排比句，三句的語法結構理應一致，以後兩句為例，「御軍」、「避罪」當是「V＋N」的動賓結構，如果「△₂」字讀作「祿」，則「祿爵」就會是「N＋N」的並列結構，與後兩句不合，故「△₂」字讀「祿」並不理想。既然「△₁」字對應「△₂」字，二字當作動詞用，網友海天遊蹤（蘇師建洲）、陳斯鵬已指出「△₂」字若訓作「角」，指競爭、較量義，放回簡文也不太順暢，故兩位學者才會提出「△₂」是錯字，現在看來確實是有可能的。「△₁」字讀作「攝」現在看來當無疑義。由於「」字正對應今本《禮記‧緇衣》「攝」字，而且「囻」字已見於《說文》，《說文‧口部》：「（囻）讀若聶。」〔註172〕正可以證明《上博簡》整理者把「△₁」字讀「攝」的說法是可信的。

陳氏舉出《論語‧八佾》、《左傳‧襄公十一年》這兩則文例以證明之，其實在古書中多見「攝＋職位」的搭配。如《鹽鐵論‧雜論》「然攝卿相之位」、〔註173〕《漢書‧外戚傳下》「莽攝帝位」、〔註174〕《新唐書‧杜如晦傳》「俄檢校侍中，攝吏部尚書」，〔註175〕與簡文「攝爵」相類，故「△₁₋₂」二字應釋作「攝」較為理想。

〔註172〕〔漢〕許慎撰，〔宋〕徐鉉校定：《說文解字》（北京：中華書局，2013 年，陳昌治本為底本），頁 125。

〔註173〕王利器校注：《鹽鐵論校注》（北京：中華書局，1992 年），頁 614。

〔註174〕〔漢〕班固撰，〔清〕王先謙補注，上海師範大學古籍整理研究所整理：《漢書補注》（上海：上海古籍出版社，2008 年），頁 6006。

〔註175〕〔宋〕歐陽修、宋祁撰：《新唐書》（北京：中華書局，1975 年），頁 3859。

【二】「御」

《上博簡》整理者：「**犾**軍」，疑讀「御軍」。《六韜・龍韜・立將》：「臣聞國不可以從外治，軍不可以從中御。」自古兵家最忌中御之患，疑簡文所述即此意。〔註176〕

《安大簡》整理者：「从軍」，「从」字原文作「****」。此字亦見於簡三二，與《合集》二七九二六號等『比』字寫法相似（見劉釗主編《新甲骨文編（增訂本）》第四九〇頁）。此簡和簡三二之「****」字，《上博四・曹沫》簡三七上、二九皆作「**犾**」，從二「从」，當是「从」字的繁文。《說文》「比」：「反『从』為『比』。」古文字往往正反無別。「****」當是「从」的反寫。「从軍」即「從軍」，參軍。《史記・秦始皇本紀》：「軍歸斗食以下，什推二人從軍。」「****」，或釋「比」，訓從。《荀子・儒效》：「先王之道，仁之隆也，比中而行之。」王念孫《讀書雜志・荀子二》：「比，順也，從也。」「辟辠」，讀為「避罪」。《漢書・匈奴傳上》：「其掾胡亞夫亦避罪從軍。」〔註177〕

海天遊蹤（蘇師建洲）：簡文的「從」寫得十分奇特，不確定是否是「从」，或就是「从」的錯字？簡文意思大約是說：凡是有司率領長民者，不可惜爵而不授，不可使軍隊從於長民者而避罪（參見鄔可晶：〈金文「傳器」考〉）……。〔註178〕

王寧：兩個「从」字寫法與普通的「从」字迥異，此當非「从」字。整理者指出此字上博簡本作「**犾**」，兩相對比可知此字當即見於清華簡《湯處於湯丘》《湯在啻門》和《成人》中的所謂「**比**」字的省寫，上博簡本的寫法是異體，並非是「**犾**」，簡文中用為「華」或「譁」。《曹沫之陳》中均當讀「譁」，「譁軍」、「譁卒」是。〔註179〕

陳斯鵬：今安大簡與「**犾**」相應之字作****，正可合證。特別是「毋从軍而辟（避）辠（罪）」一句，整理者舉出《漢書・匈奴傳上》：「其掾胡亞夫亦避罪

〔註176〕馬承源主編：《上海博物館藏戰國楚竹書（四）》（上海：上海古籍出版社，2004 年），頁 267。

〔註177〕安徽大學漢字發展與應用研究中心編，黃德寬、徐在國主編：《安徽大學藏戰國竹簡（二）》（上海：中西書局，2022 年），頁 62～63。

〔註178〕海天遊蹤（蘇師建洲）：〈安大簡《曹沫之陳》初讀〉，武漢網，跟帖第 45 樓，2022 年 8 月 25 日（2022 年 12 月 8 日上網）。

〔註179〕王寧：〈安大簡《曹沫之陳》初讀〉，武漢網，跟帖第 65 樓，2022 年 8 月 25 日（2022 年 12 月 8 日上網）。

從軍。」這樣的文例來相比參，對於釋「从」是一個有力的支持。稍微有點遺憾的是，這兩個「从」字寫得不太規範，應該認為是「从」的訛寫之體。陳哲君認為是二「人」形的兩撇從左下方被誤移至右上方，其說有理。雖則寫訛，但僅作二「人」形，仍有利於斷絕與傳抄古文中訛變成四「ㅅ」形的「吳（虞）」相比附的可能。〔註180〕

謹案：《安大簡》、《上博簡》分別作：

簡　文	字　形	
毋～軍	《上博簡（四）・曹沫》簡37上（下文將以「△₁」表示）	《安大簡（二）・曹沫》簡16（下文將以「△₃」表示）
～卒	《上博簡（四）・曹沫》簡29（下文將以「△₂」表示）	《安大簡（二）・曹沫》簡32（下文將以「△₄」表示）

筆者認為「△₁₋₄」四字皆或有可能是「虞」之古文，讀「御」。學界對「△₁₋₂」二字有多種說法，意見如下：

（一）陳劍以為「△₁₋₂」二字讀作「御」，但其後在括號內加問號，表示存疑。〔註181〕

（二）陳斯鵬把「△₁₋₂」二字直接隸釋作「從」。〔註182〕

（三）何有祖以為「△₁₋₂」二字讀作「耀」，指「炫耀展示」義。〔註183〕

（四）邴尚白把「△₁₋₂」二字讀「擢」，「△₂」字則讀作「耀」。〔註184〕

〔註180〕陳斯鵬：〈談談安大簡《曹蔑之陣》中的幾處訛字〉，載中國文字學會、南通大學文學院：《中國文字學會第十一屆學術年會論文集》，頁87。

〔註181〕陳劍：〈上博竹書《曹沫之陳》新編釋文〉，收入氏著：《戰國竹書論集》（上海：上海古籍出版社，2013年），頁120、123。

〔註182〕陳斯鵬：《簡帛文獻與文學考論》（廣州：中山大學出版社，2007年），頁100。

〔註183〕何有祖：〈上博楚竹書（四）札記〉，簡帛研究網，（2005年4月15日）。取自 http://www.jianbo.sdu.edu.cn/info/1011/1735.htm，2023年8月11日讀取。

〔註184〕邴尚白：〈上博楚竹書《曹沫之陳》注釋〉，《中國文學研究》第21期（2006年），頁20～21、32。

（五）蘇師建洲以為「△1-2」二字是「从」之繁體，讀作「從」。〔註185〕

（六）高師佑仁以為「△1-2」二字乃「旅」字古文之訛變，讀作「御」。〔註186〕

（七）鄔可晶認同蘇師建洲之說法。後來又加案語說「△1-2」二字釋「从」

　　　恐有問題，待考。〔註187〕

　　先談《安大簡》整理者之說法，筆者認為其說不可信。甲骨金文「从」、「比」極少有反寫之情況，〔註188〕戰國時期更是區分甚明，各系文字如下：

「比」		「从」	
楚系	 《包山簡》簡 254		 《郭店簡·忠信》簡 5
秦系	 《睡虎秦簡·效律》簡 27		 《秦泥考》772

〔註185〕蘇師建洲：《《上博楚竹書》文字及相關問題研究》（臺北：萬卷樓圖書股份有限公司，2008 年）頁 49。

〔註186〕高師佑仁：《《上海博物館藏戰國楚竹書（四）·曹沫之陣》研究》下冊（臺北：花木蘭文化出版社，2008 年），頁 236～241、360。

〔註187〕鄔可晶〈金文「傳器」考〉：「看校樣時按：最近公布的《安徽大學藏戰國竹簡（二）所收《曹沫之陳》簡 16、32 與上博簡《曹沫之陳》所謂『從』相當之字，其形與『從』不似。此字釋『從』恐有問題，俟再考。」引自鄔可晶：〈金文「傳器」考〉，載曹錦炎主編：《古文字與出土文獻青年學者西湖論壇（2021）論文集》（上海：上海古籍出版社，2022 年），頁 15～16。

〔註188〕林澐〈甲骨文中的商代方國聯盟〉曾重新考定不同時期卜辭中的「比」、「从」二字，並指出甲骨文「从」、「比」之區別明顯，少有混訛。後來陳劍〈殷墟卜辭的分期分類對甲骨文字考釋的重要性〉肯定林文之分析結果，陳文言：「從林文的論證我們可以看出，各時期、各類組卜辭中，『人』字和用作偏旁的『人』，『匕』字和用作偏旁的『匕』，寫法是各自保持一致的。同時，『人』跟『匕』在各時期、各類組卜辭中賴以區別的特徵卻各不相同。」以及檢索《西周文字字形表》中的「从」字條，可以發現在西周中期中僅有一例是「从」字混訛作「比」字，而「比」字沒有一例是「比」字混訛作「从」字。引自林澐：〈甲骨文中的商代方國聯盟〉，收入氏著：《林澐學術文集》（北京：中國大百科全書出版社，1998 年），頁 73；陳劍：〈殷墟卜辭的分期分類對甲骨文字考釋的重要性〉，收入氏著：《甲骨金文考釋論集》（北京：綫裝書局，2007 年），頁 352；黃德寬主編，徐在國副編，江學旺編著：《西周文字字形表》（上海：上海古籍出版社，2017 年），頁 346～347。

晉系		上官豆 /《集成》4688
齊系		《陶錄》3.476.3
燕系	《陶錄》4.204.1	

故把「△₁₋₄」四字釋作「从」、「比」缺乏證據。

隨著竹簡之公布，陳劍後來把「△₁₋₂」二字與《清華簡（五）‧湯丘》簡 16「![字]」、《清華簡（五）‧啻門》簡 16「![字]」聯繫起來，陳氏言：

> 清華簡兩形（引者案：即上引的「![字]」、「![字]」）及詛楚文（引者案：即「![字]」《詛楚文‧湫淵》）之形、上博簡兩形（引者案：即「△₁₋₂」二字）跟傳抄古文（引者案：即「![字]」《汗》2.26、「![字]」《四》1.24）之形相比較，其形體之認同是頗為直接的，其間變化亦不難解釋。它們都是作上下左右四部分各兩筆、共八筆寫成，其上部皆作兩「人」形或相近的兩「入」形，這是所有字形最大的共同點。其下半形體亦皆相近，雖其間有形態、筆順上的種種差異，似乎尚難以找到很合適的相類字形演變情況來印證，但可注意的是，所有字形下半左右兩部分的寫法，總是一致的；在從、彡類字形中，甚至四個偏旁都已經寫得基本一樣。由此透露出的重要信息是，這些字形的變化，在其中起主要作用的應是其「內部同化」或者說「內部類化」的因素，故難以援引其他字形中同一偏旁的自然演變來加以說明。我之所以不相信分析為从兩「化」再讀為「華」之說，主要理由還在於，從字音、文字關係來看，「華」跟「化」的關係，遠不如與「虞」之密切。〔註189〕

〔註189〕陳劍：〈據《清華簡（伍）》的「古文虞」字說毛公鼎和殷墟甲骨文的有關諸字〉，載李宗焜主編：《古文字與古代史》第 5 輯（臺北：中研院史語所，2017 年），頁 265。

陳劍的說法是可信的。傳抄古文「从」字條收了一字作：

海 1.3（下文將以「△₅」表示）

根據陳文，「△₅」字當是「虞」之古文，那麼「△₅」字會收在「从」字條下？我們難以知道箇中原因，不過可以肯定的是「△₅」與「 」、「 」在構形上是一致，只是「△₅」字下半筆畫較長，應視為一字之異體。陳文又提及「△₁₋₂」二字是「虞」之古文，並提出「△₁₋₂」二字有可能經歷「內部類化」（「內部同化」）之文字演變過程，導致「△₁₋₂」二字下半類化作兩個「人」形，學者才誤以為「△₁₋₂」二字乃「从」之繁體。而且從傳世古書中可以證成陳文，「△₁₋₂」二字並非「从」字之繁體，而是「虞」之古文。「虞」字在古書、韻書中或作「」字，如《書·西伯戡黎》：「不虞天性」，敦煌本作「弗」。〔註190〕又《左傳·隱公元年》：「仲子生而有文在其手」，孔穎達《疏》：「石經古文虞作」。〔註191〕又《集韻·虞韻》：「虞，古文作、吳」。〔註192〕皆是證成陳文之強證。

上文已交代「△₁₋₂」二字是「虞」之古文，即「△₃₋₄」二字有可能是「 」之省體。「△₃₋₄」二字與「△₅」、「 」之差異僅在於上半有沒有兩個「人」形，疑「△₃₋₄」二字似有可能簡省了兩個「人」形，字亦應該視作「虞」之古文。雖然古文字已出現確實無疑的「虞」字，字作「 」（散氏盤／《集成》10176）、「 」（虞司寇壺／《集成》9694）及「 」（《珍展》32），幾乎看不到有演變作「」的可能，不過可以知道的是「虞」與「」二字存在一定的關係，不會是完全無關。

至於「△₁₋₄」四字之訓讀，筆者從高師佑仁之說法。由於兩個版本的〈曹

〔註190〕商承祚編著：《石刻篆文字編》（北京：中華書局，1996 年），頁 22。

〔註191〕〔周〕左丘明傳，〔晉〕杜預注，〔唐〕孔穎達正義：《春秋左傳正義》（北京：北京大學出版社，2000 年，嘉慶 21 年南昌學堂重刊宋本），頁 41。

〔註192〕趙振鐸校：《集韻校本》（上海：上海辭書出版社，2012 年），頁 150。

沫之陳〉均見「馭（御）」字，「」（《上博簡（四）・曹沫》簡 42）、「」

（《安大簡（二）・曹沫》簡 26）。雖然從用字習慣上來看，讀「御」之可能很

低。不過從上下文來看，「△1-4」四字讀「御」文通字順。高師佑仁把「△1-2」

二字讀「御」，訓「治理」義。高氏提出「御」、「使」並舉見於《商君書・慎

法》，這樣就可以聯繫簡文「御卒使兵」，而且古書也有「御軍」、「御兵」及

「御民」，這些用例亦與簡文「～卒」、「～軍」相類。〔註193〕而且「虞」、「御」

之古音極近。「虞」字本從「吳」聲，出土文獻表示國名之 {吳} 多以「吳」、

「五」、「敔」、「敌」、「鹵」、「𠤳」等字來記寫，〔註194〕在《上博簡（一）・緇

衣》簡 4「謹惡以鹵民淫」中的「鹵」字對應傳本《禮記・緇衣》「御」字，

〔註195〕戰國楚璽「」（《中國書法全集・先秦璽印》105）隸定作「鹵」，讀

「虞」，〔註196〕是其證。又秦文字表示數詞之 {五} 可用「𨐌」（「」《珍秦》

248）、「遻」（「」《石鼓・田車》）來記寫，而秦文字「御」（「」《秦風》

67）本從「午」聲。又楚系文字表示 {御} 之「馭」字可從「五」聲，如《曾

侯》簡 4「」。說明「御」、「五」及「吳」之古音非常接近。「虞」字之古音

屬疑紐魚部三等合口，而「御」字之古音則屬疑紐魚部三等開口。張富海曾

以為魚部一等韻存在開合口不同的僅限於牙喉音聲紐字，且提出魚部二等韻、

魚部三等韻的牙喉音聲紐的開合口在中古仍然保持對立，也指出魚部一等韻

牙喉音聲紐字包括五聲、午聲、吳聲。〔註197〕雖然「虞」、「御」二字同屬牙

音，唯開合口判然有別。古音學者對於「御」字屬開口還是合口仍有不同之

看法。如果根據王力的系統，「御」字是開口字。如果根據鄭張尚芳之系統，

〔註193〕高師佑仁：《《上海博物館藏戰國楚竹書（四）・曹沫之陣》研究》下冊（臺北：花木蘭文化出版社，2008 年），頁 240～241。

〔註194〕曹錦炎：〈新見攻盧王姑發皮難劍銘文及其相關問題〉，收入氏著：《披沙揀金：新出青銅器銘文論集》（杭州：浙江人民美術出版社，2019 年），頁 107。

〔註195〕馬承源主編：《上海博物館藏戰國楚竹書（一）》（上海：上海古籍出版社，2001 年），頁 178。

〔註196〕劉洪濤：〈上海博物館藏楚二合「虞」官印考釋〉，《文史》第 2 期（2016 年），頁 269～272。

〔註197〕上古魚部的一等韻可分為開口*-a 和合口*-wa（其元音高化為 o），唯 o 元音之前很難保持有沒有*-w-介音的對立，故上古魚部開合二韻在中古相混。引自張富海：〈據古文字確定幾個魚部一等字的開合〉，《文獻語言學》第 6 期（2018 年），頁 157。

鄭張則以為「御」字應歸入合口字。〔註198〕兩位學者之看法是有矛盾的，必須利用更多材料加以辨正。我們不妨回檢古文字「御」之構形，字形如下：

《合集》2631 正	頌鼎／《集成》2829	《郭店簡·緇衣》簡 23	《璽彙》3127 齊系	《璽彙》2040 晉系

甲骨文「御」本從「卩」，「午」會意兼聲，會人跪坐持杵操作之意。〔註199〕後來西周金文、戰國文字均添加「彳」旁，且「御」字從甲骨文演變到戰國文字均從「午」聲。「午」字聲首本屬於合口字，那麼「御」字理應屬於合口字。既然「虞」、「御」二字在聲音上本接近，這樣「△1-4」四字均讀「御」似無問題。

【三】「毋」

謹案：《上博簡》作「」，《安大簡》作「」（下文將以「△」表示）。

筆者疑「△」字有可能是「毋」之錯字。「而」本是極為常見的字，多作連詞「而且」、「然後」、「然而」及「因而」使用，把「△」字放回簡文「毋攝爵，毋御軍，～避罪」釋讀，在文意的理解上頗為突兀。且簡文「凡有司率長民者……毋避罪」與《左傳·襄公三年》「（魏絳）有罪不逃刑」、〔註200〕《後漢書·黨錮列傳》「為人臣者……有罪不逃刑」意近。〔註201〕最重要的是，在古書、出土文獻完全找不到「而」字訓「毋」、「無」的例子。〔註202〕綜合考慮下，「△」字疑是「毋」之錯字。

七、〔同〕、〔會〕

《上博簡（四）·曹沫》簡 37 上＋23 下：「甬（同）〔一〕都而善（教）於邦，則亓（期）會〔二〕之不難」

〔註198〕鄭張尚芳：《上古音系》（上海：上海教育出版社，2018 年），頁 510。

〔註199〕季旭昇撰：《說文新證》（臺北：藝文印書館，2014 年），頁 132～133。

〔註200〕〔周〕左丘明傳，〔晉〕杜預注，〔唐〕孔穎達正義：《春秋左傳正義》（北京：北京大學出版社，2000 年，嘉慶 21 年南昌學堂重刊宋本），卷 29，頁 948。

〔註201〕〔宋〕范曄撰，〔唐〕李賢注：《後漢書》第 8 冊（北京：中華書局，1973 年），頁 2203。

〔註202〕可詳參王叔岷撰：《古籍虛字廣義》（北京：中華書局，2007 年），頁 301～318；張玉金：《出土戰國文獻虛詞研究》（北京：人民出版社，2011 年），頁 281～313。

《安大簡（二）・曹沫》簡16：「同【一】都而훀（教）於邦，則亓（期）會〈會〉【二】之不難」

【一】「同」

《上博簡》整理者：都，是國都以外有先君宗廟之主的大邑，有別於國都（即「國」）和一般的縣。〔註203〕

《上博簡》整理者：亓會，讀「期會」，軍事術語，參看《六韜・犬韜・分兵》、《尉繚子・踵軍令》，指參加會戰的軍隊皆按約定時間準時到達預定的會戰地點。〔註204〕

《安大簡》整理者：「同」，《上博四・曹沫》簡三七上作「甬」。「同都」「甬都」，疑讀為「同都」或「通都」，猶言「通共」，是全部一起的意思。「合」，結集。《孫子兵法・軍爭》「合軍聚眾」，曹操注：「聚國人，結行伍，選部曲，起營為軍陳。」梅堯臣注：「聚國之眾，合以為軍。」張預注：「合國人以為軍，聚兵聚以為陳。」《上博四・曹沫》簡二三下「合」作「會」，義同。這段話意謂：把沒有祿爵的人、沒有參過軍的人和逃避罪刑的人，一起在國內加以訓練，戰時把他們聚合成隊伍就不困難。或說「所以為和於舍」的條件有三：長民者不角逐爵位利祿、不庇護自己的兵卒而規避因罪處罰、同處於一都邑之中而且受教於邦（黃德寬）。〔註205〕

謹案：《上博簡》作「」（下文將以「△₁」表示），《安大簡》作「」（下文將以「△₂」表示）。「△₁」字應據「△₂」字讀作「同」。《安大簡》整理者以為「△₁₋₂」二字讀作「通」、「同」均可，指「共通」。筆者認為「△₂」字讀作「同」為是，「同都」指「共同聚集」。古書已見「通都」，如《戰國策・齊策五》：「通都小縣置社」，〔註206〕唯「通都」指「四通八達的都市」，與簡文「～都而教於邦」不合，不過《安大簡》整理者以為「～都」指「通共」義，

〔註203〕馬承源主編：《上海博物館藏戰國楚竹書（四）》（上海：上海古籍出版社，2004年），頁267。

〔註204〕馬承源主編：《上海博物館藏戰國楚竹書（四）》（上海：上海古籍出版社，2004年），頁258。

〔註205〕安徽大學漢字發展與應用研究中心編，黃德寬、徐在國主編：《安徽大學藏戰國竹簡（二）》（上海：中西書局，2022年），頁63。

〔註206〕〔西漢〕劉向集錄，范祥雍箋證，范邦瑾協校：《戰國策箋證》（上海：上海古籍出版社，2018年），頁673。

則頗具啟發的。先談「甬」字通假作「同」之問題，其實「同」字之聲系、「甬」字之聲系本有通假之例。「同」、「甬」二聲系在傳世古書、出土文獻多有通假之例，在出土文獻有【迵與通】、【同與通】，〔註207〕在傳世古書則有【通與桐】、【通與洞】。〔註208〕再來談「都」之訓釋問題，筆者認為「都」訓作「聚集」義。以往學者對「都」字之訓釋多有不同的意見，學者之說法如下：

（一）《上博簡》整理者以為「都」指「都市」義。〔註209〕

（二）何有祖以為「都」可訓作「美德」義。高師佑仁從之。〔註210〕

（三）李銳以為「都」讀作「（諸？）」，並表示讀法存疑。〔註211〕

（四）禤健聰以為「△1」字讀作「勇」，而「都」字則讀作「者」，指「勇者」一詞。〔註212〕

以往《上博簡》編聯問題導致學者對「都」字之訓讀出現差異，學者多以為《上博簡》簡37上綴合簡49下為一支完整的竹簡，不過現在有了《安大簡》版本可知以往的編聯方案並不可信。原來《上博簡》簡37上當綴合簡23下，故以往學者對於「都」字之訓讀都有重新討論的空間。把「都市」、「美德」、「勇者」放回簡文釋讀頗難理解。其實「都」字當作動詞用，指「聚集」義。傳世古書、字書多有「都」訓「聚」之例，如《廣雅・釋詁三》：「都，聚也。」〔註213〕又《周禮・春官・司常》：「師都建旗」，賈公彥《疏》：「都，聚也。」〔註214〕簡文「同都而教於邦」即意謂「在國內把士兵聚集在一起並加以訓練」。

〔註207〕白於藍編著：《簡帛古書通假字大系》（福州：福建人民出版社，2017年），頁982～983。

〔註208〕高亨纂著，董治安整理：《古字通假會典》（濟南：齊魯書社，1989年），頁10。

〔註209〕馬承源主編：《上海博物館藏戰國楚竹書（四）》（上海：上海古籍出版社，2004年），頁267。

〔註210〕何有祖：〈上博楚竹書（四）札記〉，簡帛研究網，（2005年4月15日）。取自http://www.jianbo.sdu.edu.cn/info/1011/1735.htm，2023年6月3日讀取。

〔註211〕李銳：〈《曹劌之陣》釋文新編〉，簡帛研究網，（2005年2月25日）。取自http://www.jianbo.sdu.edu.cn/info/1011/1690.htm，2023年6月3日讀取。

〔註212〕禤健聰：〈楚簡釋讀瑣記（五則）〉，載中國古文字研究會、吉林大學古文字研究室編：《古文字研究》第27輯（北京：中華書局，2008年），頁372～373。

〔註213〕〔清〕王念孫撰，張靖偉、樊波成、馬濤等點校：《廣雅疏證》（上海：上海古籍出版社，2016年），頁490～491。

〔註214〕〔漢〕鄭玄注，〔唐〕賈公彥疏：《周禮注疏》（北京：北京大學出版社，2000年，嘉慶21年南昌學堂重刊宋本），卷27，頁861～862。

【二】「會」

謹案:《安大簡》整理者以為「會」、「合」本義同,指「結集」義,實不可信。筆者認為《安大簡》「合」字當是《上博簡》「會」字之訛誤。《上博簡》作「」(下文將以「△₁」表示),《安大簡》作「」(下文將以「△₂」表示)。「會」、「合」二字本義同,傳世古書亦有「會」、「合」互訓之例,如《呂氏春秋·季秋紀》:「以會天地之藏」,高誘《注》:「會,合也。」〔註215〕又《呂氏春秋·季秋紀》:「合諸侯」,高誘《注》:「合,會也。」〔註216〕當然可以視「△₁₋₂」二字為一組同義詞。唯簡文「則亓~之不難」的「亓(其)」當作何解,《安大簡》整理者以為「其」字指「士兵」義,「合」指「結集」義,整句在理解上並無問題,不過簡文上一句「同都而教於邦」的「都」字已經指「聚集」義,義重。而且古書已見「期會」一詞,《上博簡》整理者已舉出《六韜·犬韜·分兵》、《尉繚子·踵軍令》皆有「期會」一詞。後來高師佑仁亦證成《上博簡》整理者之說法,又舉出《史記·項羽本紀》、《後漢書·趙岐傳》亦見「期會」一詞。〔註217〕而且「期會」一詞可以上溯到戰國時期,如《岳麓秦簡(四)》簡238:「及諸有期會而失期」。〔註218〕

既然古書多見「期會」一詞,還不如視「△₂」為「△₁」之誤字,這樣《安大簡(二)·曹沬》簡文「期含〈會〉」就可以聯繫傳世古書、《上博簡》版本。最重要的是,楚文字「會」、「合」形近易訛,當中之差異僅在中間,前者作「田」形,後者作「口/甘/日」形(「」《清華簡(六)·子產》簡13、「」《包山簡》簡83、「」《郭店簡·老子(甲)》簡19)。而且「會」、「合」二字形近訛誤已見例子,如「」(《清華簡(三)·琴舞》簡9),《清華簡》整理者把「」字隸定作「含(合)」,〔註219〕後來季旭昇已指出

〔註215〕許維遹撰,梁運華整理:《呂氏春秋集釋》(北京:中華書局,2010年),頁195。

〔註216〕許維遹撰,梁運華整理:《呂氏春秋集釋》(北京:中華書局,2010年),頁196。

〔註217〕高師佑仁:《《上海博物館藏戰國楚竹書(四)·曹沬之陣》研究》上冊(臺北:花木蘭文化出版社,2008年),頁154。

〔註218〕陳松長主編:《岳麓書院藏秦簡(肆)》(上海:上海辭書出版社,2015年),頁173。

〔註219〕李學勤主編,清華大學出土文獻研究與保護中心編:《清華大學藏戰國竹簡(叄)》下冊(上海:中西書局,2012年),頁140。

「」當是「會」字，是「合」字之訛誤，又明確指出楚文字「會」之特點是中間作「田」形，而楚文字「合」中間則作「口」形。〔註220〕又或是《清華簡（五）‧三壽》「含（合）」皆作「」（簡2）、「」（簡6）、「」（簡14），而《清華簡（七）‧趙簡子》「含（合）」作「」（簡5），四字與「會」字的寫法一致，不過《清華簡（五）‧三壽》簡2「少壽～曰」、簡6、14「彭祖～曰」，《清華簡（七）‧趙簡子》簡5「成剸～曰」，以簡文來看，當隸釋作「合（答）」字為是，唯字形卻作「會」，當是「含（合）」字之訛誤。既然「△1-2」二字本形近，不如直接視「△2」字為「△1」字之訛誤，這樣兩個版本就可以聯繫起來，也有古書之印證。簡文「則期會之不難」即意謂「在作戰時約期而會就不難達成」。

八、〔莊〕

《上博簡（四）‧曹沫》簡23下：「牀（莊）公或䚅（問）」

《安大簡（二）‧曹沫》簡16：「臧（莊）公或䚅（問）」

　　謹案：《上博簡》作「」（簡23下）、「」（簡40），《安大簡》作「」（簡16）、「」（簡25）。《上博簡》「牀」字、《安大簡》「臧」字讀作「莊」並無疑問。楚文字「牀」多表示副詞之｛將｝、將領之｛將｝。〔註221〕楚文字「臧」則表示諡號之｛莊｝、〔註222〕強壯之｛壯｝。〔註223〕在《上博簡》「牀」字本可以通假作「將」，又可以通假作「莊」，《上博簡》「牀」字可能是偶有的用字通假。「莊」本從「壯」聲，「臧」字則從「戕」聲，二字皆從「爿」聲，二字相通並無問題。

〔註220〕季旭昇：〈《清華三‧周公之琴舞‧成王敬毖》第五篇研究〉，收入氏著：《季旭昇學術論文集》第2冊（新北：花木蘭文化事業有限公司，2022年），頁306～307。

〔註221〕禤健聰：《戰國楚系簡帛用字習慣研究》（北京：科學出版社，2017年），頁165～166。

〔註222〕禤健聰：《戰國楚系簡帛用字習慣研究》（北京：科學出版社，2017年），頁449～450。

〔註223〕可詳閱白於藍編著：《簡帛古書通假字大系》（福州：福建人民出版社，2017年），頁1056。

九、〔謂〕

《上博簡（四）・曹沫》簡 26 上：「是胃（謂）軍紀」

《安大簡（二）・曹沫》簡 17：「是■〈胃（謂）〉軍紀」

　　謹案：《上博簡》作「■」，《安大簡》作「■」（下文將以「△」表示）。「△」字當是「胃」之錯字。楚文字「胃」本是常見字，不過楚文字「胃」上半所從多有不同的構形，字作「■」（《包山簡》簡 80）、「■」（《包山簡》簡 95）、「■」（《郭店簡・魯穆》簡 2）及「■」（《清華簡（九）・成人》簡 15）。此四字之上半寫法大致有「■」、「■」、「■」、「■」四種。上溯更早期的文字資料，「胃」字最早見於春秋金文「■」（鄀公鼎 /《集成》2714），上半是仍保留了甲骨金文「図」的寫法。又或對比他系文字之寫法：

　　晉系：■（中山王譽壺 /《集成》9735）、　　（少虞劍 /《集成》11696）

　　秦系：■（《雲夢・日（乙）》簡 237）、■（《關沮》簡 147）

　　齊系：■（《陶彙》9.3）

除了「■」字上半仍保留甲骨金文「図」之寫法外，楚、齊、秦及晉四系之「胃」字上半寫法一致，而「△」字上半所從「■」形卻與他系文字皆不類，與一般「胃」字之寫法完全不同，幾乎沒有在「■」、「■」、「■」、「■」等形上再添加一道橫筆。回查《安大簡（二）・曹沫》所有「胃」字或從「胃」之字，如「■」（簡 36）、「■」（簡 22 背），可以知道《安大簡（二）・曹沫》書手寫「胃」與一般所見「胃」字並無差別，故「△」字有可能是「胃」之錯字。

十、〔敦〕

《上博簡（四）・曹沫》簡 62、33：「所吕（以）爲剴（敦）……不辟（親）則不緯（敦）」

《安大簡（二）‧曹沫》簡18-19：「所呂（以）爲劃（敦）……不辟（親）則不劃（敦）也」

　　《上博簡》整理者：讀「敦」，有純厚之義。〔註224〕

　　《安大簡》整理者：「劃」，從「刀」，「叀」聲。《說文》「斷」之古文作「𢇍」，源於此類形體。「劃（斷）」，讀為「敦」。《爾雅‧釋詁上》：「敦，勉也。」簡文謂因一人有功，而一併獎賞其他四人，目的是為了敦勉他們奮力作戰（黃德寬）。或說：「斷，決也，猶言裁定功過賞罰之標準。」（參陳劍《戰國竹書論集》第一一八頁注五）〔註225〕

　　《安大簡》整理者：「劃」，上注〔六四〕指出即《說文》古文「斷」，讀為「敦」。簡文指不能親身率軍作戰就不能達到敦勉（兵士）的效果（黃德寬）。《上博四‧曹沫》簡三三「劃」作「緯」。「緯」即「綧」。「敦」「綧」皆從「㪍」聲。「綧」「劃（斷）」音近古通。《莊子‧逍遙遊》「越人斷髮文身」，陸德明《釋文》注引司馬彪本「斷」作「敦」。上博簡注釋「緯」讀「敦」可從。或讀為「專」。《易‧繫辭上》韓康注：「專，專一也。」〔註226〕

　　范常喜：這兩處「劃」字原簡文作「𢼛」（簡18）、「𢹎」（簡19）。整理者分別隸定為「劃」與「劃」，我們統一隸定作「劃」字……我們認為「劃」應讀作「摶」，整句簡文應理解為：將領如果不親自率軍，士兵就不會摶聚、親附……銀雀山漢簡《孫子兵法‧行軍》簡102簡：「……而罰之，則不服，不服則難用也。卒已摶親而罰不行，則不用。」整理小組注：「摶親，十一家本作『摶親』，《治要》卷三三、《通典》卷一四九引作『附親』，《長短經‧禁令》引作『專親』。『專』、『摶』古通，《長短經》引文與簡本合。十一家本上句『卒未親附』，《御覽》卷二九六亦作『卒未專親』（此句之『卒已專親』，《御覽》作『卒已親附』，疑是後人改動）。」〔註227〕

　　沈奇石：A字（引者案：即「緯」）據形確實從叀，當隸定為「緯」無疑……

〔註224〕馬承源主編：《上海博物館藏戰國楚竹書（四）》（上海：上海古籍出版社，2004年），頁264。

〔註225〕安徽大學漢字發展與應用研究中心編，黃德寬、徐在國主編：《安徽大學藏戰國竹簡（二）》（上海：中西書局，2022年），頁64。

〔註226〕安徽大學漢字發展與應用研究中心編，黃德寬、徐在國主編：《安徽大學藏戰國竹簡（二）》（上海：中西書局，2022年），頁64。

〔註227〕范常喜：〈安大簡《曹沫之陳》札記二則〉，載安徽大學漢字發展與應用研究中心、山東大學文學院主辦：《戰國文字研究青年學者論壇論文集》，頁49～52。

這裏的「繥」應該是「緯」的訛形，關鍵證據有二：一是上述安大簡本《曹沫之陣》異文作「翊（斷）」。正如安大簡整理者所揭，「翊（斷）」與「緯」聲韻近同。所以 A 只有理解為「緯」，才能與安大簡異文「翊（斷）」聯繫起來。二是這段話用韻工整，兩句一韻。其中「恳（急）」與「疑」押之部韻，「輯」與「服」緝職合韻。據此推理，處於句末的 A，也應與上一句末字真部的「人」押韻。上古「繥」字聲符「章」韻在東部，韻不叶；而「緯」字聲符「韋」韻在文部，正可與「人」構成真文合韻……因此，A 雖寫成「繥」，但卻應該是「緯」字訛形……上述研究者均未措意，《司馬法·定爵》中有一段論「戰患」的文字正可與之對讀，其謂：「不服、不信、不和、怠、疑、嚴、懼、枝、拄、詘、肆、崩、緩，是謂戰患。」《曹沫之陣》中的「怠」、「疑」「不服」均見於上述「戰患」。所謂「不輯」即謂「不和」，亦可對應。筆者認為，剩下的「不繥〈緯〉」可與「不信」對應。所以該字確實讀為「敦」，但要訓為「信」。《方言》：「敦，信也。」……《素問·上古天真論》：「長而敦敏。」王冰注：「敦，信也。」即其謂。〔註228〕

　　謹案：《安大簡》、《上博簡》分別作：

簡　文	字　形	
所以為～	《上博簡（四）·曹沫》簡62下 （下文將以「△₁」表示）	《安大簡（二）·曹沫》簡18 （下文將以「△₃」表示）
不親則不～	《上博簡（四）·曹沫》簡33 （下文將以「△₂」表示）	《安大簡（二）·曹沫》簡19 （下文將以「△₄」表示）

筆者認為「△₁₋₄」四字皆讀作「敦」，指「敦勉」義。學界以往把「所以為△₁」放在「論三教」章，而「不親則不△₂」則放在「論善攻、善守」章，學者陳

〔註228〕沈奇石：〈《曹沫之陣》與傳世軍事文獻合證兩則〉，《中國文字研究》第37輯（2023年），頁53～55。

劍、高師佑仁、俞紹宏及張青松對於「△₁」字之隸釋多從《上博簡》整理者
之說法，把字隸釋作「劃（斷）」。〔註229〕另外「△₂」字之釋讀主要有四種：
「敦」、「庸」、「融」、「淳」，學者意見如下：

(一)《上博簡》整理者以為「△₂」字應隸定作「繛」，讀作「敦」，陳劍、
白於藍、淺野裕一、邴尚白從之。〔註230〕

(二) 李銳據文意及字義把「△₂」字改讀作「庸」。〔註231〕

(三) 高師佑仁綜合多家說法，提出楚簡「臺」、「章」已類化無別，進一
步指出「△₂」字應隸定作「繛」，讀作「敦」。〔註232〕

(四) 連劭名直接隸釋作「敦」，改讀「淳」，訓「忠謹」義。〔註233〕

(五) 俞紹宏及張青松則以為「△₂」右半是從《說文》古文「墉」得聲，
讀作「融」。〔註234〕

現在有了正確的編聯就可以知道這兩句當放在「論三教」章，而且在「△₁₋₂」
二字對應「△₃₋₄」二字，可以知道四字在釋讀上理應等量齊觀。

先談「△₂」字之隸定問題，《安大簡》整理者提出「△₃」字當隸定作「繛
（綧）」，可信。高師佑仁以為「△₂」字應隸定作「繛」，讀作「敦」，且指出字
之右半本是「墉」之表意初文，而且「△₂」字對應「△₄」字，把「△₂」字隸
釋作「庸」（余紐東部）在聲音上無法與「劃（斷）」（定紐元部）聯繫起來，故

〔註229〕馬承源主編：《上海博物館藏戰國楚竹書（四）》（上海：上海古籍出版社，2004
年），頁283；陳劍：〈上博竹書《曹沫之陳》新編釋文〉，收入氏著：《戰國竹書
論集》（上海：上海古籍出版社，2013年），頁118；高師佑仁：《《上海博物館藏
戰國楚竹書（四）·曹沫之陣》研究》上冊（臺北：花木蘭文化出版社，2008年），
頁165；俞紹宏、張青松編著：《上海博物館藏戰國楚簡集釋》第4冊（北京：社
會科學文獻出版社，2019年），頁270。

〔註230〕陳劍：〈上博竹書《曹沫之陳》新編釋文〉，收入氏著：《戰國竹書論集》（上海：上
海古籍出版社，2013年），頁122；白於藍：〈《曹沫之陳》新編釋文及相關問題探
討〉，《中國文字》新31期（2006年），頁122；〔日〕淺野裕一：〈上博楚簡〈曹
沫之陳〉的兵學思想〉，簡帛研究網，（2005年9月25日）。取自 http://www.jianbo.
sdu.edu.cn/info/1011/1760.htm，2023年8月20日讀取；邴尚白：〈上博楚竹書《曹
沫之陳》注釋〉，《中國文學研究》第21期（2006年），頁12。

〔註231〕李銳：〈《曹劌之陣》釋文新編〉，簡帛研究網，（2005年2月25日）。取自 http://
www.jianbo.sdu.edu.cn/info/1011/1690.htm，2023年8月11日讀取。

〔註232〕高師佑仁：《《上海博物館藏戰國楚竹書（四）·曹沫之陣》研究》下冊（臺北：花
木蘭文化出版社，2008年），頁326～338。

〔註233〕連劭名：〈戰國楚竹書叢考〉，《文物春秋》第4期（2016年），頁27。

〔註234〕俞紹宏、張青松編著：《上海博物館藏戰國楚簡集釋》第4冊（北京：社會科學文
獻出版社，2019年），頁326。

可排除釋作「庸」或讀作「融」之說法。釐清「△₂」字並非从「臺」旁，為何高說仍然把字隸定作「繛」。其最大原因是高說已指出有部分戰國楚文字「臺」已類化作「臺」，〔註235〕不過戰國楚文字又出現了確切無疑的「臺」字（「　」《上博簡（三）・周易》簡49）。硬要為「△₂」字作嚴式隸定的話，就要依形隸定，只好隸定作「繛」。在此問題上，筆者認為直接把「△₂」字隸定作「繛」，一是為避免讀者產生誤會，二是楚文字「敦（敦）」（「　」《清華簡（五）・封許》簡3）本从「攴」，「臺」聲，既然「△₂」字應讀作「敦」，那麼就理應隸定作「繛」。

上文已排除「庸」、「融」之說，下文再談談連說、范說，筆者認為其說不可從。雖然讀作「淳」在音理上並無問題，只是把字放回簡文釋讀卻不太順暢，主要在於簡文「一人有多，四人皆賞，所以為～」正在談若士兵有多出之軍功，獎賞就可以分得愈多，並不是談士兵之忠誠。故連說亦可排除。後來范說根據《安大簡（二）・曹沫》之版本，進而提出「△₁₋₄」四字皆讀作「摶」，訓作「摶聚」義。范說引用了《銀雀漢簡・孫子・行軍》「卒已摶親而罰不行」以證之，李零對於《銀雀漢簡・孫子・行軍》「摶親」一詞有其個人見解，李零以為「摶親」應讀作「專親」，解釋作「誠心擁護」。〔註236〕把「專親」放回《孫子・行軍》釋讀在文意上更為順暢。而且「摶」在古書注疏中多表示「集聚」、「結合」義，如《管子・內業》：「摶氣如神，萬物備存。」尹知章《注》：「摶，謂結聚也。」〔註237〕又《史記・田敬仲完世家》：「馮因摶三國之兵，乘屈丐之獎，南割於楚」，〔註238〕似與「團結」義無關。故把「集聚」、「結合」義放回簡文釋讀在文意之理解上不太順暢。

我們已知道「△₁₋₄」四字皆讀作「敦」，下文將解釋簡文「所以為敦」、「不親則不敦」二句。先談沈說，沈說同意「△₁₋₄」四字均讀「敦」，可是在訓釋上

〔註235〕關於「臺」字之字形演變，可參拙作：〈楊伯峻《春秋左傳注》「土田陪敦」注解商榷〉，《道南論衡——政大中文2022年全國研究生學術研討會論文集》，載國立政治大學中國文學系：（臺北：國立政治大學中國文學系，2023年），頁106。
〔註236〕李零譯注：《孫子譯注》（北京：中華書局，2022年），頁92。
〔註237〕黎翔鳳撰，梁運華整理：《管子校注》（北京：中華書局，2004年），頁943。
〔註238〕〔漢〕司馬遷撰，〔宋〕裴駰集解，〔唐〕司馬貞索隱，〔唐〕張守節正義：《史記（點校本二十四史修訂本）》（北京：中華書局，2014年），頁2298。

則提出新說，其以為「敦」訓「信」。沈說不可從。沈說把簡文「不親則不敦」中的「不敦」與《司馬法・定爵》「不信」聯繫，可是「△1-4」字在訓讀上理應統一，若把「△1」、「△3」二字訓「信」，在文意的理解上頗不密合。再來談「敦」訓「勉」，「敦」字訓「勉」乃古書之常訓，於此不一一贅引。〔註239〕先談前一句，《安大簡》整理者以為簡文「一人有多，四人皆賞，所以為敦」意謂「一人有功，而一併獎賞其他四人，目的是為了敦勉他們奮力作戰」，可從。另外一句「不親則不敦」，《安大簡》整理者意謂作「不能親身率軍作戰就不能達到敦勉（兵士）的效果」，筆者認為此處之對象有可能指百姓，而不是指士兵。由於「論為親、為和、為義」章本承接「論三教」章而來的，當曹沫回答魯莊公「不親則不敦，不和則不輯，不義則不服」後，魯莊公再追問曹沫「為親如何」、「為和如何」、「為義如何」，曹沫之回答是從治理國政到治理軍隊，由此可見簡文「不親則不敦」、「為親如之何」中的「親」字當指一詞，指「躬親」義。從曹沫回答魯莊公的「為親如何」，可以知道曹沫希望魯莊公可以親自管理國家之大小事以體察民情，由此可見簡文「不親則不敦」所指的對象可能是指百姓及士兵。另外，古書已見「躬」、「親」同義連言，如《詩・小雅・節南山》：「弗躬弗親，庶民弗信。」〔註240〕又《禮記・月令》：「以教道民，必躬親之。」〔註241〕又《荀子・成相》：「禹傅土，平天下，躬親為民行勞苦。」〔註242〕故簡文「不親則不敦」可意謂「不親自治理國政就不能達到敦勉（百姓）的效果」。

十一、〔而〕

《上博簡（四）・曹沫》簡62：「毋上（尚）腍（獲）而上（尚）䎽（聞）命」

《安大簡（二）・曹沫》簡18：「毋疌（尚）腍（獲）天〈而〉疌（尚）䎽（聞）命」

　　謹案：可參第一節之第十條考釋，頁45。

〔註239〕可參宗福邦、陳世鐃、蕭海波：《故訓匯纂》（北京：商務印書館，2003年），頁968。

〔註240〕〔漢〕毛亨傳，〔漢〕鄭玄箋，〔唐〕孔穎達疏：《毛詩正義》（北京：北京大學出版社，2000年，嘉慶21年南昌學堂重刊宋本），卷12，頁821。

〔註241〕〔漢〕鄭玄注，〔唐〕孔穎達疏：《禮記正義》（北京：北京大學出版社，2000年，嘉慶21年南昌學堂重刊宋本），卷14，頁543。

〔註242〕〔清〕王先謙撰，沈嘯寰、王星賢點校：《荀子集釋》（北京：中華書局，1988年），頁463。

十二、〔率／將〕、〔死〕

《上博簡（四）·曹沫》簡58＋49：「銜（率）{一}車呂（以）車，銜（率）徒呂（以）徒，所呂（以）同死{二}於民。」

《安大簡（二）·曹沫》簡18：「遲（將）{一}車呂（以）車，銜（率）徒呂（以）徒，所呂（以）同死{二}於民。」

【一】「率／將」

《上博簡》整理者：「銜」同「率」。這裡是指率車則與車同在，率徒則與徒同在。〔註243〕

《安大簡》整理者：「遲車呂車，銜徒呂徒」，《上博四·曹沫》簡五八「遲」作「銜」。「遲」讀為「將」。「銜」，古文「率」字。「將」「率」義同。「將車以車，率徒以徒」，指率車則與車同在，率徒則與徒同在。〔註244〕

謹案：《上博簡》作「」（下文將以「△₁」表示），《安大簡》作「」（下文將以「△₂」表示）。「將」、「率」二字皆有率領、帶領之義。《安大簡》整理者以為「將」、「率」二字義同，正確可從。簡文「～車以車，率徒以徒」本是互文關係，故「△₁₋₂」二字都應該理解作同一意思。既然下一句是「率」字，「將」就應該訓作「率」，「將」字本有率領、帶領之義，在傳世古書、楚簡多見「將」用作率領義，如《左傳·桓公五年》：「虢公林父將中軍，蔡人、衛人屬焉。」〔註245〕又《國語·晉語一》：「公將上軍，大子申生將下軍，以伐霍。」〔註246〕又《漢書·五行志中之上》：「不將，無距。」顏師古《注》：「將謂率領其羣也。」〔註247〕又《包山簡》簡226：「大司馬悼滑將楚邦之師徒以救郙之歲。」

〔註243〕馬承源主編：《上海博物館藏戰國楚竹書（四）》（上海：上海古籍出版社，2004年），頁281。

〔註244〕安徽大學漢字發展與應用研究中心編，黃德寬、徐在國主編：《安徽大學藏戰國竹簡（二）》（上海：中西書局，2022年），頁64。

〔註245〕〔周〕左丘明傳，〔晉〕杜預注，〔唐〕孔穎達正義：《春秋左傳正義》（北京：北京大學出版社，2000年，嘉慶21年南昌學堂重刊宋本），卷6，頁190。

〔註246〕徐元誥撰，王樹民、沈長雲點校：《國語集解（修訂本）》（北京：中華書局，2019年），頁262。

〔註247〕〔漢〕班固撰，〔清〕王先謙補注，上海師範大學古籍整理研究所整理：《漢書補注》（上海：上海古籍出版社，2008年），頁1964～1965。

【二】「死」

謹案：《上博簡》作「」，《安大簡》作「」（下文將以「△」表示）。「△」字的寫法首見，其左下所從「又」旁應是從「人」旁替換而來。戰國楚簡「死」有多種異體：

A	B	C	D
《包山簡》簡 54	《郭店簡‧窮達》簡 9	《上博簡（五）‧姑》簡 7	《郭店簡‧忠信》簡 3
E	F	G	H
《安大簡（二）‧曹沫》簡 39	《清華簡（七）‧越公》簡 60	《清華簡（八）‧攝命》簡 10	《清華簡（十）‧四告》簡 47

「A」字本承繼甲骨金文（「」《合集》21890、「」頌鼎／《集成》2827）之寫法。「B」、「C」、「E」及「F」四字左上從「」形變作「／／」形。「C」字左下的直筆開始繁化作「人」旁。「D」字省略了「C」字右半的「人」旁，可以視為「C」之省體。而「E」字在「B」字的基礎上把直筆貫穿到「」形。「F」字左下進一步簡省作「」形。「G」字在「A」字的基礎上省略左上的「／／／」形。「H」字在「G」字的基礎上把「人」旁放在「歺」旁的下半。「△」字所從「又」旁應是從「C」字所從「人」旁替換而來。戰國楚文字「人」、「又」二旁本可以替換，如「炙」字（「」《郭店簡‧成之》簡 13、「」《清華簡（一）‧程寤》簡 8）、「箑」字（「」《包山簡》簡 258、「」《長臺簡》簡 2.13），是其證。

綜上所述，「△」字是「死」之異體，這種「死」字的寫法屬首見，應是從「人」旁替換作「又」旁。

十三、〔敦〕

《上博簡（四）・曹沫》簡 33：「不䛝（親）則不緯（敦）」

《安大簡（二）・曹沫》簡 19：「不䛝（親）則不勅（敦）也」

謹案：可參第三節之第十條考釋，頁 75～79。

十四、〔輯〕

《上博簡（四）・曹沫》簡 33：「不和則不見〈聑（輯）〉」

《安大簡（二）・曹沫》簡 19：「不和則不邑〈聑（輯）〉」

　　《上博簡》整理者：聑，原作「圖」，西周銅器《班簋》有「東國瘖戎」，齊器《國差罉》有「無瘖無瘖」，其「瘖」字皆從此。特別是後者，連筆勢都是一樣的。簡文此字乃「嚴」字所從，「嚴」字是影母談部字，古音與「輯」字相近（「輯」是從母緝部字），從文義看，似應讀為古書常見的「和輯」之「輯」，《爾雅・釋詁上》：「輯，和也」此字與小篆「聑」相似。在先秦古文字材料中，我們還沒有發現過「聑」字，此字也可能就是古「聑」字。〔註248〕

　　《安大簡》整理者：「聑」，原文作「圖」，《上博四・曹沫》簡三三作「圖」，主要不同之處在下方「儿」形部分的寫法。關於古文字「聑」的考釋，參看徐在國《說「聑」及相關字》（簡帛研究網站，二〇〇五年三月四日）。「不和則不聑」亦見於下簡二三，「聑」皆讀為「輯」，和，同。《爾雅・釋詁上》：「輯，和也。」《管子・形勢解》：「君臣親，上下和，萬民輯，故主有令則民行之，上有禁民不犯。君臣不親，上下不和，萬民不輯，故令則不行，禁則不止。」下簡四十二有「上下和且聑（輯）」之語，亦可以參看。或說「圖」，從「口」，「抑」聲，「聑」字異體。〔註249〕

　　袁金平：整理者引或說，認為「圖」字從「口」從「抑」。這從字形本身考慮是毫無問題的。「圖」去掉「口」形剩下的部分「圖」，顯即戰國文字習見之「印（抑）」。從古音通假角度看，「印（抑）」與「聑」聲字可以相通，這在傳世文獻中已有例證。《韓詩外傳》卷三「持滿之道，抑而損之」，《淮南子・道

〔註248〕馬承源主編：《上海博物館藏戰國楚竹書（四）》（上海：上海古籍出版社，2004 年），頁 253。

〔註249〕安徽大學漢字發展與應用研究中心編，黃德寬、徐在國主編：《安徽大學藏戰國竹簡（二）》（上海：中西書局，2022 年），頁 64。

應》「抑」作「揖」，即是其證。此前公布的出土文字中亦有其踪迹。裘錫圭曾
論及郭店簡《成之聞之》簡 18 和上博簡《君子為禮》簡 9「費而罷讓」之「罷」
讀「揖」或「抑」的問題，指出「抑」在戰國楚方言中很有可能是緝部字。可
見「揖」「抑」古音相近。因此，整理者釋「𦣞」從「口」「印（抑）」聲，認為
是「𦣞」字的異體，確不可易。〔註 250〕

　　謹案：《上博簡》、《安大簡》之「𦣞」凡三字，分別對應：

簡　文	字　形	
不和則不～	《上博簡（四）・曹沫》簡 33 （下文將以「△₁」表示）	《安大簡（二）・曹沫》簡 19 （下文將以「△₄」表示）
不和則不～	《上博簡（四）・曹沫》簡 48 （下文將以「△₂」表示）	《安大簡（二）・曹沫》簡 23 （下文將以「△₅」表示）
上下和且～	《上博簡（四）・曹沫》簡 16 （下文將以「△₃」表示）	《安大簡（二）・曹沫》簡 42 （下文將以「△₆」表示）

筆者認為上述六字應隸釋作「𦣞」，讀作「輯」，指「和諧」義。以往學者對《上
博簡》「△₁₋₃」三字之字形分析及釋讀仍有分歧，學者的意見如下：

　　（一）《上博簡》整理者以為「△₁₋₃」三字皆釋作「𦣞」，讀作「輯」。又或
　　　　　是古「𦣞」字。

　　（二）陳劍以為「△₁₋₃」三字直接釋讀作「輯」，無說。〔註 251〕

　　（三）陳斯鵬以為「△₁₋₃」三字釋作「兄」，讀作「恭」，指恭順義。〔註 252〕

〔註 250〕袁金平：〈據安大簡《曹沫之陣》「𦣞」字異體談春秋金文「印燮」的讀法〉，《安徽
　　　　大學學報（哲學社會科學版）》第 5 期（2023 年），頁 79。

〔註 251〕陳劍：〈上博竹書《曹沫之陳》新編釋文〉，收入氏著：《戰國竹書論集》（上海：上
　　　　海古籍出版社，2013 年），頁 122～123。

〔註 252〕陳斯鵬：《簡帛文獻與文學考論》（廣州：中山大學出版社，2007 年），頁 105。

（四）徐在國以為「△₁₋₃」三字釋作「畐」，讀作「輯」。〔註253〕

（五）禤健聰以為「△₁₋₃」三字應隸釋作「畐（揖）」，並指出古文字「祝」、「畐（揖）」本同源。〔註254〕

（六）沈培以為「△₁₋₃」字以甲骨金文「兄」聯繫「△₁₋₃」字並釋作「兄」，讀作「篤」。〔註255〕高師佑仁從之。〔註256〕

上述諸說主要有「畐」、「兄」之隸釋方案，現在看來《上博簡》三字仍隸作「畐」，讀作「輯」為是。下文先分析甲骨金文「✦」、「✦」（下文將以「△」表示）這一類寫法的字與「畐」到底有沒有關係，後談《上博簡》、《安大簡》各字之字形問題，以及釋讀問題。

以往甲骨金文「△」到底應該釋作「畐」還是「兄」曾有討論。徐在國把「△₁₋₃」聯繫到甲骨金文「△」，以為該類寫法就是「畐」，是「揖」之初文。後來沈培有相當精闢的分析，沈培綜合前人的說法並指出甲骨文「祝」作「✦」（《合集》27361），或添加「示」旁作「✦」（《合集》32418），又或作「✦」（《合集》36518），或添加「示」旁作「✦」（《合集》25919），多用作「祝禱」義之｛祝｝。甲骨文「兄」則作「✦」（《合集》2876）、「✦」（《佚》426），二字可視為異體分工關係，不過前者多表示「兄弟」之｛兄｝，後者則表作轉交賜物之｛貺｝，進而指出戰國楚文字「△₁₋₃」、「✦」（《新蔡簡·乙四》簡139）、「✦」（《新蔡簡·零》簡533）也就是「兄」、「祝」。〔註257〕隨著戰國竹簡之材料越來越多，楚簡已經出現了確實無疑的「畐」字，原篆如下：

〔註253〕徐在國：〈說「畐」及其相關字〉，《中國文字學報》第12輯（2022年），頁88～91。

〔註254〕禤健聰：〈楚簡文字與《說文》互證舉例〉，載王蘊智、吳艾萍、郭樹恒主編：《許慎文化研究——首屆許慎文化國際研討會論文集》（北京：中國文藝出版社，2006年），頁315～316。

〔註255〕沈培：〈說古文字裏的「祝」及相關之字〉，載武漢大學簡帛研究中心主辦：《簡帛》第2輯（上海：上海古籍出版社，2007年），頁19～29。

〔註256〕高師佑仁：《《上海博物館藏戰國楚竹書（四）·曹沫之陣》研究》下冊（臺北：花木蘭文化出版社，2008年），頁311。

〔註257〕沈培：〈說古文字裏的「祝」及相關之字〉，載武漢大學簡帛研究中心主辦：《簡帛》第2輯（上海：上海古籍出版社，2007年），頁1～19。

《郭店簡・緇衣》簡 34 （下文將以「△7」表示）	《清華簡（十）・四告》簡 19 （下文將以「△8」表示）

「△7」字對應《詩・大雅・文王》「緝」，又或是新見「△8」字（簡文「心善～讓」），《清華簡》整理者以為「△8」字隸釋作「咠」，讀作「揖」，〔註 258〕可信。古書多見「揖讓」一詞，如《左傳・昭公二十五年》、《禮記・曾子問》、《荀子・樂論》、《新序・雜事四》等等。〔註 259〕以往學者以為用「咠」、「兄」的末筆作區分，如王瑜楨曾釋「」字，簡文作「上下和～」，王氏亦從沈培的說法，把該字隸定作「祝」，讀作「篤」，並把相關諸字分為 A、B 兩組字，A 組字下半最後一筆皆作「乙」形，而 B 組字下半末筆則作「」形且收筆一定向左，進而指出 A 組字（即「△1-3」、「」、「」）是「兄」，而 B 組字（即「」）則是「咠」。〔註 260〕可是王楡楨所提出的區分方法仍無法解決問題。上文已指出「△8」字就是「咠」，而該字之末筆作「乙」形，與「乙」形並沒有差異。如果案照王楡楨的說法，就只能視「△8」為「咠」之錯字。而且把「」字隸釋作「咠（輯）」並放回簡文「上下和～」釋讀，正可以聯繫《淮南子・本經訓》「上下和輯」。〔註 261〕而且楚文字表示{兄}義皆以「兄」（「」《包山簡》簡 138 反）、「況」（「」《上博簡（四）・內豊》簡 4）、「踵」（「」《清華簡（一）・金縢》簡 7）及「俇」（「」《清華簡

〔註258〕黃德寬主編，清華大學出土文獻研究與保護中心編：《清華大學藏戰國竹簡（拾）》下冊（上海：中西書局，2020 年），頁 117。

〔註259〕〔周〕左丘明傳，〔晉〕杜預注，〔唐〕孔穎達正義：《春秋左傳正義》（北京：北京大學出版社，2000 年，嘉慶 21 年南昌學堂重刊宋本），卷 51，頁 1666；〔漢〕鄭玄注，〔唐〕孔穎達疏：《禮記正義》（北京：北京大學出版社，2000 年，嘉慶 21 年南昌學堂重刊宋本），卷 18，頁 673；〔清〕王先謙撰，沈嘯寰、王星賢點校：《荀子集解》（北京：中華書局，1988 年），頁 380；〔西漢〕劉向編著，石光瑛校釋：《新序校釋》（北京：中華書局，2017 年），頁 457。

〔註260〕王瑜楨：《《清華大學藏戰國竹簡（陸）》鄭國史料三篇研究》（臺北：國立師範大學博士論文，2018 年），頁 494～498。

〔註261〕何寧撰：《淮南子集釋》（北京：中華書局，1998 年），頁 574。

（三）・芮良》簡8）；楚文字表示｛祝｝義均以「祝」（「」《上博簡（四）・內豐》簡8），從未見過以「」、「△7-8」等字形來表示｛兄｝、｛祝｝。綜合上述判斷，戰國文字「△1-8」均是「聂」應無疑義。

「△1」字當是「聂」之訛字。學者並沒有分析「△1」字為何下半從「見」，只談及該字應隸釋作「聂」。其實「△1」字下半「見」旁當是從「」、「」結合訛變而來。楚簡「目」字多寫作「」，不過也有一種特殊寫法，如「」（《清華簡（七）・越公》簡7）、「」（《郭店簡・性自》簡45）、「」（《上博簡（八）・顏淵》簡2），這種特殊寫法的「目」與楚文字「聂」（如「△8」）下半的寫法非常類似，而且「△1-3」字的「爪」旁寫得非常誇張，如「△2」字所從「爪」旁作「」形（類似寫法也見於「色」字，如「」《上博簡（一）・詩論》簡10），與「目」的寫法非常接近。故「△1」字中間的「目」形當是從「」、「」結合訛變而來。

「△4-6」二字下半當從「色」，皆是「聂」之訛形。《安大簡》整理者、袁金平均以為「△4」字下半從「抑」聲，是「聂」字之異體。「抑」字之上古音屬影紐職部，「聂」字則屬清紐緝部，唯二字的聲紐相去甚遠，不過傳世古書卻有「聂」字聲系與「卬」字聲系通假之例，如【揖與抑】。〔註262〕以往學者多主張古文字「印」、「印（抑）」為一字，〔註263〕當即「抑」之表意初文。戰國楚簡亦以「印」字表示印抑義之｛抑｝。回到「△4」字之討論，「△4」字下半應從「色」旁。戰國楚文字「印」作「」（《清華簡（三）・琴舞》簡5）、「」（《清華簡（六）・孺子》簡17），透過字形比對即可以知道「」字與「△4」字下半所從「」旁在構形並不完全一致。楚文字「色」有四種寫法：「」（《清華簡（六）・孺子》簡7）、「」（《上博簡（五）・鬼神》簡8）、

〔註262〕高亨纂著・董治安整理：《古字通假會典》（濟南：齊魯書社，1989年），頁701。
〔註263〕林義光原著，林志強標點：《文源：標點本》（上海：上海古籍出版社，2017年），頁120～121；羅振玉：《增訂殷虛書契考釋》（臺北：藝文印書館，1981年），頁54～55；季旭昇：《說文新證》（臺北：藝文印書館，2014年），頁711。

「」（《上博簡（九）‧史蒥》簡 6）及「」（《上博簡（四）‧柬大王》簡 17）。可以發現除「」字之外，其餘三字所從「卩」旁均是「卩」之變體。楚文字「色」字演變構擬作：

→ → →

不過新見《清華簡（十二）‧參不韋》已出現一種「色」字的新寫法，字作「」（簡 1）、「」（簡 5）、「」（簡 16），與「△₄」字下半完全一致，疑是「卩」之變體。由此可見，「△₄」字下半應從「色」。值得注意的是，戰國楚文字「印」、「色」二字雖然形近，可是筆者疑仍有一定的區分方法。就以不同楚簡書手抄寫「印」、「色」二字來看，字形如下：

「色」	「印」
 《清華簡（十二）‧參不韋》簡 25	 《清華簡（十二）‧參不韋》簡 5
 《清華簡（十）‧四時》簡 22	 《清華簡（十）‧行稱》簡 8
 《清華簡（七）‧越公》簡 32	 《清華簡（七）‧越公》簡 21
 《清華簡（六）‧孺子》簡 7	 《清華簡（六）‧孺子》簡 17
 《清華簡（五）‧三壽》簡 11	 《清華簡（五）‧三壽》簡 9

不難發現「印」、「色」二字所從「爪」旁之位置是不一樣的,「印」字所從「爪」旁是寫在「卩」旁上半,而「色」字所從「爪」旁則寫在「卩」旁左半。

至於「△5-6」字,既然「△4」字下半從「色」旁,「△5」字理應與「△4」字之構形一樣。透過字形比對後,就可以知道「△5」字下半所從「色」旁與「⬚」字在構形上完全一致。而「△6」字下半所從「色」旁與「⬚」字也是完全一致。最重要的是,《安大簡(二)·曹沫》簡 38「⬚」字下半所從就是「色」旁,與「△6」字下半所從之寫法並無不同。由此可見,故「△5-6」字下半當從「色」旁。

季旭昇曾指出「色」字是「𢑎(抑)」字的假借分化字,〔註264〕即有可能反證《安大簡》整理者的說法。其實並不然,上溯西周金文「色」就可以知道「色」字並不是從「𢑎(抑)」假借分化出來。西周金文「色」寫作「⬚」(中𪉖父壺 /《銘圖》12301),《天馬》整理者把字直接隸釋作「色」,無說。〔註265〕後來《銘圖》、《西周文字字形表》皆從《天馬》整理者。〔註266〕若其說可信的話,「色」、「𢑎(抑)」二字應是兩個形音義皆不同的字,只是到了戰國時期,表示印抑義之{抑}的「印」字剛好與「色」字在字形上接近而已。

現在我們可以知道「△1-6」皆應該隸定作「𢆶」,讀作「輯」。古書多見「和」、「輯」連言,又或「和」、「輯」並舉,故把「輯」字放回簡文「不和則不～」、「上下和且～」釋讀文通字順,即意謂「不和睦則不和諧」、「上下和睦和諧」。

第四節 「論為親、為和、為義」章

一、〔曰/問〕

《上博簡(四)·曹沫》簡 33:「臧(莊)公{或(又)}曰」

〔註264〕季旭昇:《說文新證》(臺北:藝文印書館,2014 年),頁 711～712。

〔註265〕北京大學考古學系商周組、山西省考古研究所:《天馬—曲村 1980～1989》(北京:科學出版社,2000 年),頁 435。

〔註266〕吳鎮烽編著:《商周青銅器銘文暨圖像集成》第 22 卷(上海:上海古籍出版社,2012 年),頁 177;黃德寬主編、徐在國副編,汪學旺編著:《西周文字字形表》(上海:上海古籍出版社,2017 年),頁 391。

《安大簡（二）‧曹沫》簡 19：「臧（莊）公或（又）詗（問）」

　　謹案：《上博簡》作「」，《安大簡》作「」。古漢語的「曰」字本有「向別人發問」之意思，其詞義與「問」字近似，如《論語‧述而》：「冉有曰：『夫子為衛君乎？』」〔註267〕又《孟子‧萬章上》：「萬章曰：『堯以天下與舜，有諸？』」〔註268〕故《上博簡》「曰」字、《安大簡》「詗（問）」字可視為一組義近異文。

二、〔親〕

《上博簡（四）‧曹沫》簡 33＋34：「爲親〔二〕女（如）可（何）？」

《安大簡（二）‧曹沫》簡 19：「爲慙（親）〔二〕女（如）〔可（何）〕？』」

　　《安大簡》整理者：「為慙女」，《上博四‧曹沫》簡三三「慙」作「親」。「慙」，從「心」，「靳（新）」聲，當從上博簡讀為「親」。「為慙女」後據上博簡補「可會曰」三字。〔註269〕

　　謹案：《上博簡》作「」，《安大簡》作「」。《安大簡》「慙」字當讀作「親」。二字皆從「辛」聲，通假並沒有問題，加上在傳世古書、出土文獻多見「親」、「新」二字通假。〔註270〕

三、〔訟〕

《上博簡（四）‧曹沫》簡 34：「佁（四）夫募（寡）婦之獄詞〈訟〉」

《安大簡（二）‧曹沫》簡 20：「佁（四）夫募（寡）婦之獄訟」

　　《安大簡》整理者：「獄訟」，《上博四‧曹沫》簡三四作「獄詞」。上博簡作「詞」，或認為讀為「訟」，或認為乃「訟」之訛。本簡「訟」所從「公」

〔註267〕〔魏〕何晏注，〔宋〕邢昺疏：《論語注疏》（北京：北京大學出版社，2000 年，嘉慶 21 年南昌學堂重刊宋本），卷 7，頁 99。

〔註268〕〔漢〕趙岐注，〔宋〕孫奭疏：《孟子注疏》（北京：北京大學出版社，2000 年，嘉慶 21 年南昌學堂重刊宋本），卷 9 下，頁 301。

〔註269〕安徽大學漢字發展與應用研究中心編，黃德寬、徐在國主編：《安徽大學藏戰國竹簡（二）》（上海：中西書局，2022 年），頁 65。

〔註270〕可詳閱高亨纂著，董治安整理：《古字通假會典》（濟南：齊魯書社，1989 年），頁 99；白於藍編著：《簡帛古書通假字大系》（福州：福建人民出版社，2017 年），頁 1295、1297～1298。

下兩橫為飾筆，與陶文「公」（《陶錄》三‧二一二‧三）相同。〔註271〕

　　高師佑仁：「訟」字作「![字形]」（簡20），上博簡原篆作「![字形]」（簡34），上博簡原整理者直接隸定作「獄訟」之「訟」，李銳從之。季旭昇師認為原形實從「言」、「同」聲，當即「詷」字，恐不得釋「訟」，「詷」讀為「恫」，《說文》云：「恫，痛也。」簡文意思是說「匹夫寡婦的獄訟、哀痛，國君一定要親自聽聞。」何有祖則認為「詷」（定紐東部），「訟」（邪紐東部），音近可通。「詷」疑可讀作「訟」。「獄訟」為典籍常語……現在有了安大簡第二個版本的《曹沫之陳》版本，讓我們有更多思考的線索。首先，簡文說「匹夫寡婦之獄訟，君必身聽之」，「聽獄訟」之說，古籍常見……再談「![字形]」字，右半從「公」得聲……然而「![字形]」是在常見的「公」形下，再加上兩道橫筆，這種寫法的「公」在典型的楚文字裡看不到第二例……簡文的「![字形]」與C形（引者案：即「![字形]」《陶錄》3.209.1）最為近似。而上博簡的「![字形]」，可能是在傳抄的過程中，由於楚人不熟悉齊魯文字而產生的錯訛。當然，「詷」（定紐東部）、「訟」（邪紐東部）二字，韻部相同，聲紐也有相通的可能，上博簡將「訟」寫成「詷」，改易聲符的可能性不能完全排除。〔註272〕

　　謹案：《上博簡》作「![字形]」（下文將以「△₁」表示），《安大簡》作「![字形]」（下文將以「△₂」表示）。《安大簡》整理者、高師佑仁之說可備一說。除了高師佑仁所引之字形外，仍有大量此類魯國陶文「公」字下添加「＝」形作飾筆之字形。〔註273〕值得注意的是楚系文字「公」亦見添加飾筆「＝」之情況，字作「![字形]」（曾侯與鐘／《銘圖續》1029），該字之飾筆「＝」形是寫在「口」旁之內部。

　　又陳劍以為「△₁」字與「詷」字無關，並指出「△₁」字有可能從《郭店簡‧老子（甲）》「浴」字（「![字形]」簡2、「![字形]」簡3）右半所從特殊的「谷」旁訛變而來。〔註274〕楚文字「訟」所從「公」旁可類化作「谷」旁（可參本

〔註271〕安徽大學漢字發展與應用研究中心編，黃德寬、徐在國主編：《安徽大學藏戰國竹簡（二）》（上海：中西書局，2022年），頁65。

〔註272〕高師佑仁：〈安大簡《曹沫之陳》補釋〉，（待刊於《興大人文學報》）。

〔註273〕可詳閱張振謙編著：《齊魯文字編》（北京：學苑出版社，2014年），頁137～138。

〔註274〕陳劍：〈試為西周金文和清華簡《攝命》所謂「弄」字進一解〉，《出土文獻》第13輯（2018年），頁36。

文「歔」字條，頁 27～29），再省寫其中一個「八」形且添加兩道橫筆在「八」形。〔註 275〕可是陳說仍有疑問。現在仍未見類化後的「公」旁在兩個「八」形各添加一道橫筆。還不如信從「△₂」字演變作「△₁」字來得直接。

筆者認為「△₁₋₂」二字或可以視為不同字來處理。雖然二字之字形非常接近，唯「△₁」字已見於「」（《清華簡（一）·保訓》簡 3）、「」（《雲夢秦簡·日甲》簡 157 反）、「」（《龍崗秦簡》簡 74）、「」（《海》3.1），加上《安大簡（二）·曹沫》書手在抄寫「公」字也沒有添加飾筆「＝」形之情況。從有關齊魯文字之材料來看，「公」字僅見於戰國齊國陶文，〔註 276〕魯國相關的出土材料也沒有見過這種寫法，如「」（魯伯悆盨／《集成》4458）、「」（魯侯熙鬲／《集成》648）、「」（《璽彙》5643）等，可見「公」字並不是魯國流行之寫法。高師佑仁提出另一可能情況就是所從「公」改易聲符作「同」，筆者認為此意見可備一說。「訟」、「詷」二字之古音十分接近。「詷」字之上古音屬定紐東部一等合口，「訟」字之上古音屬邪紐東部三等合口，二字的聲紐關係密切，錢玄同曾提出「古無邪紐」說，〔註 277〕錢氏認為邪紐在上古有三個來源：約有十分之八來自定紐，不足十分之二來自羣紐，不足十分之一來自從紐，故錢氏推測邪紐古歸定紐。若案照錢說，定紐、邪紐在上古有非常密切之關係，韻部相同，故「訟」、「詷」二字確實是有可能相通的。唯古書、出土文獻仍未見「公」、「同」二字聲系有通假的例證，這樣的通讀仍有疑問。頗疑「訟」、「詷」二字在字形及聲音皆十分接近，導致《上博簡（四）·曹沫》書手錯寫「訟」作「詷」。

〔註 275〕根據陳說，「△₁」字之演變可構擬作「」（《包山簡》簡 81）→「」（《上博簡（九）·史蒥》簡 7）→「」。

〔註 276〕謹案：《齊魯文字編》認為「公」字是魯國文字，可是《戰國文字字形表》卻把「公」字歸入戰國齊國文字。引自張振謙編著：《齊魯文字編》（北京：學苑出版社，2014年），頁 2084；黃德寬主編，徐在國副主編，徐在國、程燕、張振謙編著：《戰國文字字形表》（上海：上海古籍出版社，2017 年），頁 115。

〔註 277〕錢玄同：〈古無「邪」紐證〉，收入錢玄同著，楊佩昌整理：《錢玄同：國學文稿》（北京：中國畫報出版社，2010 年），頁 41～51。

四、〔黨〕

《上博簡（四）・曹沬》簡35：「母（毋）倀（黨）於父雎（兄）」

《安大簡（二）・曹沬》簡21：「毋倘（黨）於父雎（兄）」

《上博簡》整理者：讀「長」，指凌駕。〔註278〕

《安大簡》整理者：「倘」，《上博四・曹沬》簡三五作「倀」，整理者注：「讀『長』，指凌駕。」「倘」當從上博簡讀為「長」。〔註279〕

侯瑞華：上博簡《曹沬之陳》簡35「毋嬖於便嬖，毋倀於父兄」，過去諸家都將「倀」讀為「長」。現在安大簡《曹沬之陳》簡21作「毋倘於父兄」。「倘」字从人、尚聲，應該讀為「黨」，是袒護、偏袒的意思。《墨子・尚賢中》：「不黨父兄，不偏貴富，不嬖顏色」，正可與簡文內容相印證。「長」聲與「尚」聲相通，文獻中有很多例證。（參見張儒、劉毓慶：《漢字通用聲素研究》，山西古籍出版社，2002年，第454頁。）又古文字中有「長」、「尚」雙聲之字，見於楚簡的如《清華簡一・楚居》簡2之字。《論語・公冶長》的「申棖」，《史記・仲尼弟子列傳》作「申黨」。因此上博簡的「倀」也應該依照安大簡讀為「黨」，兩處的異文屬於通假關係，可以統一起來。〔註280〕

謹案：《上博簡》作「」（下文將以「△₁」表示），《安大簡》作「」（下文將以「△₂」表示）。侯瑞華之說法可從。《上博簡》整理者以為「長」有「凌駕」義，學者皆從之。自《安大簡（二）》公布後，《安大簡》整理者仍從舊說。可是古書找不到訓「凌駕」義之「長」的用法。後來侯瑞華提出「△₁₋₂」二字皆讀作「黨」，並舉出《墨子・尚賢中》「不黨父兄」之文例。其說可從。簡文「毋黨於父兄，毋嬖於便嬖」與《墨子・尚賢中》：「不黨父兄……不嬖顏色」意近，〔註281〕「黨」、「嬖」二字並舉，可見「黨」、「嬖」二字義近。最重要的是，簡文「賞均聽中」正呼喚簡文「毋黨於父兄，毋嬖於便嬖」，上下文連貫。

〔註278〕馬承源主編：《上海博物館藏戰國楚竹書（四）》（上海：上海古籍出版社，2004年），頁266。

〔註279〕安徽大學漢字發展與應用研究中心編，黃德寬、徐在國主編：《安徽大學藏戰國竹簡（二）》（上海：中西書局，2022年），頁65。

〔註280〕侯瑞華：〈《曹沬之陳》對讀三則〉，武漢網，（2022年9月5日）。取自http://www.bsm.org.cn/?chujian/8782.html，2023年3月24日讀取。

〔註281〕〔清〕孫詒讓撰，孫啟治點校：《墨子閒詁》（北京：中華書局，2001年），頁49。

對於「父兄」之訓釋，古書之注疏有很多種說法，如《左傳·隱公十一年》：「寡人唯是一二父兄」，杜預《注》：「父兄，同姓羣臣。」〔註282〕又《左傳·昭公二十二年》：「不能媚於父兄」，杜預《注》：「華、向，公族，故稱父兄。」〔註283〕又《國語·晉語五》：「讓父兄也」，韋昭《注》：「父兄，長老也。」〔註284〕又《儀禮·士冠禮》：「則父兄戒、宿」，鄭玄《注》：「父兄，諸父諸兄。」〔註285〕又《孟子·滕文公上》：「父兄百官皆不欲」，朱熹《集注》：「父兄，同姓老臣也。」〔註286〕又《韓非子·姦劫弒臣》：「而恐父兄豪傑之士」，王先慎《集解》：「父兄，謂側室公子，人主之所親愛也。」〔註287〕簡文的「父兄」有可能是指同姓大夫。由於魯莊公即位之初，本有四位同姓宗親，分別是慶父（季孫氏）、〔註288〕叔牙（叔孫氏）、〔註289〕公子友（孟孫氏），〔註290〕以及簡文所見的「施伯」。〔註291〕根據《史記·魯周公世家》言莊公有三位同姓弟弟，故可知慶父、叔牙、公子友當是魯國姬姓卿大夫。關於「施伯」到底是魯莊公之長輩還是晚輩已不可考，不過根據張守節《史記正義》、韋昭《國語

〔註282〕〔周〕左丘明傳，〔晉〕杜預注，〔唐〕孔穎達正義：《春秋左傳正義》（北京：北京大學出版社，2000 年，嘉慶 21 年南昌學堂重刊宋本），卷 4，頁 144。

〔註283〕〔周〕左丘明傳，〔晉〕杜預注，〔唐〕孔穎達正義：《春秋左傳正義》（北京：北京大學出版社，2000 年，嘉慶 21 年南昌學堂重刊宋本），卷 50，頁 1637。

〔註284〕徐元誥撰，王樹民、沈長雲點校：《國語集解（修訂本）》（北京：中華書局，2019 年），頁 381。

〔註285〕〔漢〕鄭玄注，〔唐〕賈公彥疏：《儀禮注疏》（北京：北京大學出版社，2000 年，嘉慶 21 年南昌學堂重刊宋本），卷 3，頁 53。

〔註286〕〔宋〕朱熹撰：《四書章句集注》（北京：中華書局，1983 年），頁 255～256。

〔註287〕〔清〕王先慎撰，鍾哲點校：《韓非子集解》（北京：中華書局，2003 年），頁 107。

〔註288〕《春秋·莊公二年》：「夏，公子慶父帥師伐於餘丘。」楊伯峻《左傳注》：「公子慶父……是莊公之母弟」。引自楊伯峻編著：《春秋左傳注（修訂本）》第 1 冊（北京：中華書局，2016 年），頁 172～173。

〔註289〕古書對於「叔牙」之記載僅見於《史記·魯周公世家》：「莊公有三弟，長曰慶父，次曰叔牙，次曰季友。」引自〔漢〕司馬遷撰，〔宋〕裴駰集解，〔唐〕司馬貞索隱，〔唐〕張守節正義：《史記（點校本二十四史修訂本）》（北京：中華書局，2014 年），頁 1852。

〔註290〕《春秋·莊公二十五年》：「冬，公子友如陳。」楊伯峻《左傳注》：「友為莊公之幼弟，桓公之幼子，故字季，後以季為氏，世寬魯政」。引自楊伯峻編著：《春秋左傳注（修訂本）》第 1 冊（北京：中華書局，2016 年），頁 252。

〔註291〕《國語·齊語》：「施伯，魯君之謀臣也」韋昭《注》：「施伯，魯大夫，惠公之孫、施父之子。」又《史記·魯周公世家》：「魯人施伯」《正義》：「施伯，魯惠公孫。」引自徐元誥撰，王樹民、沈長雲點校：《國語集解（修訂本）》（北京：中華書局，2019 年），頁 216；〔漢〕司馬遷撰，〔宋〕裴駰集解，〔唐〕司馬貞索隱，〔唐〕張守節正義：《史記（點校本二十四史修訂本）》（北京：中華書局，2014 年），頁 1851。

注》之注疏記載，施伯亦應該是魯國姬姓大夫，當與魯莊公有血緣關係。魯莊公即位後，是否有長老、同姓老臣、特別偏愛的側室公子，古書皆無記載，故暫不考慮。由此可見，簡文的「父兄」有可能是指同姓大夫。

「黨」字本从「尚」聲，本可以與「長」字聲系通假。《說文·黑部》：「黨，不鮮也。从黑，尚聲。」〔註292〕「黨」、「尚」二字相通並無問題，出土文獻已見【尚與黨】之通假例證。〔註293〕从「長」字聲系與从「尚」字聲系多可通假，如【堂與棖】、【棠與棖】、【掌與棖】。〔註294〕由此可證「△1-2」二字讀作「黨」並沒有問題。

綜上所述，「△1-2」二字皆可以讀作「黨」，指偏私、偏袒義，意謂「不要偏袒你（魯莊公）的同姓卿大夫」。

五、〔義〕

《上博簡（四）·曹沫》簡36：「爲〈義〉女（如）可（何）？」

《安大簡（二）·曹沫》簡21：「爲義女（如）之可（何）？」

《上博簡》整理者：，待考。〔註295〕

謹案：《上博簡》作「」（下文將以「△」表示），《安大簡》作「」。「△」字當是「義」之錯字。陳劍直接逕釋作「義」，並指出「△」字下半是「我」旁之訛變，〔註296〕高師佑仁從陳說，並對「△」字有詳細之字形分析，〔註297〕可參。《上博簡（四）·曹沫》書手寫「我」字或从「我」旁之字來看，字作「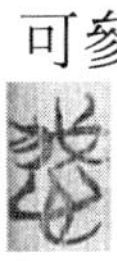」（簡33）、「」（簡39）、「」（簡39）、「」（簡39）、

〔註292〕〔漢〕許慎撰，〔宋〕徐鉉校定：《說文解字》（北京：中華書局，2013年，陳昌治本為底本），頁210。

〔註293〕白於藍編著：《簡帛古書通假字大系》（福州：福建人民出版社，2017年），頁1070。

〔註294〕高亨纂著，董治安整理：《古字通假會典》（濟南：齊魯書社，1989年），頁298～299。

〔註295〕馬承源主編：《上海博物館藏戰國楚竹書（四）》（上海：上海古籍出版社，2004年），頁266。

〔註296〕陳劍：〈上博竹書《曹沫之陳》新編釋文〉，收入氏著：《戰國竹書論集》（上海：上海古籍出版社，2013年），頁122。

〔註297〕高師佑仁：《《上海博物館藏戰國楚竹書（四）·曹沫之陣》研究》下冊（臺北：花木蘭文化出版社，2008年），頁352～353。

「 」（簡40），與一般「我」字之寫法無異。隨著楚簡的公布，我們可以發現楚文字「義」字所從「我」旁主要有四種寫法，如「箋」（《上博簡（一）·緇衣》簡20）、「錢」（《清華簡（三）·周公》簡14）、「釜」（《清華簡（十）·四告》簡21）、「僉」（《清華簡（二）·繫年》簡40）。不過「義」字下半所從「我」旁亦訛變作「虍」旁，原篆如下：

《清華簡（五）·厚父》簡13

《清華簡（五）·厚父》簡13：「民亦惟酒用敗威箋」，《清華簡》整理者已釋「箋」為「義」，讀作「儀」，並舉出「威儀」一詞見於《書·顧命》，〔註298〕可信。「箋」下半所從「虍」旁的「乚」形又見於「黎」（《清華簡（九）·成人》簡15）、「黍」（《上博簡（一）·詩論》簡9），唯「△」字下半所從「乜」形亦不是「虍」旁，現有楚簡材料僅見一例，可見《上博簡（四）·曹沫》書手應該是偶有錯寫而已。現在有《安大簡》的對照，學者釋「△」字為「義」，現在看來是正確的。

六、〔卒〕

《上博簡（四）·曹沫》簡28：「羍（卒）又（有）倀（長）」

《安大簡（二）·曹沫》簡22：「犚（卒）又（有）倀（長）」

　　《上博簡》整理者：羍，同「卒」，是古代軍隊編制的基礎單位。〔註299〕

　　《安大簡》整理者：「犚」，《上博四·曹沫》簡二八作「羍」。「犚」，從「力」，「羍」聲，疑是力卒之「卒」的專字。〔註300〕

〔註298〕李學勤主編，清華大學出土文獻研究與保護中心編：《清華大學藏戰國竹簡（伍）》下冊（上海：中西書局，2015年），頁110、116。

〔註299〕馬承源主編：《上海博物館藏戰國楚竹書（四）》（上海：上海古籍出版社，2004年），頁261。

〔註300〕安徽大學漢字發展與應用研究中心編，黃德寬、徐在國主編：《安徽大學藏戰國竹簡（二）》（上海：中西書局，2022年），頁65。

謹案：《上博簡》作「　」，《安大簡》作「　」（下文將以「△」表示）。《安大簡》整理者可備一說。由於「△」字略有殘泐，不過「△」字左半仍見「力」旁，加上下一簡亦見從「力」的「䘚（卒）」字（「　」簡23），可證「△」字左半從「力」。《安大簡》整理者以為「犖」字是力卒之專字。其說不無可能。「力卒」一詞僅見於《尉繚子・兵教下》：「十二曰力卒，謂經旗全曲，不麾不動也。」〔註301〕可是《尉繚子・兵教下》「力卒」一詞有多種訓解，如「有力之卒」、「有定力者」或是「旗手」。〔註302〕古書雖有「力卒」一詞，唯相關說解各有不同，莫衷一是，而且在其他古書也找不到與「力卒」相關的文例，一時之間難以判斷，故在沒有足夠之證據下，仍不能排除《安大簡》整理者的說法。

或說「犖」字只是「倅」之異體。由於《安大簡（二）》字形表「犖」字條收入「△」、「　」及「　」（簡32）。「△」、「　」二字左半從「力」並無問題，可是「　」字似不從「力」旁，疑從「人」旁。「　」字之左半雖有殘泐，不過仍見一弧筆，應與「力」旁無關，應從「人」旁，筆者將之摹作：

加上從「人」旁的「俈（倅）」字已見，如「　」（《包山簡》簡25）、「　」（《璽彙》337）。而且楚文字「力」、「人」當作意符使用時本可以替換，如楚文字「桀」、「世」、「虎」及「任」，字形如下：

桀		
	《上博簡（四）・曹沫》簡65下	《安大簡（二）・曹沫》簡46

〔註301〕許富宏校注：《尉繚子校注》（北京：中華書局，2023年），頁310。

〔註302〕可詳閱許富宏校注：《尉繚子校注》（北京：中華書局，2023年），頁315。

世	《清華簡（九）·命一》簡 10	《上博簡（四）·曹沫》簡 9
虎	《上博簡（五）·三德》簡 18	《清華簡（六）·管仲》簡 29
任	《清華簡（六）·子產》簡 31	《郭店簡·性自》簡 62

由此可證楚文字凡從「人」、「力」且用作意符時本可通用，亦說明「」、

「」及「△」三字有可能是異體關係，與「力卒」無關。

就文意來看，「△」字當讀作「卒」，指兵卒義。上文已言「㑞」字有可能是「倅」之異體，不過字書、古書之注疏多以「倅」訓「副」，指居次要、第二位，如《說文·人部》：「倅，副也。從人，卒聲。」〔註303〕又《玉篇·人部》：「倅，副也。」〔註304〕又《逸周書·糴匡解》：「餘子倅運」，孔晁《注》：「倅，副也。」〔註305〕以「倅」字表示兵卒之{卒}僅見於《太平廣記》卷三百六十四：「適有涇倅十餘，各執長短兵援蕃。」〔註306〕筆者認為《太平廣記》此例應是假借「卒」作「倅」。

綜上所述，「△」字有可能是「倅」之異體，並讀作「卒」，指兵卒義。

〔註303〕〔漢〕許慎撰，〔宋〕徐鉉校定：《說文解字》（北京：中華書局，2013 年，陳昌治本為底本），頁 165。

〔註304〕〔南梁〕顧野王撰：《宋本玉篇》（北京：中國書店，1983 年，根據張氏澤存堂本影印），頁 55。

〔註305〕黃懷信、張懋鎔、田旭東撰，黃懷信修訂，李學勤審定：《逸周書彙校集注（修訂本）》上冊（上海：上海古籍出版社，2007 年），頁 81。

〔註306〕〔宋〕李昉等編，張國風會校：《太平廣記會校》第 14 冊（北京：北京燕山出版社，2011 年）頁 6217。

七、〔恆〕

《上博簡（四）‧曹沫》簡48：「不羍（卒）則不亙（恆）」

《安大簡（二）‧曹沫》簡23：「不㭒（卒）則不逕（恆）」

　　《安大簡》整理者：「不㭒則不逕」，《上博四‧曹沫》簡四八作「不羍則不亙」。單育辰認為「卒」典籍多有「終」「止」義；「卒」「恆」義近，「不卒則不恆」似言「如果沒有終了就沒有恆久」（參《〈曹沫之陳〉文本集釋及相關問題研究》第六六頁，吉林大學碩士學位論文，二〇〇七年）。《易‧恆》：「不恆其德。」《史記‧淮陰侯列傳》：「為德不卒。」〔註307〕

　　謹案：《上博簡》作「 」，《安大簡》作「 」（下文將以「△」表示）。「△」字寫法較為特別。楚文字「亙」字常見，一般內部寫法是左「夕」形右「卜」形，楚文字「亙」字形表如下：

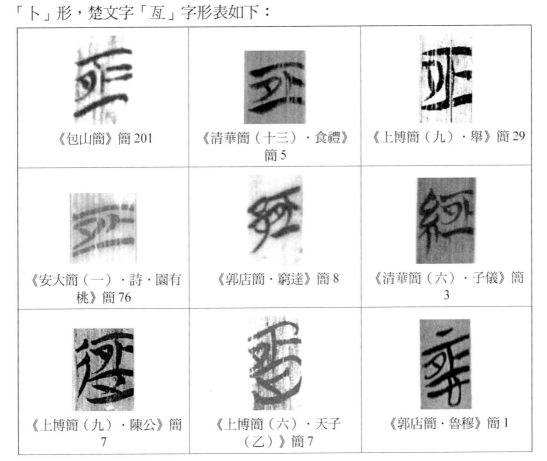

《包山簡》簡201	《清華簡（十三）‧食禮》簡5	《上博簡（九）‧舉》簡29
《安大簡（一）‧詩‧園有桃》簡76	《郭店簡‧窮達》簡8	《清華簡（六）‧子儀》簡3
《上博簡（九）‧陳公》簡7	《上博簡（六）‧天子（乙）》簡7	《郭店簡‧魯穆》簡1

〔註307〕安徽大學漢字發展與應用研究中心編，黃德寬、徐在國主編：《安徽大學藏戰國竹簡（二）》（上海：中西書局，2022年），頁65。

《清華簡（三）·芮良》簡 13	《安大簡（二）·仲尼曰》簡 8	《包山簡》簡 233

上引之字形除了「　」所从「卜」形多出一飾筆外，以及「　」字所从「丞」旁上添加一飾筆，排除不同之處，基本上其構形都是左「夕」形右「卜」形。亦比較他系文字之「互」字寫法：

晉系：　（《璽彙》2136）、　（《璽彙》2675）、　（六年格氏令戈／《集成》11327）、　（《璽彙》2935）〔註308〕

齊系：　（《陶錄》3.614.1）

諸系文字的「互」在中間添加豎筆，應是飾筆，與楚系文字略有不同。晉璽「　」、「△」二字所从「互」旁之構形完全相同，都是左「卜」形右「夕」形，應是「互」字之異體。「△」字雖有晉系文字之特徵，唯不能說《安大簡（二）·曹沫》之底本來源於三晉。筆者疑與「移位」現象有關。古文字常見此種字形結構移位之現象。偏旁移位已見於商代甲骨文，甚至戰國文字的偏旁位置不固定猶為明顯且有大量之例子，可詳閱孫合肥《戰國文字形體研究》，〔註309〕於此不再贅引。

綜上所述，「△」字所从「互」旁與一般「互」字不一樣，此種寫法的「互」亦見於晉系文字，當中的寫法是左「卜」右「夕」，與一般所見「互」字左「夕」右「卜」位置不一樣而已。

八、〔輯〕

《上博簡（四）·曹沫》簡48：「不和則不茸（輯）」

〔註308〕摹本作「　」。引自黃德寬主編：《古文字譜系疏證》（北京：商務印書館，2007年），頁337。

〔註309〕孫合肥：《戰國文字形體研究》下冊（北京：中華書局，2020年），頁365～429。

《安大簡（二）‧曹沫》簡23：「不和則不邑〈眚（輯）〉」

　　《上博簡》整理者：昔，讀「輯」，參第十六、第三十三簡注。〔註310〕

　　謹案：可參第三節之第十四條考釋，頁81～87。

九、〔嚴威〕

《上博簡（四）‧曹沫》簡48-46下：「不兼（嚴）畏（威）則不勞（勝）」

《安大簡（二）‧曹沫》簡23：「不兼（嚴）畏〈畏（威）〉則不勞（勝）」

　　《安大簡》整理者：「兼畏」，疑讀為「嚴畏」。「兼」「嚴」音近古通。《說文‧阜部》「陳，崖也。从阜，兼聲。讀若儼」，即其證。《尉繚子‧攻權》：「不嚴畏其心，不我舉也。」陳偉武說：「『嚴畏』猶言『敬畏』。」（參《兵書新注商兌》，《古漢語研究》一九九五年第二期）〔註311〕

　　海天遊蹤（蘇師建洲）：「兼」讀為「嚴」聲韻都不密合，「兼」還是讀「謙」為好。〔註312〕

　　謹案：「兼」字當從《安大簡》整理者的說法。網友海天遊蹤（蘇師建洲）以為「兼」、「嚴」在聲韻皆不接近，並指出「兼」字當讀作「謙」。〔註313〕其實「兼」（見紐談部四等開口）、「嚴」（疑紐談部三等開口）二字之聲紐同屬牙音，韻部相同，二字音近可通。而且「兼」字聲系本可以讀若「嚴」字聲系，如《安大簡》整理者所引的《說文‧阜部》，可證「兼」字通假作「嚴」應無疑問。

　　《上博簡》作「安」（下文將以「△₁」表示），《安大簡》作「畏」（下文將以「△₂」表示），「△₂」字當是「畏」之訛形。戰國楚文字「畏」本有兩種寫法，第一種作「畏」（《郭店簡‧五行》簡34），第二種作「△₁」字，當中

〔註310〕馬承源主編：《上海博物館藏戰國楚竹書（四）》（上海：上海古籍出版社，2004年），頁275。

〔註311〕安徽大學漢字發展與應用研究中心編，黃德寬、徐在國主編：《安徽大學藏戰國竹簡（二）》（上海：中西書局，2022年），頁66。

〔註312〕海天遊蹤（蘇師建洲）：〈安大簡《曹沫之陳》初讀〉，武漢網，跟帖第43樓，2022年8月25日（2023年5月10日上網）。

〔註313〕筆者曾向蘇師建洲請益，蘇師建洲回覆並提示筆者：「按李方桂等先生的看法，舌根塞音、喉音與鼻音不常發生關係。」謹案：見疑二紐通用的確較少，不過李方桂曾提及疑紐清化後本可以變成見紐，參見李方桂：《上古音研究》（北京：商務印書館，2015年），頁19。

之差異僅在前者作「X」形，後者作「十」形，同屬「畏」字異體。唯「△₂」
字這種特殊寫法已見，如「」（《郭店簡・成之》簡 5），二字上半的「目」
形當是從「囟／甶」訛變而來。〔註314〕甲骨金文「畏」作「」（《合集》14173
正）、「」（《合集》17442）、「」（孟鼎／《集成》2837）、「」（毛公
鼎／《集成》2841）。羅振玉以為甲骨文「畏」从鬼持卜（杖形）。〔註315〕《說
文新證》從羅說，並進一步指出「畏」字所从「鬼」旁兼聲。〔註316〕《字源》
則以為甲骨文「畏」象手持杖形，是會意字。〔註317〕「畏」字確實有可能是從
「鬼」聲，「畏」（影紐微部）、「鬼」（見紐微部），二字聲近韻同。而且傳世古
書、出土文獻多見「鬼」、「畏」二字通假的情況，〔註318〕可證《說文新證》的
說法，故甲骨金文「畏」應是會意兼聲字。可是「畏」、「鬼」二字演變到戰國
時期，其「囟／甶」形皆訛作「目」形，如「䰢」字（「」《上博簡（五）・
鬼神》簡4，也可以變作「」《上博簡（五）・季庚子》簡 18）、「禩」字（「」
《清華簡（一）・程寤》簡 6，也可以變作「」《清華簡（八）・虞夏》簡 2）、
「愄」字（「」《上博簡（八）・志書》簡 2，也可以變作「」《上博簡（五）・
吳命》簡 5）等等。又或是從「目」形訛作「囟／甶」形，如「惠」字（「」
《郭店簡・語叢三》簡 40，也可以變作「」《郭店簡・語叢三》簡 30）、「濁」
字（「」《郭店簡・老子（甲）》簡 9，也可以變作「」曾侯乙磬／《銘
圖》19807）。由此可證，「△₂」字所从「目」形當是「囟／甶」形之訛變。

〔註314〕謹案：「囟」、「甶」二字本同字，姚孝遂、肖丁指出「（囟、甶）實則古乃同字，本
　　　義為『頭腦』，引伸為『首領』。」引自姚孝遂、肖丁合著：《小屯南地甲骨考釋》
　　　（北京：中華書局，1985 年），頁 87。

〔註315〕羅振玉撰：《殷虛書契考釋三種》（北京：中華書局，2006 年），頁 506～507。

〔註316〕季旭昇撰：《說文新證》（臺北：藝文印書館，2014 年），頁 718～719。

〔註317〕李學勤主編：《字源》（天津：天津古籍出版社，2012 年），頁 808。

〔註318〕高亨纂著，董治安整理：《古字通假會典》（濟南：齊魯書社，1989 年），頁 499；
　　　白於藍編著：《簡帛古書通假字大系》（福州：福建人民出版社，2017 年），頁 565
　　　～566、580。

　　筆者疑簡文「兼畏」應讀作「嚴威」。上文已證「兼」字可讀作「嚴」，而「畏」字則讀作「威」，〔註319〕「嚴威」一詞在古書多見，如《禮記‧樂記》、〔註320〕《管子‧重令》、〔註321〕《國語‧楚語下》、〔註322〕《呂氏春秋‧節喪》、〔註323〕《逸周書‧官人解》、〔註324〕《韓詩外傳‧卷五》。〔註325〕更為重要的是，《尉繚子‧攻權》「嚴畏」一詞在韜略本、清芬本、百家本、天啟本、彙解本作「威嚴」，〔註326〕可見「嚴畏」即「畏（威）嚴」，而且《尉繚子》的「畏」可能是「威」之假借字，「威」、「嚴」二字互易，「威嚴」、「嚴威」同是並列結構，二詞當無別，同屬一詞。立威在軍隊本是一件非常重要的事，將帥之不嚴，兵紀則鬆散，軍隊就會像一盤散沙似的，軍隊有嚴威，士兵才會聽令於將帥，才能克敵制勝，如《史記‧孫子吳起列傳》「吳宮教陣」之典故，又或《孫子‧地形》：「將弱不嚴，教道不明，吏卒無常，陳兵縱橫，曰亂。」〔註327〕以及《上博簡（九）‧陳公》簡14＋10＋12：「陳公狂又復於君王，以整師徒，師徒皆懼，乃各得其行……有所謂威」，〔註328〕從這三則文例就可以說明治兵需要從嚴，士兵就會絕對依從號令，故兵書常言道威嚴是勝利之基石，如《尉繚子‧兵教上》：「戰勝在乎立威」。〔註329〕又《尉繚子‧兵令下》：「將能立威，卒能節制，號令明信，攻守皆得，是兵之三勝也。」〔註330〕又《吳子‧應變》：「三軍服威，

〔註319〕謹案：楚簡一般以「畏」字聲系或「鬼」字聲系來表示{威}，西周金文亦以「畏」字來表示{威}。可詳閱禤健聰：《戰國楚系簡帛用字習慣研究》（北京：科學出版社，2017年），頁326～327；田煒：《西周金文字詞關係研究》（上海：上海古籍出版社，2016年），頁58～60。

〔註320〕〔漢〕鄭玄注，〔唐〕孔穎達疏：《禮記正義》（北京：北京大學出版社，2000年，嘉慶21年南昌學堂重刊宋本），卷39，頁1329。

〔註321〕黎翔鳳撰，梁運華整理：《管子校注》（北京：中華書局，2004年），頁288。

〔註322〕徐元誥撰，王樹民、沈長雲點校：《國語集解（修訂本）》（北京：中華書局，2019年），頁515。

〔註323〕許維遹撰，梁運華整理：《呂氏春秋集釋》（北京：中華書局，2009年），頁223。

〔註324〕黃懷信、張懋鎔、田旭東撰，黃懷信修訂，李學勤審定：《逸周書彙校集注（修訂本）》下冊（上海：上海古籍出版社，2021年），頁789。

〔註325〕〔漢〕韓嬰撰，許維遹校釋：《韓詩外傳集釋》（北京：中華書局，1980年），頁196。

〔註326〕鍾兆華：《尉繚子校注》（河南：中州書畫社，1982年），頁28。

〔註327〕〔春秋〕孫武撰，〔三國〕曹操等注，楊丙安校理：《十一家注孫子校理》（北京：中華書局，2012年），頁280。

〔註328〕馬承源主編：《上海博物館藏戰國楚竹書（九）》（上海：上海古籍出版社，2012年），頁177、179、182。

〔註329〕許富宏校注：《尉繚子校注》（北京：中華書局，2023年），頁304。

〔註330〕許富宏校注：《尉繚子校注》（北京：中華書局，2023年），頁351。

士卒用命，則戰無彊敵，攻無堅陳矣。」〔註331〕

十、〔欲〕

《上博簡（四）·曹沫》簡46下：「㢑（卒）谷（欲）少㠯（以）多」

《安大簡（二）·曹沫》簡23：「㢑（卒）欲少㠯（以）多」

　　謹案：《上博簡》「谷」字作「」（簡46下）、「」（簡64），以及《安大簡》「欲」字則作「」（簡23）、「」（簡44）。《上博簡》「谷」字當是通假作「欲」。《上博簡》整理者把「谷」字讀作「欲」，〔註332〕可信。「欲」字本從「谷」聲，《說文·欠部》：「（欲）從欠，谷聲。」〔註333〕而且在古書亦有【谷與欲】的通假之例。〔註334〕《上博簡（四）·曹沫》表示｛欲｝這音義本有兩種字形，第一種作「谷」，第二種作「」（簡13），視為「欲」之省形不無可能。就字論字，「欲」字本從「谷」聲，把字通假作「欲」本無問題。

　　對於簡文「一欲」之訓釋，《上博簡》整理者以為「一欲」當解作「甚欲」。〔註335〕其說可從。後來高師佑仁把古書的「一」字訓「甚」、「極」之文例均羅列出來，〔註336〕可參。

十一、〔察〕

《上博簡（四）·曹沫》簡46下：「少則愚（易）軩（察）」

《安大簡（二）·曹沫》簡23：「少則愚（易）訣（察）」

　　《上博簡》整理者：少則愓軩，含義不明，第四字所从與「察」、「淺」等

〔註331〕陳曦集釋：《吳子集釋》（北京：中華書局，2021年），頁217。

〔註332〕馬承源主編：《上海博物館藏戰國楚竹書（四）》（上海：上海古籍出版社，2004年），頁274。

〔註333〕〔漢〕許慎撰，〔宋〕徐鉉校定：《說文解字》（北京：中華書局，2013年，陳昌治本為底本），頁176。

〔註334〕高亨纂著，董治安整理：《古字通假會典》（濟南：齊魯書社，1989年），頁332。

〔註335〕馬承源主編：《上海博物館藏戰國楚竹書（四）》（上海：上海古籍出版社，2004年），頁285。

〔註336〕高師佑仁：《《上海博物館藏戰國楚竹書（四）·曹沫之陣》研究》下冊（臺北：花木蘭文化出版社，2008年），頁374。

字同。〔註337〕

　　《安大簡》整理者：「訝」，《上博四・曹沫》簡四六下作「軷」，李銳讀為「察」（《〈曹劌之陣〉釋文新編》，簡帛研究網站，二〇〇五年二月二十五日）。「軷」與「軷」所從聲旁相同，也當讀為「察」。「少則易察」是對上「卒欲少」的說明，「少」指卒少。〔註338〕

　　金宇祥：△（引者案：「即「訝」）字右半疑是「烈」，可讀為「厲」，意為勉勵，與前後句表達士氣可能較符合。安大簡此句對應《上博四・曹沫之陳》簡46，上博該字左半从車，右半疑也是「烈」。〔註339〕

　　謹案：《上博簡》「軷」字、《安大簡》「訝」字當讀作「察」，指「明察」義。《上博簡》作「」（下文將以「△₁」表示），《安大簡》作「」（下文將以「△₂」表示）。對於「△₁」字之釋讀，學者多有討論，學者意見如下：

（一）陳劍以為「△₁」字左半从「車」，右半从「察」、「淺」、「竊」等字之聲符，釋讀待考。〔註340〕

（二）陳斯鵬以為「△₁」字釋作「轄」，疑是「轄」字之別構。〔註341〕

（三）李銳以為「△₁」字讀作「察」。〔註342〕

（四）蘇師建洲認同《上博簡》整理者、陳劍對「△₁」字之分析，不過把「△₁」字讀作「潛」或是「遷」。〔註343〕

（五）單育辰以為「△₁」字右旁與《上博簡（四）・曹沫》簡45「」字（讀作「察」）右旁相同，故「△₁」字亦應該讀作「察」。〔註344〕

〔註337〕馬承源主編：《上海博物館藏戰國楚竹書（四）》（上海：上海古籍出版社，2004 年），頁 274。

〔註338〕安徽大學漢字發展與應用研究中心編，黃德寬、徐在國主編：《安徽大學藏戰國竹簡（二）》（上海：中西書局，2022 年），頁 66。

〔註339〕金宇祥：〈安大簡《曹沫之陳》初讀〉，武漢網，跟帖第 69 樓，2022 年 9 月 20 日（2023 年 3 月 30 日上網）。

〔註340〕陳劍：〈上博竹書《曹沫之陳》新編釋文〉，收入氏著：《戰國竹書論集》（上海：上海古籍出版社，2013 年），頁 122。

〔註341〕陳斯鵬：《簡帛文獻與文學考論》（廣州：中山大學出版社，2007 年），頁 106。

〔註342〕李銳：〈《曹劌之陣》釋文新編〉，簡帛研究網，（2005 年 2 月 25 日）。取自 http://www.jianbo.sdu.edu.cn/info/1011/1690.htm，2023 年 8 月 11 日讀取。

〔註343〕蘇師建洲：〈《上博楚簡（四）》考釋六則〉，《中國文字》新 31 期（2006 年），頁 153～155。

〔註344〕單育辰：《《曹沫之陳》文本集釋及相關問題研究》（長春：吉林大學碩士論文，2006 年），頁 68。

（六）俞紹宏、張青松以為「△₁」字讀作「附」，指「依附」義。〔註345〕先談隸釋作「轄」的問題，「△₁」字釋作「轄」實不可信。裘錫圭已指出「萬（羞）」字多見戰國秦漢文字且表示{害}，並證明楚系竹簡「轄」（「」《曾侯》簡10、「」《清華簡（十）・四時》簡2、「」《天策》）乃「轄」字之異體。〔註346〕現時暫未見「轄」从「玄」旁，故陳說不可信。再談讀作「潛」、「附」之問題，學界一般認為「玄」與「察」、「淺」、「竊」一系列字有關，「附」、「潛」二字與「察」、「淺」、「竊」在傳世古書、出土文獻均未見通假的例證，故不可信。最後討論讀作「遷」之問題，在出土文獻仍未見「玄」字之聲系與「遷」字通假。

在公布《安大簡》後，《安大簡》整理者把「△₁₋₂」二字皆讀作「察」，金宇祥則以為「△₁₋₂」二字釋讀作「烈」。筆者支持「△₁₋₂」二字皆讀作「察」。學者曾對「」（《清華簡（七）・越公》簡33）、「」（《清華簡（六）・子儀》簡12）改隸釋作「列」，〔註347〕又或是賈連翔曾以為「」改讀作「班」及从「玄」聲系之一系列字讀作「辨」。〔註348〕後來高師佑仁已有精審之意見來說明上舉二字為何不可改隸釋作「列」、或讀作「辨」，〔註349〕可參。由於「」、「」與「△₁₋₂」皆从「玄」旁，則表示「△₁₋₂」二字右半不可能釋作「列」。雖然蘇師建洲曾指出「禼」、「列」在聲音上非常接近，〔註350〕而且「列」字聲系與「厲」字聲系在傳世古書、出土文獻多有通假之例。〔註351〕還有一種考慮是「△₁」字

〔註345〕俞紹宏、張青松編著：《上海博物館藏戰國楚簡集釋》第4冊（北京：社會科學文獻出版社，2019年），頁323。

〔註346〕裘錫圭：〈釋「蚩」〉，收入氏著：《裘錫圭學術文集》甲骨文卷（上海：復旦大學出版社，2015年），頁208～209。

〔註347〕石小力：〈清華簡第七冊字詞釋讀札記〉，《出土文獻》第11輯（2017年），頁245；蘇師建洲：〈《清華六》文字補釋〉，武漢網，（2016年4月20日）。取自 http://www.bsm.org.cn/?chujian/6684.html，2023年8月10日讀取。

〔註348〕賈連翔：〈試析戰國竹簡中的「辨」及相關諸字〉，載中山大學古文字研究所編：《文字、文獻與文明——第七屆出土文獻青年學者論壇暨國際學術研討會論文集》（廣州：中山大學古文字研究所，2018年），頁181～191。

〔註349〕高師佑仁：《清華柒《越公其事》研究》（臺北：萬卷樓圖書股份有限公司，2023年），頁406。

〔註350〕蘇師建洲：〈試論「禼」字源流及其相關問題〉，載李宗焜主編：《古文字與古代史》第5輯（臺北：中央研究院歷史語言研究所，2017年），頁545～573。

〔註351〕高亨纂著，董治安整理：《古字通假會典》（濟南：齊魯書社，1989年），頁630～631；白於藍編著：《簡帛古書通假字大系》（福州：福建人民出版社，2017年），頁779、1180。

右半可能从「鼠」，字當隸定作「轍」，或可讀作「厲」。蘇師建洲曾提出「」（《上博簡（九）・陳公》簡 11）左半有可能从「鼠」，其演變構擬作：

「」（《郭店簡・語叢三》簡 12）

→「」（《上博簡（九）・陳公》簡 11）

→「」（《清華簡（六）・子儀》簡 12）

即「戈」旁之橫筆取代「鼠」的「○」形，其左下又訛寫作「X」形。〔註352〕而且楚文字已見「轍」字，如「」（《上博簡（五）・鮑叔牙》簡 4）、「」（《上博簡（六）・用曰》簡 14），若根據蘇說所提出的意見，即「△₁」字右半有可能發生了相同的演變情況。可是這種說法仍有三個疑問需要釐清。首先，「△₂」字是从「言」，戰國秦漢時期仍未見「讞」字，只見於後世字書，如《集韻・葉韻》「讞」字，〔註353〕中間的構擬演變仍存在疑問；再者，如果「△₂」字要讀作「厲」，就要把字釋作「竊」，再以「列」字作為聯繫「竊」與「厲」之語言橋樑，這種輾轉通假的方法過於複雜。更為重要的是，〈曹沫之陳〉皆以「萬」字或以「萬」字聲系來表示｛礪｝，〔註354〕如「」（《上博簡（四）・曹沫》簡 39）、「」（《安大簡（二）・曹沫》簡 24），未見用他字表示从「萬」聲諸字。

對於「戈」旁之構形分析，筆者比較傾向「戈」旁與「察」、「淺」、「竊」一類字有關。劉釗、劉洪濤、唐佳與肖毅、蘇師建洲、鄧佩玲等學者均對「戈」旁多有討論，〔註355〕上述學者之說法大抵都離不開「察」、「淺」、「竊」這一系

〔註352〕蘇師建洲：〈試論「禹」字源流及其相關問題〉，載李宗焜主編：《古文字與古代史》第 5 輯（臺北：中央研究院歷史語言研究所，2017 年），頁 562～563。

〔註353〕趙振鐸校：《集韻校本》（上海：上海辭書出版社，2012 年），頁 1611。

〔註354〕謹案：「礪」字是「厲」之後起形聲字，「礪」、「厲」二字當無別。

〔註355〕劉釗：〈利用郭店楚簡字形考釋金文一例〉，載中國古文字研究會、中山大學古文字研究所編：《古文字研究》第 24 輯（北京：中華書局，2002 年），頁 277～281；劉洪濤：《形體特點對古文字考釋》（北京：商務印書館，2019 年），頁 210～217；唐佳、肖毅：〈楚簡「戔」字補釋〉，載武漢大學簡帛研究中心主辦：《簡帛》第 25 輯（上海：上海古籍出版社，2023 年），頁 27～48；蘇師建洲：〈試論「禹」字源流及其相關問題〉，載李宗焜主編：《古文字與古代史》第 5 輯（臺北：中央研究

列字。綜上所述，筆者認為「△₁₋₂」二字皆讀作「察」較為穩妥。

十二、〔氣〕、〔合／會〕

《上博簡（四）·曹沫》簡 46 下＋38：「气（氣）〔一〕成（盛）則惕（易）會〔二〕」

《安大簡（二）·曹沫》簡 23：「气〈圪（氣）〉〔一〕成（盛）則惕（易）會（合）〔二〕」

【一】「氣」

《上博簡》整理者：圪成則惕，此句當作「圪成則惕□」，但「圪」字也有可能屬上句，即作「少則惕較圪，成則惕□□」。此簡與下簡銜接關係不明。〔註 356〕

《安大簡》整理者：「圿」，從「士」，「气」聲，當是士氣之「氣」的專字。《上博四·曹沫》簡四六下「圿」作「圪」，從「土」，「乞」聲。「成」，讀為「盛」。「氣盛」，氣勢盛大。《文選·張景陽〈七命八首〉》：「氣盛怒發，星飛電駛，志陵九州，勢越四海。」古代戰爭勝敗，往往取決於士氣。《左傳·莊公十年》記齊伐魯，戰於長勺，曹劌（沫）對魯公曰：「夫戰，勇氣也。一鼓作氣，再而衰，三而竭。」《尉繚子·戰威》：「民之所以戰者，氣也。氣實則鬥，氣奪則走。」「合」，交戰。《孫子兵法·勢》「凡戰者，以正合，以奇勝」，杜佑注：「以正道合戰，以奇變取勝也。」《上博四·曹沫》簡三八「會」作「會」，與「合」同義。〔註 357〕

謹案：筆者認為《安大簡》「气」字當是《上博簡》「圪」之訛誤。《上博簡》作「圪」（下文將以「△₁」表示），《安大簡》作「圿」（下文將以「△₂」表示）。先談「△₁」字之隸定問題，「△₁」字應直接逕釋作「圪」。在未公布《安大簡（二）》時，學界對「△₁」字之釋讀多有討論，學者之說法如下：

院歷史語言研究所，2017 年），頁 545～573；鄧佩玲：〈戰國楚簡所見「𢧵」及其相關字形〉，載中國古文字研究會、吉林大學中國古文字研究中心編：《古文字研究》第 32 輯（北京：中華書局，2018 年），頁 458～463。

〔註 356〕馬承源主編：《上海博物館藏戰國楚竹書（四）》（上海：上海古籍出版社，2004 年），頁 274。

〔註 357〕安徽大學漢字發展與應用研究中心編，黃德寬、徐在國主編：《安徽大學藏戰國竹簡（二）》（上海：中西書局，2022 年），頁 66。

（一）陳斯鵬以為「△₁」字隸定作「圪」，讀作「氣」，把「成」字連讀，讀為「氣盛」。〔註358〕

（二）陳劍以為應隸定作「圪」，讀作「壘（？）」。〔註359〕

（三）蘇師建洲從《上博簡》整理者之隸定，讀作「既」。後來把「△₁」字改隸釋作「圪」。〔註360〕

（四）高師佑仁從《上博簡》整理者之隸定，釋作「迄」，無說。〔註361〕

對於學者之說法，高文已有綜合討論，並有所批評，可參。自《安大簡（二）》公布後，《安大簡》整理者仍把「△₁」字隸定作「圪」。唯「△₁」字上半所從「彡」、「△₂」字右半所從「𢎨」完全一致，戰國楚簡多見此類構形，如「𢎨」（《上博簡（三）·周易》簡44）、「𢎨」（《上博簡（九）·舉》簡30）、「𢎨」（《清華簡（一）·皇門》簡2），或添加「火」旁作「𢎨」（《清華簡（七）·越公》簡20），應是「气」字之異體；或是添加「言」旁作「𢎨」（《清華簡（三）·琴舞》簡16）、「𢎨」（《安大簡（二）·仲尼曰》簡9），即「訖」字；或是添加「水」旁作「𢎨」（《清華簡（六）·子儀》簡14），即「汽」字；或是添加「人」旁作「𢎨」（《清華簡（三）·琴舞》簡12），即「仡」字；或是添加「貝」旁作「𢎨」（《清華簡（九）·廼命二》簡5）。隨著新見楚簡材料之公布，「气」字有一種新的寫法作「𢎨」（《清華簡（十一）·五紀》簡33），不難發現「𢎨」右半與上舉數字寫法不一樣，「𢎨」中間多出橫筆，而「𢎨」、「𢎨」均省略橫筆，此種寫法亦見於晉、齊、秦三系文字，晉系：

〔註358〕陳斯鵬：《簡帛文獻與文學考論》（廣州：中山大學出版社，2007年），頁106。

〔註359〕陳劍：〈上博竹書《曹沫之陳》新編釋文〉，收入氏著：《戰國竹書論集》（上海：上海古籍出版社，2013年），頁122。

〔註360〕蘇師建洲：〈《上博楚簡（四）》考釋六則〉，載中國文字編輯委員會編：《中國文字》新31期（臺北：萬卷樓圖書股份有限公司，2006年），頁143～160；蘇師建洲：〈金文考釋五篇〉，收入氏著：《楚文字論集》（臺北：萬卷樓圖書股份有限公司，2011年），頁209。

〔註361〕高師佑仁：《《上海博物館藏戰國楚竹書（四）·曹沫之陣》研究》下冊（臺北：花木蘭文化出版社，2008年），頁320～323。

「　」（《行氣玉銘》）、「　」（《璽彙》1363），齊系：「　」（洹子孟姜壺／《集成》9729），秦系：「　」（《嶽麓（三）》簡 184），該類寫法的「气」字並不是單一國別所使用。季旭昇已指出「甲骨文『乞』多假借『气』為之，所以從甲骨文到東漢的『乞』往往就寫作『气』，直到東漢武梁祠畫像題字才看到『乞』字。」〔註362〕即是說古文字「乞」、「气」本同字，只是到了東漢時期才分化出「乞」字。加上，「坉（坈）」已見於《說文》，《說文・土部》：「坈，牆高也。《詩》曰：『崇墉坈坈』。從土，气聲。」〔註363〕由此可見，「△₁」字上半所從「　」應釋作「气」為是，不過為了方便行事，直接把「△₁」字逕釋作「坈」。

再回來談訛誤的問題，不難發現「△₁」字從「土」，「△₂」字從「士」，筆者認為「△₂」字當是「△₁」字之形近訛字。《安大簡》整理者以為「△₂」字是「士氣」之「氣」的專字，即「△₁₋₂」二字視為不同字來處理。問題在於「△₂」字在出土材料、字書均未見。加上「△₁₋₂」二字之構形基本上是一致的，二字之差異僅在於「△₁」字從「土」旁，而「△₂」字從「士」旁，「士」、「土」二字在字形本身就形近。戰國文字「土」、「士」之區別主要在於「士」字一般兩橫筆等長或下橫筆略短，作「　」（《包山簡》簡 166）、「　」（《璽彙》4734），又或豎筆收縮，作「　」（《上博簡（一）・詩論》簡 6）、「　」（《上博簡（四）・曹沫》簡 39）。「土」字則一般下橫筆略長，作「　」（《包山簡》簡 213）、「　」（《郭店簡・忠信》簡 2）。唯「土」字寫作「　」（《貨系》）、「　」（《九店簡》簡 56.45）與「士」字混同；「士」字也有時寫作「　」（《璽彙》1931），又或是「吉」字上半所從「士」旁偶訛作「土」旁，如「　」（競孫不服壺／《銘圖》12381）「　」（陳貯簋蓋／《集成》4190）、「　」（《陶錄》6.4.1），「在」字所從「土」旁偶訛作「士」旁，如「　」（邾公孫班鎛／《集成》140）。這樣看來，「土」訛變作「士」是完全有可能的。由此可見，「△₁₋₂」二字不應視為兩個不同的字，應視「△₂」字是「△₁」字之訛誤。

〔註362〕季旭昇：《說文新證》（臺北：藝文印書館，2014 年），頁 58～59。

〔註363〕〔漢〕許慎撰，〔宋〕徐鉉校定：《說文解字》（北京：中華書局，2013 年，陳昌治本為底本），頁 288。

關於「△₁₋₂」二字之釋讀，筆者認為當釋讀作「氣」，指「氣勢」之｛氣｝。在古書多有記載行軍打仗講求「氣勢」，一支軍隊除了講求緇重、糧草、訓練之外，還有「氣勢」一環，當我方氣勢如虹，勢如破竹，則可以無往不利，遇敵則勝，《孫子・軍爭》：「故善用兵者，避其銳氣，擊其惰歸，此治氣者也。」李筌曰：「氣者，軍之勇氣。」梅堯臣曰：「氣盛勿擊，衰竭易敗。」[註364] 即是說敵方戰意高昂，氣勢如虹，理應避其銳氣，相反，敵方士氣低落，當可以進攻而取勝。又《越絕書・外傳記軍氣》：「其氣盛者，攻之不勝。」[註365] 又《吳子・勵士》記載吳子如何鼓舞軍隊的士氣。或是在歷史中亦有大量關於激起士兵之氣勢的例子，如《安大簡》整理者所引的《左傳・莊公十年》（即「長勺之戰」），亦是成語「一鼓作氣」之典故來源，曹沬言「夫戰，勇氣也。一鼓作氣，再而衰，三而竭。彼竭我盈，故克之。」[註366] 可見打仗最講求氣勢，我方氣勢高昂，即攻無不克，與簡文吻合。又或有「破釜沉舟」、「背水一戰」等戰役，這兩例都有共同之處就是激勵軍隊之士氣，進而攻無不克。由此可見，「△₁₋₂」二字釋作「氣」，在文意上非常順暢。

【二】「合」

謹案：筆者或認為「會」、「合」二字當訓「會合」、「聚合」義。《上博簡》作「⬛」，《安大簡》作「⬛」。《安大簡》整理者把「會」、「合」二字都訓作「交戰」義，唯「會」字在古書中並未見「交戰」義。不過「會」、「合」二字本可以互訓。二字皆訓作「會合」、「聚合」義，即有可能是說士兵之氣勢如虹，其心亦容易聚合為一，以求勝為方向。

十三、〔砥〕

《上博簡（四）・曹沬》簡39：「人之兵不砥礪（礪），我兵必砥礪（礪）。」

《安大簡（二）・曹沬》簡24-25：「人之兵不砡〈砥〉萬（礪），我兵必砡〈砥〉萬（礪）。」

[註364] 〔春秋〕孫武撰，〔三國〕曹操等注，楊丙安校理：《十一家注孫子校理》（北京：中華書局，2012年），頁189～190。

[註365] 李步嘉校釋：《越絕書校釋》（北京：中華書局，2013年），頁328。

[註366] 〔周〕左丘明傳，〔晉〕杜預注，〔唐〕孔穎達正義：《春秋左傳正義》（北京：北京大學出版社，2000年，嘉慶21年南昌學堂重刊宋本），卷8，頁275。

　　謹案：《安大簡》「砥」當是「砥」之錯字。《上博簡》、《安大簡》「砥」字寫法分別作：

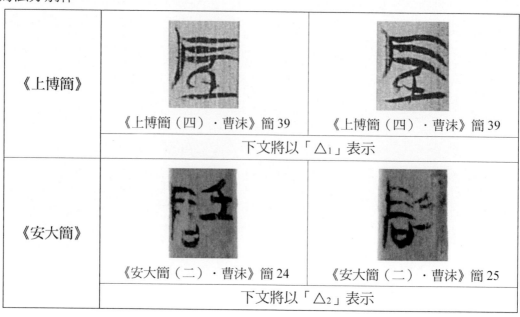

《上博簡》	《上博簡（四）・曹沫》簡 39	《上博簡（四）・曹沫》簡 39
	下文將以「△₁」表示	
《安大簡》	《安大簡（二）・曹沫》簡 24	《安大簡（二）・曹沫》簡 25
	下文將以「△₂」表示	

從上表可知「△₁₂」二字之差別在於前者從「石」旁省，後者不省；而且前者從「氐」旁，後者卻從「壬」旁。楚文字「砥」多見，當中寫法只是所從「石」旁有沒有省略「口」形，如「$\square$」（《清華簡（三）・說命中》簡 5）、「$\square$」（《清華簡（九）・成人》簡 5），基本上都是從「石」，「氐」聲的字形結構，不過「△₂」字右半卻是從「壬」旁，與一般「砥」的寫法有異。「氐」字從西周金文演變到戰國文字在字形上仍保持一致的寫法，如「$\square$」（匍盉／《銘圖》14791）、「$\square$」（虢金氏孫盤／《集成》10098）、楚系：「$\square$」（《清華簡（十）・四告》簡 11）、「$\square$」（《清華簡（十）・四告》簡 48）、晉系：「$\square$」（《璽考》119）、燕系：「$\square$」（《陶錄》4.187.1）、秦系：「$\square$」（《石鼓・汧沔》）。「氐」與「壬」之差別僅在於最上方之筆劃是作「～」筆還是撇筆。就字論字，「△₂」右半確實寫作「壬」旁，如《安大簡（二）・曹沫》書手寫「壬」旁，如「$\square$」（簡 20）、「$\square$」（簡 31）、「$\square$」（簡 40），其起筆到收筆均與「△₂」右半一樣。在此必須說明的是《包山簡》簡 98「邸」字之右半當從「氐」旁，非從

「壬」旁。細審字形並放大字形：

彩圖

摹寫

可以發現其仍是「～」筆，並非摹作「」。[註367]

更為重要的是，《安大簡（二）·曹沬》書手寫「氏」字作「氒」（簡44），「氏」字乃「氒」之分化字，寫「氏」字都是以「～」筆表示，即可以證明「△₂」字右半非從「氏」旁，當是「壬」旁。由此可證「△₂」右半當是「壬」旁。故嚴式隸定理應作「砡」，應視為「砥」之錯字。

十四、〔使〕

《上博簡（四）·曹沬》簡39-40：「人史（使）士，我史（使）夫＝（大夫），人史（使）夫＝（大夫），我史（使）牆（將）軍，人史（使）牆（將）軍」

《安大簡（二）·曹沬》簡25：「人史（使）士，我事（使）夫＝（大夫），人事（使）夫＝（大夫），我事（使）牆（將）軍，人事（使）牆（將）軍」

謹案：在《安大簡（二）·曹沬》簡25中，並有四處以「事」字表示｛使｝之用字習慣，如下：

1.我事（使）大夫

2.人事（使）大夫

3.我事（使）將軍

4.人事（使）將軍

此四句分別對應《上博簡（四）·曹沬》簡39-40，不過《上博簡》版本卻是以「史」字來表示｛使｝。就此問題，大西克也以為《安大簡（二）·曹沬》以「事」字表示｛使｝與楚簡用字習慣有別，並進一步指出《安大簡（二）·曹沬》之底本有可能是來源於三晉，[註368]筆者認為這個問題可以進一步討論。

〔註367〕滕壬生：《楚系簡帛文字編（增訂本）》（武漢：湖北教育出版社，2008年），頁615。
〔註368〕筆者曾向大西克也教授請益，大西克也教授曾在2023年7月11日口頭回覆筆者。

　　依照陳英傑之研究，陳文指出在西周、春秋金文中，「史」與「事」在記詞之功能上已完全分開，唯｛使｝尚未由「事」字獨立出來，而「史」、「吏」、「事」、「使」諸字完全分化要晚到戰國晚期。〔註369〕楚簡一般以「史」、「囟」、「思」、「茲」來表示｛使｝。〔註370〕可是隨著新見出土材料越來越多，我們可以發現楚簡「事」字是可以表示｛使｝，如《清華簡（三）·琴舞》簡2：「陟降其事（使）」，字形作「　」。《清華簡（六）·子產》簡10：「以私事＝（事使）民」，字形作「　」。又《清華簡（七）·子犯》簡9：「事眾若事（使）一人」，字作「　」。又《清華簡（七）·越公》簡15、17：「親見事（使）者曰」、「用事（使）徒遽趣聽命於」，字形作「　」、「　」。又《清華簡（八）·處位》簡1-2：「舉介執事＝（事，使）是謀人」，字形作「　」。上舉六例皆是典型楚文字「事」（「　」《清華簡（一）·皇門》簡1）之寫法。根據現有研究已指出，《清華簡（六）·子產》、《清華簡（七）·越公》及《清華簡（七）·子犯》三篇之底本有可能來源於三晉。〔註371〕而《清華簡（八）·處位》則有可能具有齊魯文字之特徵。〔註372〕誠如陳劍曾據陳英傑之說，陳氏言「楚簡文字大

〔註369〕陳英傑：〈史、吏、事、使分化時代層次考〉，收入氏著：《金文與青銅器研究論集》（上海：上海古籍出版社，2020年），頁1～127。

〔註370〕可參閱禤健聰：《戰國楚系簡帛用字習慣研究》（北京：科學出版社，2017年），頁288～289；沈培：〈周原甲骨文裏的「囟」和楚墓竹簡裏的「囟」或「思」〉，《漢字研究》第1期（2005年），頁345～366；陳斯鵬：〈論周原甲骨和楚系簡帛中的「囟」與「思」——兼論卜辭命辭的性質〉，收入氏著：《卓廬古文字學叢稿》（上海：中西書局，2018年），頁17～40；石小力：〈上古漢語「茲」用為「使」說〉，《語言科學》第6期（2017年），頁658～661。

〔註371〕《清華簡（六）·子產》整理者李學勤、趙平安、李松儒諸位學者已指出《清華簡（六）·子產》部分文字之文字具有三晉文字之特徵。另外，高師佑仁已指出《清華簡（七）·越公》部分文字也具有三晉文字之特徵。引自李學勤主編，清華大學出土文獻研究與保護中心：《清華大學藏戰國竹簡（陸）》下冊（上海：中西書局，2016年），頁136；趙平安：〈清華簡第六輯文字補釋六則〉，《出土文獻》第9輯（2016年），頁184～186；李松儒：〈清華簡《筮法》與《子產》字迹研究〉，《簡帛》第21輯（2020年），頁43～51；高師佑仁：《清華柒《越公其事》研究》（臺北：萬卷樓圖書股份有限公司，2023年），頁786；王永昌：《清華簡文字與晉系文字對比研究》（長春：吉林大學博士論文，2018年），頁153。

〔註372〕陳厚任：〈清華簡政論類文獻研究——以《邦家處位》、《天下之道》、《治政之道》、《治邦之道》為材料〉（嘉義：國立中正大學博士論文，2023年），頁39～40。

量出現的『叟／史』與『事』，已經表現出明確的分工，前者多用表『{史}』
或『{使}』，後者多用表『{事}』。二者僅有很個別的通用之例，而且這些通用
之例有的還不無疑問。」〔註373〕現在的問題是，到底楚文字有沒有以「事」字
表示｛使｝之用字習慣，還是以「事」字表示｛使｝這種特殊的用字習慣是他
系文字之特徵。

我們不如回查戰國各系文字中對於「事」字表示｛史｝、｛使｝之情況，為
方便理解，製表如下：

國　別	出　處	辭　例
趙（三晉）	二年相邦春平侯鈹（《集成》11682）	治事（史）闢敎劑
趙（三晉）	六年代相鈹（《銘圖》17993）	六年代相事（史）微……冶事（史）息敎劑
韓（三晉）	八年陽城令戈（《銘圖》17346）	陽城令事（史）壯
韓（三晉）	二年梁令戟刺（《銘圖》17703）	司寇事（史）昔
魏（三晉）	修武使君鼏（《新收》1482）	修武事（使）君
三晉	《璽彙》1714	事（史）平
三晉	《璽彙》1757	事（史）武
齊系	《璽彙》277	荁丘事（使）人璽〔註374〕
齊系	鎛（《集成》271）	是台可事（使）〔註375〕
齊系	洹子孟姜壺（《集成》9730）	余不其事（使）汝受冊〔註376〕
秦系	《嶽麓四》簡147	及擅傳（使）人屬弟子
秦系	詔使矛（《集成》11472）	詔傳（使）
秦系	五年相邦呂不韋戈（《集成》11396）	詔事（使）圖
楚系	《清華簡（三）‧琴舞》簡2	陟降其事（使）〔註377〕
楚系	《清華簡（二）‧繫年》簡87＋88	共王事（使）王子辰聘於晉
楚系	《清華簡（五）‧命訓》簡6	事（使）身=（信人）畏天
楚系	《清華簡（九）‧禱辭》簡15	以事（使）社稷、四方之明歸
楚系	《清華簡（十一）‧五紀》簡128	神事（使）人

〔註373〕陳劍：〈清華簡字義零札兩則〉，載復旦大學出土文獻與古文字研究中心編：《戰國
　　　　文字研究的回顧與展望》（上海：中西書局，2017年），頁202。
〔註374〕徐俊剛：《非簡帛類戰國文字通假材料的整理與研究》（長春：吉林大學博士論文，
　　　　2018年），頁48。
〔註375〕張俊成：《齊系金文研究》（上海：上海古籍出版社，2022年），頁437。
〔註376〕張俊成：《齊系金文研究》（上海：上海古籍出版社，2022年），頁437。
〔註377〕沈培：〈《詩‧周頌‧敬之》與清華簡《周公之琴舞》對應頌詩對讀〉，載復旦大學
　　　　出土文獻與古文字研究中心編：《出土文獻與古文字研究》第6輯（上海：上海古
　　　　籍出版社，2015年），頁339。

在上表所羅列的楚系材料中，有一些「事」字並非是典型的楚文字，如《繫年》「」、〔註378〕《禱辭》「」、〔註379〕《命訓》「」、《治政》「」、《五紀》「」，前二字見於齊系文字，如「」（陳純釜／《集成》10371）、「」（《齊陶》294）、「」（《璽彙》290）在寫法上是一致的。後三字則共見於晉、齊二系文字，如「」（《說文》古文）、「」（《石》2492）、「」（《上博簡（一）·緇衣》簡4）、「」（《郭店簡·唐虞》簡5）及「」（《溫縣》WT1K1：3105）等。〔註380〕《清華簡》具有他系文字之特徵已是不爭的事實，如王永昌已指出《清華簡（一）～（七）》部分簡文具有三晉文字之特徵，〔註381〕又或是陳民鎮指出《清華簡（十一）》具有齊系文字之特徵，〔註382〕只是這些文獻底本有可能來源於他國，當這批文獻流傳到楚地後逐漸楚化，可是不同書手對他系文字之熟悉情況都有程度上的不同，有的楚化程度深，有的楚化程度淺，故在簡文或多或少都遺留了他系文字之特徵。可是《安大簡（二）·曹沫》簡25「事」字在字形上本與一般之楚文字寫法並無分別，原篆如下：

〔註378〕蘇師建洲以為《清華簡（二）·繫年》簡87「」字即「事」字，並可以表示｛使｝。引自蘇師建洲、吳雯雯、賴怡璇合著：《清華二《繫年》集解》（臺北：萬卷樓圖書股份有限公司，2013年），頁651。

〔註379〕黃一村以為《清華簡（九）·禱辭》簡15「」字即「事」字，並可以表示｛使｝之用字習慣具有非楚特徵。引自黃一村：《清華簡（壹—拾）用字差異現象與文本研究》（北京：清華大學博士論文，2022年），頁90～91。

〔註380〕陳民鎮指出《清華簡（十一）·五紀》簡128「」具有齊系、晉系文字之特徵。引自陳民鎮：〈略說清華簡《五紀》的齊系文字因素〉，《北方論叢》第4期（2022年），頁54。

〔註381〕可詳閱王永昌：《清華簡文字與晉系文字對比研究》（長春：吉林大學博士論文，2018年），頁153。

〔註382〕可詳閱陳民鎮：〈略說清華簡《五紀》的齊系文字因素〉，《北方論叢》第4期（2022年），頁51～58。

與上舉一些非楚文字的「事」字之情況不同，首先《安大簡（二）·曹沫》整篇仍以楚文字為主，僅有一例疑似三晉文字之特徵（可參本文「恆」字條，頁95～97），及一例疑似齊系文字之特徵（可參本文「訟」字條，頁88～90），唯不足以證明《安大簡（二）·曹沫》之底本來源就是他國。而且《安大簡（二）·曹沫》簡25「事」字是典型楚文字的寫法，與《清華簡（九）·禱辭》、《清華簡（十一）·五紀》「事」字不可等量齊觀。最為重要的是，《清華簡（三）·琴舞》通篇以典型楚文字書寫，不具備他系文字特徵，〔註383〕其字形亦屬典型楚文字「事」字寫法，以及上引的表格中亦見秦、晉、齊三系文字以「事」字表示｛使｝的用字習慣，即說明「事」字表示｛使｝在戰國時期應是常見的用字習慣，晉、齊、楚、秦四系文字系統皆有之。而且上文已提及《安大簡（二）·曹沫》簡25「事」字是典型楚文字的寫法，與《清華簡（九）·禱辭》、《清華簡（十一）·五紀》「事」字不可等量齊觀。故筆者疑以「事」字表示｛使｝是戰國時期常見的用字習慣，與國別似無關。

值得注意的是，新見《棗紙簡·齊桓公自莒返於齊》即將公布，《棗紙簡》整理者趙曉斌已公開部分釋文，當中《棗紙簡·齊桓公》簡80：「天子事〈史（使）〉大夫宰孔致胙於桓公」。〔註384〕簡文中的「事」字對應《國語·齊語六》「天子使宰孔致胙於桓公」中的「使」字。〔註385〕趙曉斌以為「事」字乃「史」之訛字。若隸定無誤，上文已論證戰國文字「事」字本可以紀錄｛使｝之音義，可證《棗紙簡·齊桓公》「事」字並非訛字，待《棗紙簡》出版後，再檢視《棗紙簡·齊桓公》「事」字之字形。

綜上所述，戰國晉、齊、楚、秦四系文字均見「事」字表示｛使｝之用字習慣，由此可見《安大簡（二）·曹沫》簡25「事」字表示｛使｝應該與國別沒有關係，應是戰國各系常見的用字習慣。

〔註383〕王永昌曾指出《清華簡（三）·琴舞》該篇簡文非楚地自有文獻，傳入楚地後，且以楚文字徹底轉寫。引自王永昌：《清華簡文字與晉系文字對比研究》（長春：吉林大學博士論文，2018年），頁158。

〔註384〕趙曉斌：〈荊州棗紙簡《齊桓公自莒返於齊》與《國語·齊語》《管子·小匡》〉，載中國文化遺產研究院編：《出土文獻研究》第21輯（上海：中西書局，2022年），頁103。

〔註385〕徐元誥撰，王樹民、沈長雲點校：《國語集解（修訂本）》（北京：中華書局，2019年），頁237。

第五節 「論用兵之幾」章

一、〔莊〕

《上博簡（四）·曹沫》簡40：「牰（莊）公曰」

《安大簡（二）·曹沫》簡25：「臧（莊）公曰」

謹案：可參第三節之第八條考釋，頁74。

二、〔捷果〕、〔險〕

《上博簡（四）·曹沫》簡42-43：「臧（莊）公或（又）餌（問）曰：『三軍彎（捷）果﹝一﹞又（有）幾啻（乎）？』含（答）曰：『又（有）。臣餌（聞）之：三軍未成戩（陣），未｛可呂（以）出｝鯵（舍），行堅（阪）淒（涉）墬（險）﹝二﹞，此彎（捷）果﹝一﹞之幾。』」

《安大簡（二）·曹沫》簡26-27：「臧（莊）公或（又）餌（問）曰：『三軍漸（捷）果﹝一﹞又（有）幾啻（乎）？』含（答）曰：『又（有）。臣餌（聞）之：三軍未成戩（陣），未可呂（以）出鯵（舍），行𡉫（阪）淒（涉）墊（險）﹝二﹞，此漸（捷）果﹝一﹞之幾也。』」

【一】「捷果」

《上博簡》整理者：疑讀「散襄」，銀雀山漢簡《孫臏兵法·官一》有所謂「圉（御）襄」，是防止敵人包圍的辦法。這裏的「散襄」可能是指打破敵人包圍的辦法。﹝註386﹞

《安大簡》整理者：「漸果」，《上博四·曹沫》簡四二作「彎果」，簡四三作「彎果」。陳斯鵬、邴尚白、高佑仁等認為「彎」是古文「捷」，可從。上古音「捷」屬從母葉部，「漸」屬精母談部，二字聲母發音部位相同，韻部陰入對轉，音近可通。疑「漸果」當從上博簡讀為「捷果」，是快捷果敢的意思。本篇簡二五至二七記魯莊公提出予三個問題：一、出軍；二、出陣；三、出戰。「捷果」屬於第二個問題，疑指隊伍要快速果斷地出陣迎敵。或說「漸果」「彎果」「彎果」均讀為「散果」，猶殺敵制勝。「彎」「彎」應釋「散」，《方言》：「殺也。東

﹝註386﹞馬承源主編：《上海博物館藏戰國楚竹書（四）》（上海：上海古籍出版社，2004年），頁270。

齊曰散。」《左傳・宣公二年》「殺敵為果」，孔疏：「能殺敵人，是名為果，言能果敢以除賊。」（黃德寬）[註387]

謹案：《安大簡》、《上博簡》分別作：

簡　文	字　形	
三軍～果有幾乎	《上博簡（四）・曹沫》簡42（下文將以「△₁」表示）	《安大簡（二）・曹沫》簡27（下文將以「△₃」表示）
～果之幾也	《上博簡（四）・曹沫》簡43（下文將以「△₂」表示）	《安大簡（二）・曹沫》簡27（下文將以「△₄」表示）

筆者認為「△₁₋₄」四字在釋讀上應該等量齊觀，把「△₁₋₄」四字皆讀作「捷」，指「克敵」義，而「果」訓「果敢」義。在未公布《安大簡》的時候，學者對「△₁₋₂」二字之釋讀意見主要有兩種：讀作「散」、讀作「捷」，大概意見如下：

（一）《上博簡》整理者以為「△₁₋₂」皆讀作「散」。蘇師建洲、陳斯鵬、季旭昇、高師佑仁從之。[註388]

（二）陳劍對「△₁₋₂」二字釋作「散（？）」表示有疑問。[註389]

（三）邴尚白不同意「△₁₋₂」二字釋作「捷」，並認為「△₁₋₂」二字從「𣏟」聲，待考。[註390]

[註387] 安徽大學漢字發展與應用研究中心編，黃德寬、徐在國主編：《安徽大學藏戰國竹簡（二）》（上海：中西書局，2022年），頁67。

[註388] 蘇師建洲：《《上博楚竹書》文字及相關問題研究》（臺北：萬卷樓圖書股份有限公司，2008年），頁57～59；陳斯鵬：《簡帛文獻與文學考論》（廣州：中山大學出版社，2007年），頁102；季旭昇主編，袁師國華協編，陳思婷、張繼凌、高師佑仁合撰：《《上海博物館藏戰國楚竹書（四）》讀本》（臺北：萬卷樓圖書股份有限公司，2007年），頁193～194；高師佑仁：《《上海博物館藏戰國楚竹書（四）・曹沫之陳》研究》上冊（臺北：花木蘭文化出版社，2008年），頁193～194。

[註389] 陳劍：〈上博竹書《曹沫之陳》新編釋文〉，收入氏著：《戰國竹書論集》（上海：上海古籍出版社，2013年），頁119。

[註390] 邴尚白：〈上博楚竹書《曹沫之陳》注釋〉，《中國文學研究》第21期（2006年），頁25。

（四）單育辰以為「△1-2」二字釋作「捷」，並指出與三體石經「捷」（「」石 37 上）為一字。〔註391〕

（五）謝明文以為「△1」字釋作「捷」，指出「」（四十二年逨鼎／《銘圖》2501）當與「△1」為一字，「」字所從「艸」旁變形聲化作「△1」字所從「林（梺／㪔）」旁。〔註392〕

上述意見中，單育辰、謝明文之說法是可信的，謝文已有詳細之分析，可參。雖然「△1-2」二字本可以讀作「㪔」，又可以讀作「捷」。在現有資料中，最重要的是《安大簡》的線索，「△3-4」對應「△1-2」，就古音上來分析，「漸」、「捷」、「㪔」之上古音如下：

	「漸」	「捷」	「㪔」
聲紐	從紐	從紐	心紐
韻部	談部	葉部	元部

「漸」、「㪔」二字之古音並不接近。雖然二字之聲紐同屬齒頭音，唯元、談二部並非嚴格之對轉關係，〔註393〕二字通假仍有疑義。對於「㪔」字訓「殺」僅見於《方言》，學者已對《方言》「㪔，殺也」多有研究，可參。〔註394〕唯他們所舉出的齊國兵器銘文仍有疑義，舉例如下：

（一）羊角戈（《集成》11210）銘文：「羊角之新造戈」

（二）陳戈（《集成》10963）銘文：「陳戈」

（三）陳窒戈（《銘圖》16643）銘文：「陳窒戈」

後來鄔可晶指出例（一～三）之字形與「㪔」並非一字，應改讀作「煉／鍊」。〔註395〕鄔說較舊說可信。再談讀作「捷」，「漸」、「捷」之聲紐相同，談、葉二

〔註391〕單育辰：《《曹沫之陳》文本集釋及相關問題研究》（長春：吉林大學碩士論文，2006年），頁 87～88。

〔註392〕謝明文：〈霸伯盤銘文補釋〉，收入氏著：《商周文字論集》（上海：上海古籍出版社，2017 年），頁 284～287。

〔註393〕謹案：元、談二韻部之元音同屬*-a-，唯沒有對轉之例證。

〔註394〕可詳閱范常喜：〈上古齊魯方言詞新證五則〉，收入氏著：《簡帛探微——簡帛字詞考釋與文獻新證》（上海：中西書局，2016 年），頁 310～311；劉洪濤：〈《方言》「㪔，殺也」疏證〉，《語言科學》第 1 期（2017 年），頁 1～5。

〔註395〕鄔可晶：〈古文字中舊釋「㪔」之字辨析〉，載李淑萍、王欣慧總編輯：《第 33 屆中國文字學國際學術研討會論文集》（臺中：中國文字學會、輔仁大學中國文學系，2022 年），頁 397～315。

韻部屬嚴格的對轉關係，在中古都是三等開口，二字在聲音上確實有通假的可能。以及上文已提及三體石經「」、西周金文「」、「△₁」為一字，且「」對應《春秋經・僖公三十二年》「鄭伯捷卒」之「捷」字，亦在西周春秋金文數見，〔註396〕均讀作「捷」。〔註397〕若筆者之說法可信的話，簡文「～果」就應該讀作「捷果」，「捷」訓「克敵制勝」義，「果」訓「果敢」義。由於魯莊公問「三軍～果有幾乎」，曹沫回答「三軍未成陣，未可以出舍，行阪濟險」，即是說三軍並未排列好陣形，則不可以出發以應對敵人，又如行走在危險之地形。而且簡文「幾」並不是指「機會」，高師佑仁指出簡文「幾」應指「危殆」，〔註398〕可從。綜合兩者之考慮下，「捷果」當是正面之論述。由於以往學者多支持把「△₁₋₂」二字讀作「散」，〔註399〕可是上文已論及字讀作「散」是有問題的。《安大簡》整理者提出新說，其以為「捷果」指「快速果斷地出陣迎敵」，可是《安大簡》整理者之說法有增字解經之疑，故不可信。在古書中有「動詞＋果」之動賓詞構，如《國語・晉語六》「伐果不克」。〔註400〕又《論語・子路》「行必果」，〔註401〕後來「行果」一詞已見於《墨子・公孟》「然則行果在服也」。〔註402〕簡文「果」當指「果敢」義並無疑問，如《玉篇・木部》：「果，果敢也。」〔註403〕《吳子・論將》：「果者，臨敵不懷生。」〔註404〕即是說簡文「捷果」之「捷」有可能是動詞之用法，指「克敵」義，亦屬動賓詞構。「捷」在字書、古書中當可訓「克（剋）」、「勝」，如《爾雅・釋詁上》：「捷，勝也。」〔註405〕又《玉篇・手部》：「捷，剋也，勝也。」〔註406〕又《左傳・僖公二十八年》：「戰而

〔註396〕如庚壺（《集成》9733）銘文：「庚（捷）其兵」。

〔註397〕張富海：《漢人所謂古文之研究（修訂本）》（上海：中西書局，2023年），頁142。

〔註398〕高師佑仁：〈安大簡《曹沫之陳》補釋〉，（待刊於《興大人文學報》）。

〔註399〕可詳閱俞紹宏、張青松編著：《上海博物館藏戰國楚簡集釋》第4冊（北京：社會科學文獻出版社，2019年），頁280～282。

〔註400〕徐元誥撰，王樹民、沈長雲點校：《國語集解（修訂本）》（北京：中華書局，2019年），頁399。

〔註401〕〔魏〕何晏注，〔宋〕邢昺疏：《論語注疏》（北京：北京大學出版社，2000年，嘉慶21年南昌學堂重刊宋本），卷13，頁202。

〔註402〕〔清〕孫詒讓撰、孫啟治點校：《墨子閒詁》（北京：中華書局，2001年），頁454。

〔註403〕〔南梁〕顧野王撰：《宋本玉篇》（北京：中國書店，1983年，根據張氏澤存堂本影印），頁232。

〔註404〕陳曦集釋：《吳子集釋》（北京：中華書局，2021年），頁181。

〔註405〕〔晉〕郭璞注，〔宋〕邢昺疏：《爾雅注疏》（北京：北京大學出版社，2000年，嘉慶21年南昌學堂重刊宋本），卷1，頁25。

〔註406〕〔南梁〕顧野王撰：《宋本玉篇》（北京：中國書店，1983年，根據張氏澤存堂本

捷，必得諸侯。」〔註407〕即簡文「捷果」有可能是指「克敵果敢」。

【二】「隩」

《上博簡》整理者：「壄」即「阪」，是山之坡；「墇」即「障」，是水之岸。〔註408〕

《安大簡》整理者：「行壄淒墊」，《上博四‧曹沫》簡四三作「行壄淒墇」，整理者讀為「行阪淒障」。「壄」，從「土」，「反」聲，「阪」之異體。「淒」，讀為「濟」，涉也。《大戴禮記‧五帝德》「西濟于流沙」，孔廣森補注：「濟，涉也。」《漢書‧霍去病傳》「濟居延」，顏師古注引張晏曰：「淺曰涉，深曰濟。」「墊」，從「土」，「歓」聲，疑讀為「隩」。「行阪濟隩」與《吳子‧料敵》「行阪涉隩」義近。〔註409〕

蜨枯：簡27「墊」可與清華簡《命訓》簡11「韐」比較，均從韐聲，簡本《命訓》對應今本之字為「斂」，「韐」讀為「隩」應無問題。（可參蔡一峰《〈清華簡（伍）〉字詞零釋四則》，《簡帛研究‧2016‧春夏卷》）上博簡作「墇」讀「障」，與「隩」義近。〔註410〕

藤本思源：《郭店‧緇衣》簡26「轍」，過去多分析為從「章」，「僉」聲。我們認為可分析作：從「僉」聲，從「歓」省聲。安大簡《曹沫之陣》簡27「墊」在上博簡本中寫作「墇」（簡43）。「墇」一般認為是「障」之異體，從安大簡異文看，「墇」當分析為從「阜」，「墊」省聲。簡文「行壄淒墊」，安大簡整理者讀作「行阪濟隩」，與《吳子‧料敵》「行阪涉隩」義近，可信。反觀《緇衣》「轍」所從的「章」亦當是「歓」之省，故郭店簡「轍」字應看作是個雙聲符的字。〔註411〕

影印），頁120。

〔註407〕〔周〕左丘明傳，〔晉〕杜預注，〔唐〕孔穎達正義：《春秋左傳正義》（北京：北京大學出版社，2000年，嘉慶21年南昌學堂重刊宋本），卷16，頁514。

〔註408〕馬承源主編：《上海博物館藏戰國楚竹書（四）》（上海：上海古籍出版社，2004年），頁271。

〔註409〕安徽大學漢字發展與應用研究中心編，黃德寬、徐在國主編：《安徽大學藏戰國竹簡（二）》（上海：中西書局，2022年），頁67。

〔註410〕蜨枯：〈安大簡《曹沫之陳》初讀〉，武漢網，跟帖第11樓，2022年8月25日（2022年2月26日上網）。

〔註411〕藤本思源：〈安大簡《曹沫之陳》初讀〉，武漢網，跟帖第48樓，2022年8月25日（2022年2月26日上網）。

謹案：《上博簡》作「」（下文將以「△₁」表示），《安大簡》作「」（下文將以「△₂」表示）。「△₁₋₂」二字皆讀作「險」為是。由於簡文「行阪濟～」對應《吳子・料敵》「行阪涉險」，〔註412〕如何將「△₁₋₂」二字皆讀作「險」是一大問題。就此問題上，在未公布《安大簡（二）》的時候，學者們皆把「△₁」字讀作「障」，陳劍指出簡文「行阪濟～」與《吳子・料敵》「行阪涉險」近似，〔註413〕後來高師佑仁同意陳說，並把「障」訓作「險阻」義。〔註414〕自《安大簡（二）》公布後，學界都認為「△₂」字應該讀作「險」，如《安大簡》整理者以為「△₂」字應讀作「險」，唯沒有說解。又網友蜨枯舉出《清華簡（五）・命訓》簡11「」字對應今本《逸周書・命訓》的「斂」字，以為「△₂」字也可以與從「僉」字之聲系作通假，而且以為「△₁」字與「險」字義近可以通用。又網友藤本思源以為「△₁」字可以分析作從「阜」，「墼」省聲，即可以與「△₂」字看齊，並通假作「險」。筆者認為網友蜨枯、藤本思源的意見都值得參考。

先談「△₁」字是否從「阜」，「墼」省聲之問題，筆者認為「△₁」字應該分析作從「阜」從「土」，「戁」省聲。由於古文字「戁」或從「戁」之字頗多，筆者先羅列相關字形：

A1	A2	A3	A4
鮮簋 《集成》10166	伯頵父鼎 《集成》2465	《曾侯》簡139	《曾侯》簡67

〔註412〕陳曦集釋：《吳子集釋》（北京：中華書局，2021年），頁107。

〔註413〕可詳閱陳劍：〈上博簡《曹沫之陳》新編釋文〉，收入氏著：《戰國竹書論集》（上海：上海古籍出版社，2013年），頁119。

〔註414〕可詳閱高師佑仁：《《上海博物館藏戰國楚竹書（四）・曹沫之陣》研究》上冊（臺北：花木蘭文化出版社，2008年），頁195～196。

B1	B1	B1	B1
《上博簡（五）・季庚子》簡 19	《清華簡（十一）・五紀》簡 74	《安大簡（一）・詩・伐檀》簡 76	《曾侯》簡 139
B2	B2	B3	B4
《安大簡（一）・詩・伐檀》簡 79	《上博簡（九）・陳公》簡 18	《包山簡》簡 255	《清華簡（八）・處位》簡 10
B5	B6	B7	B7
《清華簡（八）・天下》簡 1	《清華簡（八）・處位》簡 11	《清華簡（五）・命訓》簡 11	《璽彙》8
B8	B8	B9	B9
《上博簡（五）・弟子問》簡 1	《清華簡（二）・繫年》簡 30	《清華簡（八）・處位》簡 6	《清華簡（八）・處位》簡 8
B10			
《清華簡（一）・祭公》簡 19			

西周金文「竷」右半本从「丮」旁，後來「丮」旁已演變作「欠」旁、「次」旁

這兩種寫法，又或是保留西周文字之寫法（如「A3」、「A4」二字）。陳劍曾考釋古文字「戇」，並指出西周金文「𩇵（戇）」本是表意字，字形中並沒有標音之偏旁，後來從「卂」旁變形聲化作「欠」聲，最後「戇」字就是「贛」、「貢」二字之表意初文。〔註415〕根據陳說，上述諸字皆讀作「戇」是沒有問題。「△1」字與「B4」、「B5」、「B6」、「B9」四字皆從「阜」旁，「△1」字下半從「土」旁，只是後者（如「B5」、「B6」、「B9」等字）從「口」、「土」、「貝」等旁。由此可見，「△1」字只是省略「欠」聲，可以視作「B6」之省聲字。

　　再來談「△1-2」二字如何讀作「險」。上文已言「△1-2」二字對應《吳子・料敵》的「險」字，網友蝨枯引蔡一峰〈《清華簡（伍）》字詞零釋四則〉一文證明「△2」字可以讀作「險」，蔡文指出：

> 古音學家一般將「戇」歸談部或侵部，雖意見不大一致，但從各種材料來看，「戇」最早應該收-m，收-n 是後起的。潘悟雲先生曾對「戇」字存有兩讀的現象有過解釋，他認為是受圓唇元音影響的異化音變（*koms>koŋs），另外還通過舉證「唅（-m）」和「啱（-n）」為一詞異寫，進一步指出兩者是同樣的音理，不過是一個採用一個字形，另一個採用兩個字形而已。這種解釋是有道理的，今所見《命訓》篇出土本「竷」與傳本「斂」的異文就更加證實了二聲系確實很可能存在相同的音變軌迹……所以「竷」與「斂」這對異文，嚴格上講是欠（或戇）聲字和僉聲字的相通，而與章聲無關，至於孟文（引者謹案：即是孟蓬生〈「竜」字音釋──談魚通轉例說之八〉）將郭店簡《緇衣》中對應今本「斂」的「戇」視為雙聲符字則恐未必是。〔註416〕

蔡說基本上亦認同陳說，以為古文字「戇」應从「欠」聲，並指出「斂」字應是與「戇」相通。除了有「B7」字與「斂」字直接相通之例外，在楚簡仍見從「僉」字聲系與「戇」有通假之例證，如「B10」字對應今本《逸周書・祭公》「險」字，從這兩則強而有力的證據就可以說明「敢（戇）」字與「僉」字聲系

〔註415〕陳劍：〈釋西周金文的「戇（贛）」字〉，收入氏著：《甲骨金文考釋論集》（北京：線裝書局，2007 年），頁 8～19。

〔註416〕蔡一峰：〈《清華簡（伍）》字詞零釋四則〉，載楊振紅、鄔文玲主編：《簡帛研究》2016 春夏卷（桂林：廣西師範大學出版社，2016 年），頁 32～33。

在先秦時期是可以通假。由此可證，「△1-2」二字皆讀作「險」，正可以對應今本《吳子・料敵》的「險」字。

至於《郭店簡・緇衣》簡26的「龗」字是否可以視為雙聲字，筆者對此有疑問。「龗」字之原篆作「」（下文將以「△3」表示），裘錫圭把「△3」字讀作「儉」，〔註417〕學界並無疑義，唯裘氏沒有說解。學界曾對「△3」字是否雙聲字則有不同之意見，如劉釗以為「『龗』字從『章』『窞』聲，『窞』即『僉』字繁寫，『龗』在簡文中讀為『儉』。」〔註418〕又《古文字譜系疏證》亦從裘說。〔註419〕又孟蓬生以為「『龗』字從章，從僉，可以看作雙聲字。」〔註420〕又黃一村以為「郭店簡此字（引者案：即「△3」字）是『龗』『窞』二字的糅合」。〔註421〕又或是上文所引蔡文以為「△3」字並不是雙聲字。上文已指出西周金文「龍」最初只是表意字，只是到了戰國時期開始變形聲化作「欠」聲，即戰國時期的「龍」可分析作從「章」，「欠」聲，既然上文已證「歙（龍）」字與「僉」字聲系在先秦時期可以相通，即是說「歙（龍）」字所從「欠」聲改換作「僉」聲。必須說明的是，「章」、「龍」二字在傳世古書、出土文獻並沒有通假之例，〔註422〕而且《郭店簡》都沒有出現過「歙（龍）」字。由此可見，「△3」字不應該視為雙聲字，只是一形一聲的形聲字，在簡文應該讀作「儉」。

綜上所述，「△1」字應是省略聲符「欠」，且簡文「行阪濟～」與《吳子・料敵》「行阪涉險」可以合觀，故「△1-2」字皆讀作「險」。

三、〔啟〕

《上博簡（四）・曹沬》簡44：「亓（其）坒〈啟〉節不疾」

《安大簡（二）・曹沬》簡28：「亓（其）啟節不疾」

〔註417〕荊門市博物館：《郭店楚墓竹簡》（北京：文物出版社，1998年）頁134。

〔註418〕劉釗：《郭店楚簡校釋》（福州：福建人民出版社，2005年）頁60～61。

〔註419〕黃德寬主編：《古文字譜系疏證》（北京：商務印書館，2007年），頁4059。

〔註420〕孟蓬生：〈「竜」字音釋——談魚通轉例說之八〉，復旦網，（2012年10月31日）。取自 http://www.fdgwz.org.cn/Web/Show/1956，2023年3月3日讀取。

〔註421〕黃一村：《清華簡（壹—拾）用字差異現象與文本研究》（北京：清華大學博士論文，2022年）頁259。

〔註422〕謹案：筆者已查閱《古書通假會典》、《簡帛古書通假字大系》、《清華簡（七～十二）》所有「章」字都沒有通假作「龍」。

　　《上博簡》整理者：讀「啓節」，疑指「發機」。《孫子‧勢》：「是故善戰者，其勢險，其節短。勢如彍弩，節如發機。」又《孫子‧九地》：「帥與之深入諸侯之地，而發其機。」〔註423〕

　　《安大簡》整理者：「啓節不疾」，行動遲緩，節奏不急速，與上文「去不速」（脫離戰鬥不迅速）、「就不專（迫）」（前往交戰不促迫）為敵方猶疑不定，缺乏戰鬥信心的三種情況，為「戰之機」（黃德寬）。《上博四‧曹沫》簡四四作「壓節」，整理者注：「讀『啓節』，疑指『發機』。《孫子‧勢》：『是故善戰者，其勢險，其節短。勢如彍弩，節如發機。』又《孫子‧九地》：『帥與之深入諸侯之地，而發其機。』」不確。〔註424〕

　　謹案：《上博簡》「壓」字應是《安大簡》「啓」字之訛誤，二字應釋作「啓」。《上博簡》作「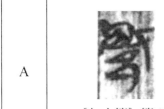」（下文將以「△₁」表示），《安大簡》作「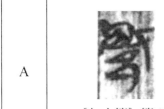」（下文將以「△₂」表示）。「△₁₋₂」二字之差異僅在於前者从「土」旁，後者从「口」旁。《上博簡》整理者以為「△₁」字釋作「啓」，學者皆無疑義。隨著出土材料越來越多，張新俊、蘇師建洲已指出「△₁」字釋作「殷」。〔註425〕後來亦有學者對「△₁」字提出不同之釋讀意見。下文將討論「△₁」字之構形問題，以及「～節」一詞的意涵。

　　關於「△₁」字之字形問題，我們可以知道「△₁」字之寫法當是「殷」字。楚文字「殷」有三種寫法，分別作：

A	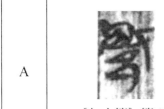		
	《包山簡》簡184	《清華簡（二）‧繫年》簡13	《上博簡（二）‧容成氏》簡53正

〔註423〕馬承源主編：《上海博物館藏戰國楚竹書（四）》（上海：上海古籍出版社，2004年），頁272。

〔註424〕安徽大學漢字發展與應用研究中心編，黃德寬、徐在國主編：《安徽大學藏戰國竹簡（二）》（上海：中西書局，2022年），頁67。

〔註425〕張新俊：〈據清華簡釋字一例〉，復旦網，（2011年6月29日）。取自http://www.fdgwz.org.cn/Web/Show/1573，2023年3月24日讀取；蘇師建洲：〈戰國文字「殷」字補釋〉，復旦網，（2011年6月30日）。取自http://www.fdgwz.org.cn/Web/Show/1574，2023年3月24日讀取。

B	《清華簡（一）·祭公》簡 10	《清華簡（二）·繫年》簡 17	曾侯與鐘《銘續》1029
C	《清華簡（二）·繫年》簡 13	《清華簡（五）·封許》簡 3	《清華簡（八）·虞夏》簡 1
D	《清華簡（五）·封許》簡 7	《清華簡（十）·四告》簡 2	《清華簡（十一）·五紀》簡 68
E	《清華簡（十一）·五紀》簡 41		

不難發現「殷」字下半本可以从「邑」或「土」二旁，進而形成偏旁制約，又或完全省略「邑」或「土」二旁，而「△₁」字正是來源於 B 類寫法，加上「 」字正對應今本《逸周書·祭公解》「殷」字，故 B 類寫法當是「殷」字之異體。又《清華簡（二）·繫年》「 」（簡 17）、「 」（簡 18）二字，以及「 」字皆釋作「殷」，〔註 426〕學者皆無疑義。值得注意的是晉系文字亦有類似 B 型寫法，如「 」（《璽彙》2576）、「 」（《璽彙》2578）、「 」（《璽彙》2580），

〔註 426〕李學勤主編，清華大學出土文獻研究與保護中心編：《清華大學藏戰國竹簡（貳）》下冊（上海：中西書局，2011 年），頁 144；吳鎮烽編著：《商周青銅器銘文暨圖像集成續編》第 3 冊（上海：上海古籍出版社，2016 年），頁 435。

《戰典》及《譜系》以為从「土」，「攴」聲，疑是「攴（啓）」字之繁文，讀作「啓」，〔註427〕《戰國文字字形表》則以為晉璽此三字或釋作「殷」。〔註428〕不過晉璽此二字本用作人名，難以判斷是釋作「啓」還是「殷」。C 類寫法卻與「攴」字同形。甲骨金文「𣪘（啓）」作「[圖]」（《合集》22088）、「[圖]」（《屯》22088）、「[圖]」（小子作父辛尊／《集成》5965）、「[圖]」（亞啟方彝／《集成》9847），甲骨金文「𣪘（啓）」从「戶」从「又」，表示以手開門之形，「𣪘（啓）」本可以添加或省略「口」旁。戰國楚文字「攴（啓）」作「[圖]」（《清華簡（三）·說命中》簡 3）、「[圖]」（《清華簡（二）·繫年》簡 115）、「[圖]」（鄂君啟車節／《集成》12110），〔註429〕戰國楚文字亦繼承甲骨金文「𣪘（啓）」字之兩種寫法，而且從「又」旁改易作「攴」、「殳」二旁，以及甲骨金文「𣪘（啓）」所从「彐」形亦訛變作「爪」形。值得注意的是「[圖]」（《清華簡（五）·厚父》簡 2）、「[圖]」（《清華簡（五）·厚父》簡 10）二字保留了甲骨金文「𣪘（啓）」的早期構形，十分罕見，不過此種寫法亦見於齊、燕二系文字，〔註430〕不知是「文字存古」，還是「減省筆劃」，一時之間難以判斷。對於《清華簡（五）·厚父》二字之分析，高師佑仁亦沒有深入的討論，〔註431〕待未來有更多的出土材料再作進一步的討論。不過到了戰國時期，「殷」字已與「攴（啓）」同形，基本上省略「口」、「邑」、「土」等構件，便難以分辨「殷」、「攴（啓）」。甲骨金文「殷」作「[圖]」（《合集》17979）、「[圖]」（《合集》17979）、「[圖]」（保卣／《集成》5415）、「[圖]」（叔矢鼎／《銘圖》2419），可見甲骨金文「殷」、「攴（啓）」

〔註427〕何琳儀：《戰國古文字典——戰國文字聲系》（北京：中華書局，1998 年），頁 744；黃德寬主編：《古文字譜系疏證》（北京：商務印書館，2007 年），頁 2017。

〔註428〕黃德寬主編，徐在國副編，徐在國、程燕、張振謙編著：《戰國文字字形表》（上海：上海古籍出版社，2017 年），頁 1860。

〔註429〕謹案：「[圖]」字右半所從應是「殳」旁。在楚文字中，「攴」、「殳」凡用作表意偏旁時是通用無別的。

〔註430〕可詳閱何琳儀：《戰國古文字典——戰國文字聲系》（北京：中華書局，1998 年），頁 743。

〔註431〕高師佑仁：《《清華伍》書類文獻研究》（臺北：萬卷樓圖書有限公司，2018 年），頁 211～212。

字之字形並不同,唯「殷」字演變到戰國時期已與「攵（啓）」完全同形。D類寫法的「殷」字較為特別,其字右下從「及」旁,不從「攴」旁,此種寫法的「殷」字僅見於《清華簡》,加上數字在簡文文例釋作「殷」文從字順,當是「殷」字之異體,D類寫法的「殷」字所從「及」旁有可能是從「攴」類化作「及」旁,如古文字「攸」字本從「攴」旁,齊系文字「攸」卻從「及」旁（「」《璽彙》1946）,或說其所從「及」旁來源於「」（宋公欒簠／《集成》4589）,唯暫時只有一例,待日後有更多之證據再來討論。E類寫法的「殷」字的寫法首見,為小篆「」所本。上文已言戰國楚文字「殷」下半可從「土」、「邑」二旁,本可以制約字之釋讀,從這角度來看,「△₁」字本應該釋作「殷」。以往出土材料不多,學者皆以為「△₁」字上半釋作「攵」,是無可奈何的釋讀方法,學界在當時亦沒有較多之出土材料來更正。

現在的問題是「△₂」字對應「△₁」字,一時之間難以判斷「△₁₋₂」何字才是誤字,筆者認為仍然要以簡文的文例來判定。隨張說、蘇說對「△₁」字之改釋後,學者對「△₁」字之釋讀多有討論,學者之說法如下:

（一）張新俊以為「△₁」字讀作「勢」。

（二）蘇師建洲以為「△₁」字讀作「隱」或「依」,指收藏、保護;「節」指兵符義;「疾」字訓作「盡力」,整句意謂「收藏、保護兵符不甚努力」。

（三）劉雲以為「△₁」字讀作「殷」,訓作「調正」義;「節」字讀作「次」,「殷次」指調正隊伍的行列。[註432]

（四）孟蓬生從張說、蘇說,把「△₁」字釋作「殷」,讀作「桼」,「桼節」是指命令之傳遞。[註433]

（五）俞紹宏、張青松以為「△₁」字釋作「殷」,讀作「應」,「應節」指應對不同戰法或陣形的節奏。[註434]

〔註432〕劉雲在復旦網2011年6月29日張新俊〈據清華簡釋字一例〉（網址:http://www.fdgwz.org.cn/Web/Show/1573）一文下第12樓留言2011年7月1日23:49:54的留言。

〔註433〕孟蓬生之說法見於蘇師建洲:〈戰國文字「殷」字補釋〉,復旦網,（2011年6月30日）。取自http://www.fdgwz.org.cn/Web/Show/1574,2023年3月24日讀取。

〔註434〕俞紹宏、張青松編著:《上海博物館藏戰國楚簡集釋》第4冊（北京:社會科學文獻出版社,2019年）,頁284。

先談「△1」字讀作「殷」的問題，「殷」字與「勢」、「桀」、「應」、「槃」四字並沒有通假之例，故可排除。另外，「殷」字讀作「隱」、「依」雖有相通之例證，唯放回簡文釋讀頗為突兀，簡文上二句「其去之不速，其就之不著」言遇上敵人的狀況，下一句突然說收藏、保護兵符不努力，上下文不連貫，也可以排除。最後，讀作「殷次」亦不可從。古書多見「亂次」、「失次」等詞，當中的「殷」字訓作「調正」義，如《廣雅・釋詁》：「殷，正也。」〔註435〕又《尚書・堯典》：「日中星鳥，以殷仲春。」孔《傳》：「殷，正也。」〔註436〕而且「次」是指「行列」、「隊列」義，如《國語・晉語三》：「失次犯令，死。」韋昭《注》：「次，行列也。」〔註437〕又《左傳・桓公十三年》：「及鄢，亂次以濟。」〔註438〕加上「即」字與「次」字亦有通假之例。〔註439〕把「殷次」放回簡文釋讀亦無不可。唯簡文「魯莊公又問曰：『戰有殆乎？』曹沬則回答魯莊公「其去之不速，其就之不傳」，大概都是說軍隊作戰拖沓，故簡文「其～～不疾」一句當與作戰的狀態有關，與換陣似無太大關係，而且上文已言「△1」字是「△2」之訛字，故劉說亦不可信。

　　上文已言「△1」字有可能是「△2」字之誤，二字都應該釋讀作「啟」。「△1」字所從「土」旁應該無法替換作「口」旁，古文字常見偏旁替換，不過「口」、「土」兩旁互換只見一例，如「」（《清華簡（八）・天下》簡1）、「」（《清華簡（八）・處位》簡11）。筆者疑「」字所從「口」旁應是羨符，古文字常見添加「口」旁作羨符，而且「口」、「土」二旁互換並沒有任何例子，〔註440〕可見應該與偏旁替換無關。既然《上博簡》、《安大簡》屬同

〔註435〕〔清〕王念孫撰，張靖偉、樊波成、馬濤等點校：《廣雅疏證》（上海：上海古籍出版社，2016年），頁43。

〔註436〕〔漢〕孔安國注，〔唐〕孔穎達疏：《尚書正義》（北京：北京大學出版社，2000年，嘉慶21年南昌學堂重刊宋本），卷2，頁33。

〔註437〕徐元誥撰，王樹民、沈長雲點校：《國語集解（修訂本）》（北京：中華書局，2019年），頁317。

〔註438〕〔周〕左丘明傳，〔晉〕杜預注，〔唐〕孔穎達正義：《春秋左傳正義》（北京：北京大學出版社，2000年，嘉慶21年南昌學堂重刊宋本），卷7，頁230～231。

〔註439〕謹案：傳世古書有【即與次】，出土文獻有【即與次】、【節與次】。引自高亨纂著，董治安整理：《古字通假會典》（濟南：齊魯書社，1989年），頁582；白於藍編著：《簡帛古書通假字大系》（福州：福建人民出版社，2017年），頁826、828。

〔註440〕筆者查閱《戰國文字形體研究》其中一節〈替換〉章並沒有偏旁「口」、「土」互換

本異文，「△₁₋₂」二字在釋讀上都應該等量齊觀，筆者認為「△₁」字上半當是「攴」旁，與「殷」無關，有可能是《上博簡（四）·曹沫》書手誤寫「口」旁作「土」旁，「口」旁錯寫作「土」旁已見例證，如「」（《上博簡（四）·曹沫》簡19），也可以變作「」（《上博簡（五）·姑》簡1）。由此可見，《上博簡（四）·曹沫》書手有可能錯寫「口」旁作「土」旁，「△₁」字與「殷」字無關，嚴式隸定應作「塈」，是「啓」之誤字。

　　簡文「啓節」當指「軍隊先鋒的攻擊」。上文已言簡文「其～～不疾」當是作戰的事情，故「啓節」一詞當與作戰的狀態有關。其實「啓」字本有軍事之類的用法，多指「左翼」、「前鋒」義，如《周禮·地官·鄉師》：「巡其前後之屯」，賈公彥《疏》：「謂軍在前曰啟，在後曰殿。」〔註441〕又《後漢書·岑彭傳》：「彭殿為後拒」，李賢《注》：「凡軍在前曰啓，在後曰殿。」〔註442〕又《左傳·襄公二十三年》：「啟：牢成御襄罷師，狼蘧疏為右。」杜預《注》：「左翼曰啟。」孔穎達《疏》：「凡言左右，以左為先，知啓是左也。名之曰啓，或使先行⋯⋯如服（引者案：即「服虔」）言，古人有名軍為啓者。」〔註443〕另外，關於「節」字可訓作「（進攻的）節奏」義。古兵書常言道掌握進攻的節奏有如扣動扳機，如《孫子·兵勢》：「鷙鳥之擊，至于毀折者，節也。」曹操《注》：「發起擊敵。」〔註444〕「節」、「擊」二字或有異文關係，如《六韜·龍韜·奇兵》：「疾如流矢，擊如發機者」，〔註445〕正對應《孫子·兵勢》「節如發機」，由此可證「節」字應該指「（進攻的）節奏」義。故「啟節」一詞放回簡文釋讀，意謂「軍隊先鋒部隊的進攻節奏不急速」。

之例。引自孫合肥：《戰國文字形體研究》上冊（北京：中華書局，2020年），頁269～323。

〔註441〕〔漢〕鄭玄注，〔唐〕賈公彥疏：《周禮注疏》（北京：北京大學出版社，2000年，嘉慶21年南昌學堂重刊宋本），卷11，頁343～344。

〔註442〕〔宋〕范曄撰，〔唐〕李賢注：《後漢書》第3冊（北京：中華書局，1973年），頁660。

〔註443〕〔周〕左丘明傳，〔晉〕杜預注，〔唐〕孔穎達正義：《春秋左傳正義》（北京：北京大學出版社，2000年，嘉慶21年南昌學堂重刊宋本），卷35，頁1138。

〔註444〕〔春秋〕孫武撰，〔三國〕曹操等注，楊丙安校理：《十一家注孫子校理》（北京：中華書局，2012年），頁114。

〔註445〕謹案：王震《六韜集解》言諸本《六韜》俱有「擊」字，故在「如」字前補「擊」字。引自王震集解：《六韜集解》上冊（北京：中華書局，2022年），頁292。

四、〔輕〕、〔中〕、〔信／察〕

《上博簡（四）・曹沬》簡45：「亓（其）賞譈（輕？）〔一〕虞（且）不中〔二〕，其詯（誅）至（重）虞（且）不詼（察）〔二〕」

《安大簡（二）・曹沬》簡29：「亓（其）賞誙（輕）〔一〕虞（且）不信〔二〕，亓（其）賬（誅）旺（重）虞（且）不中〔二〕」

【一】「輕」

《上博簡》整理者：譈，從戡（楚「歲」字）聲，疑讀為「淺」（「淺」是清母元部字，「歲」是心母月部字，讀音相近）。〔註446〕

《安大簡》整理者：「亓賞誙虞不信」，讀為「其賞輕且不信」。《管子・法度》：「審而不行，則賞罰輕也。重而不行，則賞罰不信也。」此句《上博四・曹沬》簡四五作「亓賞譈虞不中」。「譈」，從「戡（歲）」聲。據古文字，「歲」從「戉」聲，故從「歲」聲之字與從「戉」聲之字古通（參《古字通假會典》第六一八頁）。疑上博簡「譈」應讀為「娍」。《說文・女部》：「娍，輕也。」〔註447〕

高師佑仁：「娍」字首見《說文解字》訓為「輕也」，後世字書如《玉篇》、《類篇》、《字彙》、《正字通》、《康熙字典》等均據《說文》而收錄，訓解亦不出「輕也」。值得留意的是，後世字書雖有「娍」字，但在文獻中的實際用例幾可謂付之闕如。此外，《說文》：「娍，輕也。從女戉聲」，桂馥《說文義證》云：「『輕也』者，《廣雅》同本書。徐鍇《韻譜》：『娍，輕足』，張舜徽《說文解字約注》認為：『『娍』之言『跂』也，為行步輕速。」《漢語同源大典》云：「娍字從女，蓋女性體態、步履較男性輕盈」，雖然《說文》訓「娍」為「輕」，但從上述諸書的解釋來看，「娍」應指步履輕盈，與「輕」的概念不能完全劃上等號，考慮到此字用法十分冷僻，茲不取。筆者贊成讀為「淺」，「歲」字上古音心紐、月部，「淺」上古音清紐、元部，聲紐都是齒音，韻部屬月元旁轉，可以通假。「輕」、「淺」均有少義。〔註448〕

〔註446〕馬承源主編：《上海博物館藏戰國楚竹書（四）》（上海：上海古籍出版社，2004年），頁273。

〔註447〕安徽大學漢字發展與應用研究中心編，黃德寬、徐在國主編：《安徽大學藏戰國竹簡（二）》（上海：中西書局，2022年），頁67。

〔註448〕高師佑仁：〈安大簡《曹沬之陳》補釋〉，（待刊於《興大人文學報》）。

　　謹案：就文意來看，《上博簡》「譏」、《安大簡》「謰」二字皆讀作「輕」為是。《上博簡》作「」（下文將以「△₁」表示），《安大簡》作「」（下文將以「△₂」表示）。先談「△₂」字之釋讀，筆者認為「△₂」字讀作「輕」。由於「輕」、「重」本是概念相反的字，猶如「深—淺」、「多—少」或「長—短」等等，基本上不會交叉使用，加上古書多見「輕」、「重」對文，如《書·呂刑》：「上刑適輕，下服；下刑適重，上服。」〔註449〕又《左傳·宣公三年》：「德之休明，雖小，重也。其姦回昏亂，雖大，輕也。」〔註450〕又《孟子·告子下》：「欲輕之於堯、舜之道者，大貉小貉也。欲重之於堯、舜之道者，大桀小桀也。」〔註451〕古書幾乎沒有見過「淺」、「少」與「重」對文。而且古書已見「賞輕」、「賞重」的用法，如《荀子·議兵》：「賞重者強，賞輕者弱。」〔註452〕《荀子》文例可以與簡文合觀互參。故「△₂」字宜讀作「輕」。

　　對於「△₁」字之釋讀，《安大簡》整理者以為「△₁」字讀作「娍」，訓「輕」。高師佑仁已有相當精闢之意見來否定《安大簡》整理者之說法。後來高師佑仁以為訓「少」，其說亦不可從。「歲」字从「戌」得聲，「歲」字之上古聲紐肯定是喉牙音，不可能與清紐的「淺」字相通。〔註453〕蘇師建洲則以為「△₁」字讀作「虧」，且指出古書有「賞虧」的用法，與「賞厚」是相反的意思，其說可備一說。〔註454〕可是「賞虧」之用例僅見於《三略·中略》「賞虧則士不用命」，〔註455〕用例極為少見。「△₁」字已見於《說文》「譏（譏）」，《說文·言部》：「譏，聲也。」〔註456〕以及後世字書、韻書，如《玉篇·言部》：「譏，

<hr>

〔註449〕〔漢〕孔安國傳，〔唐〕孔穎達疏：《尚書正義》（北京：北京大學出版社，2000年，嘉慶21年南昌學堂重刊宋本），卷19，頁647。

〔註450〕〔周〕左丘明傳，〔晉〕杜預注，〔唐〕孔穎達正義：《春秋左傳正義》（北京：北京大學出版社，2000年，嘉慶21年南昌學堂重刊宋本），卷21，頁694。

〔註451〕〔漢〕趙岐注，〔宋〕孫奭疏：《孟子注疏》（北京：北京大學出版社，2000年，嘉慶21年南昌學堂重刊宋本），卷12下，頁401。

〔註452〕〔清〕王先謙撰，沈嘯寰、王星賢點校：《荀子集釋》（北京：中華書局，1988年），頁271。

〔註453〕此蒙口試委員蘇師建洲於口試時提示筆者。

〔註454〕此蒙口試委員蘇師建洲於口試時提示筆者。

〔註455〕魏汝霖註譯：《黃石公三略今註今譯》（臺北：臺灣商務印書館，1990年），頁83。

〔註456〕〔漢〕許慎撰，〔宋〕徐鉉校定：《說文解字》（北京：中華書局，2013年，陳昌治本為底本），頁50。

聲也。」〔註457〕又《廣韻・泰韻》:「譺,眾聲。」〔註458〕可見「△₁」字有可能就是《說文》「譺」字。既然「△₁」字對應「△₂」字,那麼「△₁」字疑讀作「輕?」。可是當中如何解釋,待考。

【二】「中」、「信/察」

《上博簡》整理者:訍,見於郭店楚簡《窮達以時》、《五行》等篇,是作「察」字,參看荊門市博物館《郭店楚墓竹簡》一四五頁注〔一〕、一五一頁〔七〕。〔註459〕

《安大簡》整理者:《上博四・曹沫》簡四五作「其訨㞢歔不訍」,讀為「其誅重且不察」(參《〈上海博物館藏戰國楚竹書(四)〉讀本》第一九六頁注十)。據此,「其賍眡歔不中」當讀為「其誅重且不中」。「誅」指懲罰。《禮記・曲禮上》「齒路馬,有誅」,鄭玄注:「誅,罰也。」《尉繚子・原官》:「明賞賚,嚴誅責。」「帀」,可徑釋為「中」,豎畫上穿。或說該字从「工」从「中」,是「中」字異體,「工」乃加注的聲符。「中」,適當,準確。《論語・子路》:「刑罰不中,則民無所錯手足。」《尉繚子・戰威》:「刑賞不中,則眾不畏。」《群書治要》卷三十七引「賞」作「誅」。〔註460〕

謹案:《上博簡》、《安大簡》簡文「其賞輕且不~,其誅重且不~」基本上是一致的,只是當中所對應的文字有差異,《上博簡》是先「中」字後「察」字,而《安大簡》是先「信」字後「中」字,不過簡文「其賞輕且不~,其誅重且不~」是一組對句,把「中」、「信/察」二字互換也不會對文意產生差異。不過《上博簡》、《安大簡》這兩個版本屬同本異文,對於「中」、「信/察」之釋讀上應等量齊觀,下文將談「中」、「信/察」等字之訓釋。另外,對於〈曹沫〉文中的「其」並非指敵方,應是泛指所有戰場上的軍隊,高師佑仁已有說解,可參。〔註461〕

〔註457〕〔南梁〕顧野王撰:《宋本玉篇》(北京:中國書店,1983年,根據張氏澤存堂本影印),頁168。

〔註458〕余迺永校注:《新校互注宋本廣韻(定稿本)》(上海:上海人民出版社,2008年),頁382。

〔註459〕馬承源主編:《上海博物館藏戰國楚竹書(四)》(上海:上海古籍出版社,2004年),頁273。

〔註460〕安徽大學漢字發展與應用研究中心編,黃德寬、徐在國主編:《安徽大學藏戰國竹簡(二)》(上海:中西書局,2022年),頁67。

〔註461〕高師佑仁:〈安大簡《曹沫之陳》補釋〉,(待刊於《興大人文學報》)。

先談《安大簡》「中」字，《安大簡》整理者的第二說法不可信。《上博簡》作「」（下文將以「△₁」表示），《安大簡》作「」（下文將以「△₂」表示）。《安大簡》整理者對於「△₂」字之構形分析有兩種說法：第一種說法以為「△₂」字之豎筆上穿；第二種說法以為「△₂」字从「工」从「中」，是「中」字之異體，「工」旁是加注聲符。古文字「中」是常見字，從來沒有見過「中」字有加注聲符的情況。而且「工」、「中」二字之上古音也不接近，「工」之上古音屬見紐東部，而「中」之上古音則屬端紐冬部，韻部雖可以旁轉，唯聲紐的部分前者在牙音，後者則在舌音，聲紐稍遠。由此可證，「工」並不是「△₂」字的加注聲符。「△₂」字確實有可能是豎筆上穿。《安大簡（二）·曹沫》「中」字凡四見，如「△₂」字、「⬚」（簡20）、「⬚」（簡21）、「⬚」（簡34）。前二字都是豎筆上穿，後二字之豎筆則沒有上穿。其實類似「△₂」字的寫法已見，如「⬚」（《上博簡（六）·慎子》簡3正）。這種豎筆上穿的「中」字也不乏例子，如：「⬚」（《安大簡（一）·詩·小戎》簡47），也可以變作「⬚」（《清華簡（五）·命訓》簡47）、「⬚」（《上博簡（四）·逸詩》簡2），也可以變作「⬚」（《上博簡（四）·逸詩》簡3）。由此可見，「△₂」字之豎筆只是往上穿而已，與加注聲符「工」完全無關。對於「中」之訓釋問題，以往學者皆沒有對「△₁」字作訓釋，後來《安大簡》整理者把「△₂」字訓作「適當」義，並引用了《論語·子路》、《尉繚子·戰威》這兩則文例，可信。在古書、字書有「中」訓「當」之例，指「得當」、「恰當」義，如《廣韻·送韻》：「中，當也。」[註462]又《大戴禮記·曾子事父母》：「若中道則從」，王聘珍《解詁》：「中，當也。」[註463]又《漢書·周勃傳》：「尚公主不相中」，顏師古《注》引如淳曰：「（不相中）猶言不相合當也。」[註464]故「△₁」字也應該訓作「恰當」、「適當」義，即《安大簡》「其誅重且不中」意謂「軍隊的責罰過重而不恰當」，

〔註462〕余廼永校注：《新校互注宋本廣韻（定稿本）》（上海：上海人民出版社，2008年），頁344。

〔註463〕〔清〕王聘珍撰，王文錦點校：《大戴禮記解詁》（北京：中華書局，1983年），頁86。

〔註464〕〔漢〕班固撰，〔清〕王先謙補注，上海師範大學古籍整理研究所整理：《漢書補注》（上海：上海古籍出版社，2008年），頁3418～3419。

《上博簡》「其賞輕且不中」意謂「軍隊的獎賞過輕而不恰當」。

另外，《上博簡》作「」（下文將以「△₃」表示），《安大簡》作「」（下文將以「△₄」表示）。筆者認為「△₃₋₄」二字當訓作「明察」義。對於「△₃」字右半可參本文「察」字條。〔註465〕對於「△₃₋₄」二字之訓釋，學者以往皆無說，筆者認為二字當訓作「明察」義。「信」、「察」二字均有「明察」這義項，如《楚辭·九歎·怨思》：「時溷濁猶未清兮，世殽亂猶未察。」王逸《注》：「察，明也。」〔註466〕又《說苑·談叢》：「簡絲數米，煩而不察。」〔註467〕又《左傳·昭公二十五年》：「信罪之有無」，杜預《注》：「信，明也。」〔註468〕又《呂氏春秋·禁塞》：「下稱五伯名士之謀以信其事。」高誘《注》：「信，明也。」〔註469〕即《安大簡》「其賞輕且不中」意謂「軍隊的獎賞過輕而不明察」，《上博簡》「其誅重且不中」意謂「軍隊的責罰過重而不明察」。

第六節 「論敗戰、盤戰、甘戰、苦戰」章

一、〔狎／依〕、〔危〕

《上博簡（四）·曹沬》簡27＋63上：「君女（如）辝（親）衒（率），乃自怠（過）呂（以）敓（悅）於蠆（萬）民，弗琗【一】（狎）阺（危）【二】墮（地），母（毋）火飤（食）。」

《安大簡（二）·曹沬》簡30：「君女（如）辝（親）衒（率），乃自怠（過）呂（以）敓（悅）於萬民，弗表〈哀（依）〉【一】隹（危）【二】墮（地），毋火飤（食）。」

【一】「狎／依」

《上博簡》整理者：「琗」，待考，疑是據、處之義。〔註470〕

〔註465〕詳見本文「察」字條，本文頁100～103。

〔註466〕〔宋〕洪興祖撰，黃靈庚點校：《楚辭補注》（上海：上海古籍出版社，2021年），頁484、487。

〔註467〕〔漢〕劉向撰，向宗魯校證：《說苑校證》（北京：中華書局，1987年），頁408。

〔註468〕〔周〕左丘明傳，〔晉〕杜預注，〔唐〕孔穎達正義：《春秋左傳正義》（北京：北京大學出版社，2000年，嘉慶21年南昌學堂重刊宋本），卷51，頁1683。

〔註469〕許維遹撰，梁運華整理：《呂氏春秋集釋》（北京：中華書局，2010年），頁166。

〔註470〕馬承源主編：《上海博物館藏戰國楚竹書（四）》（上海：上海古籍出版社，2004年），頁284。

　　《安大簡（二）》整理者：「袁」，從「衣」，「土」聲，疑讀為「杜」，拒絕。《戰國策‧趙策四》燕封宋人榮蚠為高陽君章「今得強趙之兵，以杜燕將」，鮑彪注：「杜，猶拒。」……「弗杜危地」的意思是說，國君率兵打仗，不拒絕行走危險之地。《尉繚子‧戰威》：「夫勤勞之師，將不〈必〉先己……在登降之險，將必下步。」與簡文義近。《上博四‧曹沫》簡六十三上「弗袁𨺀堅」作「弗瑋𨺀堅」。「瑋」，從「玉」，「卒」聲，據《郭店‧語叢三》簡五十從「卒」的「麈」，《論語‧述而》作「據」，疑「瑋」應該讀為「杜」，與「袁（杜）」同義。或說「袁」「瑋」均讀為「據」。《新序‧善謀下》：「今已據敖倉之粟，塞成皋之險，守白馬之津，杜太行之阪，距蜚狐之口，天下後服者先亡矣。」〔註471〕

　　侯瑞華：「袁」原形作「」，將其偏旁結構分析為內「土」外「衣」當可信。古文字中同類結構的從「衣」之字非常多見，通常聲符在內，而「衣」作為意符在外，如「表」、「裏」、「褒」、「襄」等等，這正是整理者將「袁」字分析為從「衣」、「土」聲的根據。不過這類從「衣」的字在結構上並非沒有例外，比如「哀」字就是從「口」、「衣」聲，與一般從「衣」之字的內聲外形結構正好相反。從這個角度考慮，簡文的「袁」字也未嘗不可以分析為從「衣」、「土」聲。這樣的話，「袁」在簡文中可以讀為「依」。《周禮‧春官‧肆師》：「祭兵於山川」，鄭玄注云：「山川蓋軍之所依止」。又《孫子兵法‧行軍》：「絕山依谷」，杜牧注云：「絕，過也；依，近也。」簡文的「弗袁（依）危地」當指不要靠近危險之地。上博簡的「瑋」字當分析為從玉、卒聲，古音在葉部。安大簡整理者舉以為證的「麈」在楚文字中是一個常用字，其常態用法是兵甲之「甲」，古音也在葉部，而與魚部遠隔，所以《郭店簡‧語叢三》簡50的「麈於悳（德）」，學者一般讀為「狎於德」。我們認為安大簡的「袁」和「瑋」很可能是同義詞的關係，既然「袁」讀為「依」是靠近的意思，「麈」很自然的應該讀為「狎」。〔註472〕

　　謹案：《上博簡》作「瑋」（下文將以「△₁」表示），《安大簡》作「袁」

〔註471〕安徽大學漢字發展與應用研究中心編，黃德寬、徐在國主編：《安徽大學藏戰國竹簡（二）》（上海：中西書局，2022 年），頁 68。

〔註472〕侯瑞華：〈試說安大簡《曹沫之陳》簡 30 從衣從土之字〉，武漢大學簡帛研究中心網，（2022 年 11 月 13 日）。取自 http://www.bsm.org.cn/?chujian/8845.html，2023 年 1 月 14 日讀取。

（下文將以「△₂」表示）。以往《上博簡》之編聯本是簡 47＋63 下，不過新見《安大簡（二）・曹沫》簡 30「敗戰……危地」可以知道《上博簡》之簡序應是簡 27＋63 下，故完整簡文當是「君如親率，乃自過以悅於萬民。弗～危地，毋火食。」由於該段是在談「復敗戰」之內容，陳劍、高師佑仁提及一重要之觀點就是「復敗戰」是指「三軍大敗之後」軍隊應如何整頓三軍，重新迎戰。〔註 473〕其說可從。由此看來，簡文「弗～危地」一語是其中一項補救措施，並不是出戰迎敵。《孫子》就戰爭之各種事項皆有所分析，當中《孫子・行軍》著重講述安置軍旅（處軍）與觀察敵人（相敵）等兩個問題，重點分析了某地形不利於軍隊佈陣、駐紮，《孫子・行軍》云：

> 孫子曰：「凡地，有絕澗、天井、天牢、天羅、天陷、天隙，必亟去
> 之，勿近也；吾遠之，敵近之；吾迎之，敵背之。軍旁有險阻、潢
> 井、葭葦、山林、蘙薈者，必謹覆索之，此伏姦之所處也。」〔註 474〕

《孫子・行軍》當中講述了三軍不要駐紮於險隘的地形，行軍佈陣、軍隊駐紮本是戰爭最重要的一環，倘若處理不當，三軍則陷入困境。簡文「危地」的「危」就有可能是指《孫子・行軍》中的危險地形，並非是季旭昇所指「危地」是田獵游玩之地。〔註 475〕即簡文「弗～危地」有可能指（駐紮軍隊）不要靠近危險之地方。

　　既然釐清「危地」一詞，我們就可以據上下文意來推測「△₁₋₂」二字之釋讀方向，筆者認為「△₁」字應隸定作「琜」，讀「狎」，訓「近」，而「△₂」字有可能是「哀」之錯字，讀「依」，訓「近」。先談「△₁」字之隸釋問題，學界對於「△₁」字多有討論，學者之意見如下：

　　（一）陳劍把「△₁」字隸定作「琜」，無說。〔註 476〕白於藍從之。〔註 477〕

〔註 473〕陳劍：〈上博竹書《曹沫之陳》新編釋文〉，收入氏著：《戰國竹書論集》（上海：上海古籍出版社，2013 年），頁 120。

〔註 474〕〔春秋〕孫武撰，〔三國〕曹操等注，楊丙安校理：《十一家注孫子校理》（北京：中華書局，2012 年），頁 240～243。

〔註 475〕季旭昇主編，袁師國華協編，陳思婷、張繼凌、高師佑仁、朱賜麟合撰：《上海博物館藏戰國楚竹簡（四）讀本》（臺北：萬卷樓圖書館股份有限公司，2007 年），頁 200～201。

〔註 476〕陳劍：〈上博竹書《曹沫之陳》新編釋文〉，收入氏著：《戰國竹書論集》（上海：上海古籍出版社，2013 年），頁 120。

〔註 477〕白於藍：〈《曹沫之陳》新編釋文及相關問題探討〉，《中國文字》新 31 期（2006 年），頁 121。

（二）孟蓬生以為「△₁」字不識，或讀作「躡」。〔註478〕張新俊從之。〔註479〕

（三）陳斯鵬從陳劍之隸定，以為「△₁」字右半从「卒」旁，讀「邇」。
〔註480〕

（四）李銳從《上博簡》整理者之隸定，字讀作「狎」。〔註481〕高師佑仁、
邴尚白從之。〔註482〕

（五）魏宜輝讀作「涉」，指「進入」、「陷入」義。〔註483〕

（六）淺野裕一以為「△₁」字改隸定作「臻」，無說。〔註484〕

筆者贊同把「△₁」字隸定作「琜」，讀作「狎」。對於「△₁」字之字形分析及
諸家之評論，可參高師佑仁之說法。古文字「卒」或从「卒」之字多讀作「甲」
或从「甲」聲系之字，如小孟鼎（《集成》2839）：「畫虢（甲）一、貝冑一、
金干一」，又中山王䜌壺（《集成》9735）：「是以身蒙卒（甲）冑」，又《上博
簡（四）‧曹沫》簡31：「失車虞（甲）」，又《清華簡（七）‧晉文公》簡4：「命
蒐修先君之乘式車虢（甲）」，又《郭店簡‧窮達》簡6：「釋械櫸（柙）而為諸
侯相」，又《安大簡（二）‧仲尼曰》簡7：「久虞（狎）而長敬」，又新見《清華
簡（十三）‧食禮》簡48：「如於習㦂（狎）而不用儀」。由此可證「△₁」字讀
作「狎」是沒有問題的，亦符合楚人用字習慣。

再來談談「△₂」字，《安大簡》整理者以為「△₂」字可分析作从「衣」，
「土」聲，讀「杜」，指「拒絕」義。《安大簡》整理者不可從。上文已論及
「△₁」字應讀作「狎」，訓「近」，那麼「△₂」字之釋讀方向就應該與「△₁」
字看齊。後來侯瑞華把「△₂」字分析作从「土」，「衣」聲，讀作「依」，訓「近」。

〔註478〕孟蓬生：〈上博竹書（四）閒詁〉，簡帛研究網，（2005年2月15日）取自http://
www.jianbo.sdu.edu.cn/info/1011/1661.htm，2023年8月11日讀取。

〔註479〕張新俊：《上博楚簡文字研究》（長春：吉林大學博士論文，2005年），頁76。

〔註480〕陳斯鵬：《簡帛文獻與文學考論》（廣州：中山大學出版社，2007年），頁104。

〔註481〕李銳：〈《曹劌之陣》釋文新編〉，簡帛研究網，（2005年2月25日）。取自http://
www.jianbo.sdu.edu.cn/info/1011/1690.htm，2023年8月11日讀取。

〔註482〕高師佑仁：《《上海博物館藏戰國楚竹書（四）‧曹沫之陣》研究》下冊（臺北：花
木蘭文化出版社，2008年），頁216～222；邴尚白：〈上博楚竹書《曹沫之陳》注
釋〉，《中國文學研究》第21期（2006年），頁26。

〔註483〕魏宜輝：〈讀上博楚簡（四）箚記〉，簡帛研究網，（2005年3月10日）。取自
http://www.jianbo.sdu.edu.cn/info/1011/1715.htm，2023年8月11日讀取。

〔註484〕〔日〕淺野裕一：〈上博楚簡〈曹沫之陳〉的兵學思想〉，簡帛研究網，（2005年9
月25日）。取自http://www.jianbo.sdu.edu.cn/info/1011/1760.htm，2023年8月11
日讀取。

侯瑞華之意見是最接近「△₁」字之釋讀的，其提出之理據是《說文・口部》「哀」字。侯說不可信。由於此種包覆式形聲字幾乎都是以中間之偏旁作聲符，「哀」字從「衣」得聲僅此一例，故侯說缺乏足夠的證據以支持之。唯仍有一些楚簡文字考釋意見與侯說類似，就是戰國楚文字「襄」在楚簡多讀作「裏」，季旭昇曾指出「裏」字應從「馬」，「衣」聲，季氏以為「衣」（影紐微部三等開口）與「襄」（匣紐微部二等合口）二字在聲音上更為接近。〔註485〕駱珍伊、洪颺及于雪均從季說。〔註486〕可是李鵬輝提出「裏」、「襄」二字在戰國時期有可能是一詞多形之情況，「裏」字是「襄」之特殊寫法。〔註487〕李說似可從。正如上文所言，包覆式形聲字幾乎以中間之偏旁得聲。最重要的是，「衣」、「襄」二字的古音有開合口之別，「襄」字不可能從「衣」聲。由此可見「△₂」字不應該分析作從「土」，「衣」聲。

或說「△₂」字是「哀」之錯字，並讀「依」。由於「口」旁錯寫作「土」旁已見例子，例如「豫」字（《上博簡（四）・曹沫》簡19，也可以變作「」《安大簡（二）・曹沫》簡12），又本文已指出「啓」字誤寫作「墼」字。〔註488〕由此可證「口」旁錯寫作「土」旁之可能確實存在。楚文字「哀」（「」《上博簡（二）・魯邦》簡1）與「△₂」字之差異僅在於中間之偏旁，而且「哀」字與「依」字本有通假的例證。〔註489〕故筆者認為「△₂」字可能是「哀」之錯字，且讀作「依」，訓「靠近」義。

〔註485〕季旭昇主編，陳霖慶、鄭玉姍、鄒濬智合撰：《《上海博物館藏戰國楚竹書（一）》讀本》（臺北：萬卷樓圖書館股份有限公司，2004年），頁143；季旭昇：〈據《上博二・子羔》釋《毛詩・魯頌・閟宮》「上帝是依」〉，載復旦大學出土文獻與古文字研究中心、聊城大學文學院聯合主辦：《第八屆出土文獻與中國文學研究學術研討會會議論文集》，頁13。

〔註486〕駱珍伊：《安徽大學藏戰國竹簡詩經研究》（臺北：國立臺灣大學博士論文，2022年），頁37～38；洪颺、于雪：〈安大簡《詩經》「懷（襄）」字及相關諸字〉，載中國古文字研究會、西南大學漢語言文獻研究所、西南大學出土文獻綜合研究中心編：《古文字研究》第34輯（北京：中華書局，2022年），頁331。

〔註487〕李鵬輝：〈談安大簡《詩經》中的「襄」及其相關字〉，載徐在國主編，安徽大學漢字發展與應用研究中心編：《戰國文字研究》第1輯（合肥：安徽大學出版社，2019年），頁83～92。

〔註488〕詳見本文「啓」字條，本文頁120～126。

〔註489〕高亨纂著，董治安整理：《古字通假會典》（濟南：齊魯書社，1989年），頁486；白於藍編著：《簡帛古書通假大系》（福州：福建人民出版社，2017年），頁577。

綜上所述，「△₁」字應隸定作「琿」，讀「狎」，而「△₂」字有可能是「哀」之誤字，字應分析作從「口」，「衣」聲，讀「依」，「△₁₋₂」二字當訓「近」，指「靠近」義。簡文「弗狎／依危地」應意謂「（駐紮軍隊）不要靠近危險之地方」。

【二】「危」

《安大簡》整理者：「危」，從「尸」從「主」，「主」在古文字裏或用作「跪」，故「危」為雙聲字，在此讀為「危」。〔註490〕

謹案：《上博簡》作「危」（下文將以「△₁」表示），《安大簡》作「危」（下文將以「△₂」表示）。「△₁₋₂」二字讀作「危」當無疑義，可是凡從「坐」（坐）之字一般直接逕釋作「坐」，卻可以讀作「危」、「跪」或「危」聲系之字，字形羅列如下：

A	B	C	D
《包山簡》簡243	《上博簡（六）‧天子（甲）》簡6	《包山簡》簡214	《上博簡（七）‧凡物（甲）》簡2
E	F	G	H
《上博簡（四）‧柬大王》簡18	《上博簡（五）‧君子》簡1	《包山簡》簡237	《上博簡（五）‧季庚子》簡20
I	J	K	L
《清華簡（九）‧治政》簡24	《清華簡（六）‧子產》簡11	《清華簡（六）‧子產》簡3	《清華簡（九）‧治政》簡32

「A」、「C」、「D」、「E」、「G」、「H」、「I」、「J」、「K」、「L」諸字皆讀作「危」。

〔註490〕安徽大學漢字發展與應用研究中心編，黃德寬、徐在國主編：《安徽大學藏戰國竹簡（二）》（上海：中西書局，2022年），頁68。

就此情況，學者已有深入的討論，如陳劍、高師佑仁、程燕、禤健聰，〔註491〕可參。「△₂」字是一種新的寫法，「△₂」字可分拆兩個構件「![圖]」、「![圖]」。先談「![圖]」，《安大簡》整理者以為是從「厂」，唯沒有說解，下文將證成其說。其實「![圖]」當是上「人」下「石」省。「△₂」字與上舉「L」字在構形基本上是一致的，二字之差異僅在於「![圖]」、「![圖]」。上文已言「![圖]」形應是「石」省。戰國楚文字「石」一般在「![圖]」旁下添加一至二道橫筆，而且凡獨體或偏旁使用時可以省略「口」旁，如「石」字（「![圖]」《清華簡（十）‧四時》簡7、「![圖]」《曾乙木匣》）、「石」字（「![圖]」《清華簡（九）‧治政》簡25、「![圖]」《清華簡（九）‧成人》簡2）。更為重要的是，在《上博簡（一）‧緇衣》簡16曾出現一種從「人」從「石」的「危」字寫法，字作「![圖]」（下文將以「△₃」表示），「△₃」字釋作「危」並無疑問，我們假設省略「△₃」字下半的「口」形，這樣就與「△₂」字所從「![圖]」旁完全相同，把「![圖]」旁視作「厂」當無疑義。既然知道「![圖]」形就是「石」省，那麼「![圖]」（石）、「![圖]」（厂）二旁就可以相互替換，「厂」與「石」在楚簡本有大量替換之例，〔註492〕於此不再贅引。這樣就可以視「△₂」、「L」二字為同一字。戰國楚簡表示{危}卻有另外一種異體字形「仚」，〔註493〕字分別作「![圖]」（《郭店簡‧六德》簡17）、「![圖]」（《清華簡（二）‧繫年》簡15）、「![圖]」（《上博簡（六）‧

〔註491〕陳劍：〈上博竹書〈昭王與龔之脽〉和〈柬大王泊旱〉讀後記〉，簡帛研究網，（2005年2月15日）。取自 http://www.jianbo.sdu.edu.cn/info/1011/1667.htm，2023年5月21日讀取；高師佑仁：《上博楚簡莊、靈、平三王研究》（臺南：國立成功大學博士論文，2011年），頁565～574；程燕：〈「坐」、「跪」同源考〉，載中國古文字研究會、復旦大學出土文獻與古文字研究中心編：《古文字研究》第29輯（北京：中華書局，2012年），頁641～643；禤健聰：《戰國楚系簡帛用字習慣研究》（北京：科學出版社，2017年），頁458～459。

〔註492〕可參閱駱珍伊：《上博簡（七）～（九）與清華簡（壹）～（參）字根研究》（臺北：國立師範大學碩士論文，2015年），頁638；孫合肥：《戰國文字形體研究》上冊（北京：中華書局，2020年），頁308；楊柳：《楚系簡帛文字「同義形符替換」現象研究》（合肥：安徽大學碩士論文，2021年），頁51。

〔註493〕「仚」字也見於戰國晉、燕二系文字及傳抄古文，字作燕璽「![圖]」（《璽彙》118）、晉璽「![圖]」（《璽彙》125）、「![圖]」（四1.17孝），並非楚系文字獨有。

孔子》簡14），三字皆從「人」從「山」，象人站在山頂上，會危險之意。學者對於「仚」與「∟」、「△₂」二字當中如何聯繫，學者也沒有多作解釋，筆者認為前者所從「山」旁與後者所從「石」旁或可以偏旁替換。「仚」、「△₃」二字皆是表示{危}，可是學者並無解釋「仚」與「△₃」二字之關係，現在我們可以明確指出「仚」、「△₃」當是一字之異體。「仚」、「△₃」上半皆從「人」，下從則是「山」、「石」二旁替換，雖然「山」、「石」二旁替換例子較少，不過仍見一例，如「（圖）」（《包山簡》簡46）與「（圖）」（《包山簡》簡64）。若此說可信的話，這樣就可以把「仚」、「合」視為一字異體，二字皆釋作「危」。

至於「△₁」字上半所從「（圖）」旁當是從「（圖）（人）」替換而來。楚簡已出現與「△₁」字類似的寫法，如「（圖）」（《上博簡（九）·陳公》簡13）、「（圖）」（《清華簡（十一）·五紀》簡76），「△₁」字與上舉二字在構形上基本一致，只是「（圖）」、「（圖）」二旁的差異，或可從「（圖）」替換作「（圖）」。

綜上所述，「△₁₋₂」二字釋作「危」當無疑問。另外，「△₁」字所從「（圖）」旁當是從「（圖）（人）」旁替換而來。另外，「△₂」字是雙聲字，字從「广」從「至」，二旁皆是聲符。

二、〔告／見〕

《上博簡（四）·曹沫》簡47＋23上：「君必聚羣又（有）司而告之｛曰｝」

《安大簡（二）·曹沫》簡31：「君必聚羣又（有）司而見之曰」

謹案：先談補字問題，《上博簡》較《安大簡》缺一「曰」字，筆者認為《上博簡》當補「曰」字。由於《上博簡（四）·曹沫》書手在抄寫之過程中，已出現多處脫文，如「髦」、「出」、「大」、「而」、「或」、「是」、「未可以」等，而且古書多見「告之曰」句，故《上博簡》簡47＋23上「君必聚羣有司而～之」當補「曰」字。

再談《上博簡》「告」字、《安大簡》「見」字訓釋問題，「告」字當訓「告訴」義，而「見」字當訓「會見」義。《上博簡》作「（圖）」，《安大簡》作「（圖）」。二字並非什麼疑難字，只是用字之差異問題。《上博簡》「告」字訓「告訴」

義。如《助字辨略・卷四》：「告，猶云也。」〔註494〕又《楚辭・九章・懷沙》：「明告君子，吾將以為類兮。」王逸《注》：「告，語也。」〔註495〕又《荀子・君子》：「天子無妻，告人無匹也。」楊倞《注》：「告，言也。」〔註496〕《安大簡》「見」字訓「會見」義。如《左傳・桓公十三年》：「遂見楚子曰：『必濟師。』」〔註497〕又《韓非子・說林下》：「衛將軍文子見曾子」。〔註498〕

　　從這兩種版本來分析，「告」、「見」二字放回簡文釋讀皆文通字順。就本段「論復敗戰之道」來看，魯莊公先問曹沫說「復敗戰有道乎」，曹沫然後回答魯莊公並提出一系列復敗戰的建議。當中「君必聚羣有司而～之曰」一句是模擬國君勉勵有司之說辭，並言「二三子勉之！過不在子在寡人。吾戰敵不順於天。」「告」、「見」二字只是不同之行為動作，並不影響簡文之內容。

三、〔過〕

《上博簡（四）・曹沫》簡23上：「怣（過）不才（在）子」

《安大簡（二）・曹沫》簡31：「䏦〈褐（過）〉不才（在）子」

　　《安大簡》整理者：「褐」，《上博四・曹沫》簡二三上作「怣」，皆讀為「過」。〔註499〕

　　謹案：「骨」字之聲系、「化」字之聲系常與「咼」字之聲系通假。《上博簡》作「」，《安大簡》作「」（下文將以「△」表示）。先談「△」字所從「骨」旁之字形問題，「」旁乃「骨」之錯字。戰國楚文字「骨」有兩種寫法，第一種作「」（《郭店簡・老子（甲）》簡33）、「」（《清華簡（二）・繫年》簡90），第二種作「」（《上博簡（四）・昭王》簡3）、「」（《清華簡（七）・

〔註494〕〔清〕劉洪著，章錫琛校注：《助字辨略》（北京：中華書局，1983年），頁222。

〔註495〕〔宋〕洪興祖撰，黃靈庚點校：《楚辭補注》（上海：上海古籍出版社，2021年），頁223～224。

〔註496〕〔清〕王先謙撰，沈嘯寰、王星賢點校：《荀子集解》（北京：中華書局，1988年），頁449。

〔註497〕〔周〕左丘明傳，〔晉〕杜預注，〔唐〕孔穎達正義：《春秋左傳正義》（北京：北京大學出版社，2000年，嘉慶21年南昌學堂重刊宋本），卷7，頁229。

〔註498〕〔清〕王先慎撰，鍾哲點校：《韓非子集解》（北京：中華書局，2003年），頁185。

〔註499〕安徽大學漢字發展與應用研究中心編，黃德寬、徐在國主編：《安徽大學藏戰國竹簡（二）》（上海：中西書局，2022年），頁68。

子犯》簡 3），對比「△」字所從「」旁後，可以知道「」旁當是第一種寫法之錯訛，其上半之「八」形仍欠一道短橫筆，且「ᐃ」形又訛變作「△」形，可見「△」字右半所從「」旁當是「骨」之錯字。

由於「△」字對應《上博簡》「愬」字，「△」字應讀作「過」。戰國楚文字從「化」聲之字常替換「咼」聲是楚文字之用字特點，不過從現有楚簡材料來看，戰國楚文字「禍」從「骨」得聲，即替換「咼」聲作「骨」聲，其異體又作「祟」，只是從「骨」聲改換「化」聲，「禍」、「祟」二字是表示災禍之｛禍｝的專字。〔註500〕「冎」字即「骨」之初文，「咼」字從「冎」得聲，故「骨」、「咼」二字應是同用諧聲偏旁「冎」。由此可見，「△」字讀作「過」本無疑問。

四、〔御〕、〔卒〕、〔使／延？〕

《上博簡（四）·曹沫》簡29：「燮（御）｛一｝卒（卒）｛二｝史（使）｛三｝兵」

《安大簡（二）·曹沫》簡32：「（御）｛一｝倅（卒）｛二｝（延？）｛三｝兵」

【一】「御」

《上博簡》整理者：「燮卒吏兵」，第一字又見下第四十一簡（引者案：應是簡37上）、正始石經（《左傳·隱公元年》正義引）、《汗簡》第二十六頁背、《古文四聲韻》卷一第二十四頁正並以為古文「虞」字。這裡疑讀為「御卒使兵」。〔註501〕

謹案：可參第三節之第六條考釋，頁65～70。

【二】「卒」

謹案：可參第四節之第五條考釋，頁93～95。

【三】「使／延？」

《上博簡》整理者：第一字又見下第四十一簡，正始石經（《左傳·隱公元年》正義引）、《汗簡》第二十六頁背、《古文四聲韻》卷一第二十四頁正並以為

〔註500〕可詳閱禤健聰：《戰國楚系簡帛用字習慣研究》（北京：科學出版社，2017年），頁146～147。

〔註501〕馬承源主編：《上海博物館藏戰國楚竹書（四）》（上海：上海古籍出版社，2004年），頁262。

古文「虞」字。這裡疑讀為「御卒使兵」。〔註502〕

　　《安大簡》整理者：「从𡴁瞀兵」，《上博四・曹沫》簡二九作「然卒（卒）㕚（使）兵」。關於「从」字的釋寫，參看前注〔五五〕。「从卒」，猶言「從軍」，參軍。「瞀軍」，疑讀為「撚兵」，猶言「執兵」。《說文・手部》：「撚，執也。」或釋「从𡴁瞀兵」，讀為「比卒按兵」。「比」「按」義近。《後漢書・江革傳》「每至歲時，縣當案比」，李賢注：「案驗以比之，猶今兒閱也。」《上博四・曹沫》簡二九「㕚」疑「弁」之訛，當讀為「撚」或「按」。〔註503〕

　　謹案：《上博簡》作「」（下文將以「△₁」表示），《安大簡》作「」（下文將以「△₂」表示）。先談「△₁」字，《安大簡》整理者以為「△₁」字乃「弁」字之訛，其說實不可從。回檢《上博簡（四）・曹沫》書手寫「史」字有兩種寫法，一作「」（簡36），二作「」（簡39），「△₁」字與第一種寫法是一致的。雖然楚文字「弁」（「」《上博簡（一）・詩論》簡22）左右皆有對稱的短撇筆，實與「△₁」字有類似之處，且楚簡亦偶見「弁」、「史」二字混訛之例。〔註504〕不過《上博簡（四）・曹沫》簡36「」對應《安大簡（二）・曹沫》簡22「」。如果把「△₁」字視為「弁」字之訛，也無法與「△₂」字在聲音上作聯繫。「△₂」字本從「狀」聲，「狀」之上古音屬日紐元部，與「弁」字則屬並紐元部，雖然韻部相同，唯聲紐卻相去甚遠，二字也無法通讀。故「△₁」字並非「弁」字之訛，字應隸定作「史」，讀作「使」。

　　至於「△₂」字之釋讀，筆者疑讀作「延」。《安大簡》整理者對於「△₂」字提出兩種說法，第一說是把「△₂」字讀「撚」，訓「執」；第二說是把「△₂」字讀「按」。其說皆不可信。首先，「撚」訓「執」此訓只見《說文・手部》，而且「撚」訓「執」指的是「持取」義，如杜牧〈重送〉：「手撚金僕姑，腰懸

〔註502〕馬承源主編：《上海博物館藏戰國楚竹書（四）》（上海：上海古籍出版社，2004年），頁262。

〔註503〕安徽大學漢字發展與應用研究中心編，黃德寬、徐在國主編：《安徽大學藏戰國竹簡（二）》（上海：中西書局，2022年），頁68。

〔註504〕可詳閱陳斯鵬：〈楚簡「史」、「弁」續辨〉，載中國古文字研究會、吉林大學古文字研究室編：《古文字研究》第27輯（北京：中華書局，2008年），頁400～405。

玉轄轤。」〔註505〕雖然古書有「執兵」一詞，如《左傳・成公二年》「擐甲執兵」。〔註506〕可是《左傳》該文例是「甲」、「兵」並舉，指的是「兵器」義，與簡文「御卒～兵」並不一樣。簡文的「兵」並不是指「兵器」義，皆因簡文「卒」、「兵」並舉，「卒」、「兵」二字當指「士兵」義。故讀作「撚」，訓「執」之意見實不可從。再來談談讀作「按」之問題，「按」（影紐元部）、「肰」（日紐元部）二字無法相通。前者之聲紐屬喉音，後者之聲紐屬舌音，故「△₂」字讀作「按」也不可信。「△₂」字讀「延」在音理上應無問題。由於「△₂」字本從「肰」聲，「肰」字聲系與「延」字聲系已見通假之例，如《老子・第十一章》「埏埴以為器」，〔註507〕《馬王堆・老子甲本》「埏」作「然」，〔註508〕是其證。而且「延兵」一詞已見，如《東觀漢記・傳三・劉玄》「王延兵侵疆」。〔註509〕可是如何與「△₁」字作聯繫，筆者暫無意見，待未來有更多「肰」字聲系之讀法來討論這問題。

五、〔退〕

《上博簡（四）・曹沫》簡24下：「遉〈退〉則見亡」

《安大簡（二）・曹沫》簡33：「遉〈退〉則見亡」

《上博簡》整理者：貴人相居後，則容易潰亡。〔註510〕

《安大簡》整理者：「退則見亡」，《上博四・曹沫》簡二四下作「遉（後）見亡」。「遉」是《說文》「後」字古文。「退」「後」義近。季旭昇說：「見，被動詞，猶今語『被』，說見楊樹達《詞詮》，『見亡』謂『被滅亡』。」（《〈上海博物館藏戰國楚竹書（四）〉讀本》第二○四頁注十二）〔註511〕

〔註505〕吳在慶撰：《杜牧集繫年校注》（北京：中華書局，2008年），頁140。

〔註506〕〔周〕左丘明傳，〔晉〕杜預注，〔唐〕孔穎達正義：《春秋左傳正義》（北京：北京大學出版社，2000年，嘉慶21年南昌學堂重刊宋本），卷25，頁798。

〔註507〕〔東漢〕劉珍撰，吳樹平校注：《東觀漢記校注》（北京：中華書局，2008年），頁262。

〔註508〕〔魏〕王弼注，樓宇烈校釋：《老子道德經注校釋》（北京：中華書局，2008年），頁26。

〔註509〕湖南省博物館、復旦大學出土文獻與古文字研究中心編纂，裘錫圭主編：《長沙馬王堆漢墓簡帛集成》第4冊（北京：中華書局，2014年），頁40。

〔註510〕馬承源主編：《上海博物館藏戰國楚竹書（四）》（上海：上海古籍出版社，2004年），頁258。

〔註511〕安徽大學漢字發展與應用研究中心編，黃德寬、徐在國主編：《安徽大學藏戰國竹簡（二）》（上海：中西書局，2022年），頁69。

謹案：《上博簡》作「」（下文將以「△₁」表示），《安大簡》作「」（下文將以「△₂」表示）。《安大簡》整理者之說法不可信。先秦兩漢古書未見「後」、「退」二字連言或互訓，最主要的原因是「後」、「退」二字之詞性完全不一樣。「後」字多表示方向或時間，「退」則表示動作，且二字之義項也沒有重疊處，故「後」、「退」二字在字書、注疏完全找不到互訓的例證。就算「後退」、「退後」一詞連言，也是近世才出現的詞語，唯詞構也不是並列結構，當屬偏正結構及動賓結構。

或說「後」字乃「退」之訛字。從字形上來看，二字之差異僅在於右上所從，確實有可能形近而誤。從現有出土材料來看，「退」、「後」二字混訛已有例子，如今本《詩・召南・羔羊》「退食自公」，〔註512〕《安大簡（一）》簡31「退」作「後」，《安大簡》整理者指出「（退、後）二字形體相近，『後』蓋因形近被改寫作『退』」。〔註513〕陳劍則認為《安大簡》「後」字應是「退」字之誤寫。〔註514〕又《清華簡（八）・邦道》簡9：「必慮前退」，《清華簡》整理者指出「退」字疑是「後」字之誤。〔註515〕從這兩則證據可以說明「退」、「後」二字確實存在訛誤的可能。而且從文意上來看，「退」字確實優於「後」字。不過尉侯凱以為「退」、「後」二字在字形上的差異較為明顯，二字混訛之可能很小，並指出「退」、「後」二字之本義密切，且以《商君書・慎法》「後功力而進仁義」為證來否定戰國竹簡所見「退」、「後」二字混訛的說法。〔註516〕必須說明的是上文已談及「退」、「後」二字在字義上本無任何關係，且《商君書・慎法》此例屬孤證，頗疑《商君書・慎法》「後」字並非指「退」義，〔註517〕而是指「以某某為後」之「後」義，屬古漢語常見的「意動用法」，如《商君

〔註512〕〔漢〕毛亨傳，〔漢〕鄭玄箋，〔唐〕孔穎達疏：《毛詩正義》（北京：北京大學出版社，2000年，嘉慶21年南昌學堂重刊宋本），卷1，頁99。

〔註513〕安徽大學漢字發展與應用研究中心編，黃德寬、徐在國主編：《安徽大學藏戰國竹簡（一）》（上海：中西書局，2019年），頁90。

〔註514〕陳劍：〈簡談安大簡中幾處攸關《詩》之原貌原義的文字錯訛〉，載鍾柏生、季旭昇主編：《中國文字》2019年冬季號（臺北：萬卷樓圖書股份有限公司，2019年），頁12～13。

〔註515〕李學勤主編，清華大學出土文獻研究與保護中心編：《清華大學藏戰國竹簡（捌）》下冊（上海：中西書局，2018年），頁141。

〔註516〕尉侯凱：〈說「退」、「後」〉，武漢網，（2019年10月9日）。取自 http://www.bsm.org.cn/?chujian/8148.html，2023年3月24日讀取。

〔註517〕此蒙黃師耀堃提示，謹致謝忱。

書・錯法》：「故人君者先便請謁而後功力」、〔註518〕《荀子・富國》：「百姓之力，待之而後功」，〔註519〕均與《商君書・慎法》「後」字之用法如出一轍，《商君書・慎法》整句即意謂「把功勞、功業放在最後且先行仁義」。而且楚文字「遂」只見表示｛後｝、｛厚｝及｛后｝之音義，〔註520〕從來未見表示｛退｝。綜合考慮後，尉說不可信。由於簡文下一句「進則祿爵有常」與本句「～則見亡」是對文關係，「退」、「進」本是概念相反的一組字，在傳世古書或出土文獻多見「進」、「退」對文，如《吳子・治兵》：「進有重賞，退有重刑」。〔註521〕又《孫子・軍爭》：「勇者不得獨進，怯者不得獨退」。〔註522〕又《清華簡（七）・晉文公》簡 5：「為升龍之旗，師以進。為降龍之旗，師以退」。又《上博簡（八）・顏淵》簡9：「進者勸行，退者知禁」。由此可證「△₁」字當是「退」字之形近訛字。

　　值得注意的是，「△₂」字右下所從類「力」旁（即「⼒」）。古文字「退」本從「夂」旁（倒足形），《安大簡（二）・曹沫》書手寫「退」字凡二見，除了「△₂」字外，仍有「」（簡18），「△₂」字右上已從「日」旁訛作「目」旁，不過從「目」旁的「退」已見，如「」（《上博簡（四）・相邦》簡4）、「」（《行氣玉銘》）。唯「△₂」字右下所從類「力」旁首見，即「夂」旁訛誤作類「力」旁。由於「夂」旁的斜筆從不作「⼓」形，故「△₂」字右下或應該從「力」旁。

六、〔盤〕

《上博簡（四）・曹沫》簡50：「遉（復）盤戰（戰）又（有）道虖（乎）？」
《安大簡（二）・曹沫》簡33：「遉（復）𥼶〈盤〉戰（戰）又（有）道虖（乎）？」

〔註518〕周立昇、趙呈元、徐鴻修、錢曾怡、董治安、葛懋春編著：《商子匯校匯注》（南京：鳳凰出版社，2017年），頁356。

〔註519〕〔清〕王先謙撰，沈嘯寰、王星賢點校：《荀子集解》（北京：中華書局，1988年），頁182。

〔註520〕陳斯鵬：《楚系簡帛中字形與音義關係研究（修訂本）》（上海：中西書局，2022年），頁37～38。

〔註521〕陳曦集釋：《吳子集釋》（北京：中華書局，2021年），頁132。

〔註522〕〔春秋〕孫武撰，〔三國〕曹操等注，楊丙安校理：《十一家注孫子校理》（北京：中華書局，2012年），頁184。

　　《上博簡》整理者：即「盤戰」，待考，疑與下文「盤就行□人」有關。〔註523〕

　　《安大簡》整理者：「遑盥戰又道〔虖〕」，《上博四・曹沫》簡五十作「遑（復）盤戰又（有）道虎（乎）」。「盥」，從「皿」，「觓（從「又」，「胖」聲）聲」，「盤」之異體。或說此字就是「盤」字（黃德寬）。「復」，再，參注〔一〇八〕。「復盤戰」即「再盤戰」。《左傳・襄公二十三年》：「齊侯還自晉，不入，遂襲莒。門于且于，傷股而退。明日，將復戰，期于壽舒。」此「將復戰」與簡文用語相同。據下文「以盤邊行」之「盤」也應該讀為「便」。古代兵書往往以「便」指地形便利，如《六韜・豹韜・林戰》：「使吾三軍分為衝陳……斬除草林，極廣吾道，以便戰所。」又：「林戰之法……林間木疏，以騎為輔，戰車局前，見便則戰，不見便則止。」據下文簡五二「明日復陳」，「盤戰」應該是指陣地戰。從這一點來說，把「盤戰」讀為「便戰」也是合理的。「便戰」指在地形便利的陣地作戰。〔註524〕

　　滕勝霖：我們認為黃說可從，這裏試對「盥」的變化作以下分析。「盤」字左上的「舟」（「」）逐漸分離成一撇筆加「肉」旁，如簡 34「」左上「」的寫法。「舟」「肉」形近，清華簡《封許之命》簡 7「盤」字（「」）所从的「舟」就直接寫成了「肉」。「盤」字右上「攴」旁中的「卜」有時會寫成一折筆，如《上博六・競》「效」字寫作「」（簡 2）、「」（簡 5）……「盤」所从的「舟」寫成「肎」在本篇中不是個例，這可能與抄手的個人習慣有關。簡 2「愈」字寫作「」，「俞」及从「俞」的字寫作「」（安大簡《詩經》105）、「」（安大簡《詩經》106）、「」（鄂君啟舟節，《集成》12113）等，「」中間的「肎」即是「舟」分離成一撇和「肉」後，和右邊一筆組成了「肎」。〔註525〕

　　劉新全：那麼「盤戰」最好的理解就應該按照邢尚白、朱賜麟、季旭昇之說理解成戰況膠著之意……上文提到朱賜麟之說實際上已經把「盤」和「盤桓」一詞聯繫起來了，而典籍中「盤」單用就可以表示「盤桓」、「盤桓不去」

〔註523〕馬承源主編：《上海博物館藏戰國楚竹書（四）》（上海：上海古籍出版社，2004 年），頁 276。

〔註524〕安徽大學漢字發展與應用研究中心編，黃德寬、徐在國主編：《安徽大學藏戰國竹簡（二）》（上海：中西書局，2022 年），頁 69。

〔註525〕滕勝霖：〈安大簡《曹沫之陣》「盤」補說〉，載安徽大學漢字發展與應用研究中心編，徐在國主編：《戰國文字研究》（合肥：安徽大學出版社，2023 年），頁 74～75。

之意。比如,《史記‧屈原賈生列傳》:「般紛紛其離此尤兮」,「般」即「盤」字,司馬貞索隱:「般,槃桓也。」裴駰集解:「般,或曰盤桓不進」。所謂即「盤桓不進」有時間久的含義,「般紛紛其離此尤兮」之「盤」,《文選》李善注引李奇之說訓為「久」。至此,我們知道,「盤戰」就是「盤桓」(戰況膠著)的持久戰。〔註 526〕

　　謹案:《上博簡》作「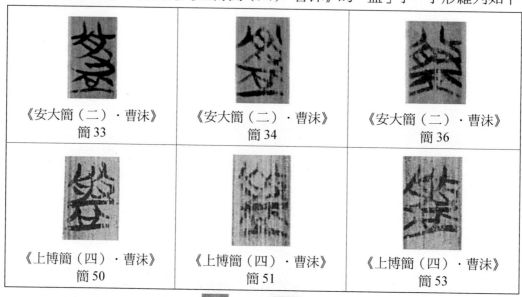」(下文將以「△₁」表示),《安大簡》作「」(下文將以「△₂」表示)。筆者認為「△₂」字已無法嚴式隸定,應視為「盤」之誤字。由於「△₁」字對應「△₂」字,不過《安大簡(二)‧曹沫》其他部分也出現類似之字形,皆對應《上博簡(四)‧曹沫》的「盤」字,字形羅列如下:

《安大簡(二)‧曹沫》簡 33	《安大簡(二)‧曹沫》簡 34	《安大簡(二)‧曹沫》簡 36
《上博簡(四)‧曹沫》簡 50	《上博簡(四)‧曹沫》簡 51	《上博簡(四)‧曹沫》簡 53

《安大簡》整理者把「△₂」、「」及「」三字皆隸定作「盥」,從「皿」,「叔」(從「又」,「胖」聲)聲,視為「盤」的異體,又或其中一位整理者黃德寬提出《安大簡》三字就是「盤」字,後來滕勝霖亦從黃氏之說,滕氏指出「舟」、「肉」形近,以及「盤」字右上「支」旁的「卜」形會寫成一折筆,以及「舟」形的最上方的折筆只是從「舟」形分離出來的。

　　筆者亦認為《安大簡》三字都是「盤」字,只是「△₂」字之左上應該是「舟」的訛變。由於「舟」形的最上方的那一筆(折筆、直筆)與「舟」形分離出來

〔註 526〕劉新全:〈據《左傳》校讀《曹沫之陣》「復盤戰」問對〉,載西北師範大學文學院簡牘研究中心:《第二屆簡牘學與出土文獻語言文字研究學術研討會論文集》(2023年),頁 358〜359。

應是常態。其實楚文字「舟」或是从「舟」的字有三種寫法：第一種寫法是與「肉」字接近（A類寫法）；第二種寫法是楚文字「受」截取出來（B類寫法）；第三種是類「用」形（C類寫法），字形如下：

A類	《上博簡（一）・詩論》簡26	《包山簡》簡168
B類	《清華簡（七）・越公》簡59	《包山簡》簡157
C類	《郭店簡・成之》簡35	《清華簡（十一）・五紀》簡74

從上述三種寫法可以發現，A類的那一撇筆開始接近「舟」的本體，也與「肉」字接近。B類則是明顯與「舟」的本體分離，可以視為標準的寫法。C類則是異於A、B二類之寫法。從三種寫法可以得知，「夕」之左上的一筆漸有拉長之勢，則可以推測《安大簡》三字之類似「肉」形其實就是受上述情況的影響，導致與「肉」字形近而訛。而且「舟」字之最上方的那一筆有時可以寫作「丿」形，又或是「丿」形，如「夕」（《郭店簡・成之聞之》簡35）、「」（《上博簡（三）・彭祖》簡1）、「」（《上博簡（三）・彭祖》簡8）。

另外，「△」字之右上「支」旁的「L」形。滕文已指出「卜」形有時候會寫成「L」形，筆者認為「L」形、「卜」形常存在混訛之情況，如「孔」字、「亡」字及「鼓」，字形如下：

孔	《上博簡（一）・詩論》簡1	《上博簡（二）・民》簡1

亡	《包山簡》簡 171	《上博簡（二）·民》簡 5
鼓	《上博簡（四）·曹沫》簡 52	《安大簡（二）·曹沫》簡 36

上述三例已證「L」形、「卜」形常混訛，即說明《安大簡》的「盤」字有很大的可能是「L」形、「卜」形互訛之現象。故《安大簡（二）·曹沫》中的「△」字之左上方其實就是「舟」旁之訛變，《安大簡（二）·曹沫》書手誤寫「舟」旁作从「丿」从「肉」。另外，「△」字的右上也是把「卜」形寫作「L」形。

關於「盤戰」、「以盤就行」之釋讀問題，筆者暫無意見，待考。學者以往把「盤」字讀作「返」、「瘢」、「偏」云云。〔註527〕高師佑仁已對讀作「瘢」之意見有所評論，〔註528〕可參。不過讀作「返」、「偏」是較為晚出之意見，筆者認為二說仍有疑問。先談讀為「返」之問題，《上博簡（四）·曹沫》簡 51 下、《安大簡（二）·曹沫》簡 32 已見「反」字，如「」、「」，就用字習慣來看，把「盤」字讀「返」之可能很低。再談讀「偏」之問題，楚簡只見以「芚」字（「」《郭店簡·老子（丙）》簡 8）表示｛偏｝，暫未見有他字表示｛偏｝，且「扁」字聲系與「般」字聲系也未見通假之例證，故「盤」字讀「偏」不無疑問。最後，邴尚白以為「盤」字有回旋、回繞之義，並指出「盤戰」意謂「與敵人周旋，戰況膠著」之意思。〔註529〕可是把「回旋、回繞」義

〔註527〕單育辰指出：「吳振武師告訴筆者，此處的『盤』從文義上看，似應讀為『返』。『盤』古音並紐元部，『返』古音幫紐元部，二字古音極近。比如《古璽彙編》0640號的『』就應是『盤』字，但右上從『反』。『盤戰』猶『返戰』……」引自單育辰：《《曹沫之陳》文本集釋及相關問題研究》（長春：吉林大學碩士論文，2006 年），頁 98；〔日〕淺野裕一：〈上博楚簡〈曹沫之陳〉的兵學思想〉，簡帛研究網，（2005 年 9 月 25 日）。取自 http://www.jianbo.sdu.edu.cn/info/1011/1760.htm，2023 年 8 月 20 日讀取；董珊：〈《曹沫之陳》中的四種「復戰」之道〉，收入氏著：《簡帛文獻考釋論叢》（上海：上海古籍出版社，2014 年）頁 45～48。

〔註528〕高師佑仁：《《上海博物館藏戰國楚竹書（四）·曹沫之陣》研究》下冊（臺北：花木蘭文化出版社，2008 年），頁 248。

〔註529〕邴尚白：〈上博竹書〈曹沫之陳〉注釋〉，《中國文學研究》第 21 期（2006 年），頁 27。

放回簡文「以盤就行」釋讀，又當如何解釋及語譯，故不取邴說。綜合上述之考慮，筆者認為「盤」字應如字讀，在訓釋上仍待考。

七、〔死？〕、〔傷〕

《上博簡（四）・曹沬》簡 51 上：「則（測）戠（死？）厇（度）剔（傷）」

《安大簡（二）・曹沬》簡 34：「測斯（死？）厇（度）則〈剔（傷）〉」

　　《上博簡》整理者：「戠厇」，待考。〔註 530〕

　　《安大簡》整理者：「測斯厇則」，《上博四・曹沬》簡五一上作「則戠厇剔」。「戠」即「斯」之異體，「厇則」之「則」乃「剔」形近而誤。「厇」是古文「宅」，白於藍讀為「度」（參《〈曹沬之陳〉新編釋文及相關問題探討》，《中國文字》新三十一期第一二一、一二六頁，臺北藝文印書館二〇〇六年），可從。「測斯厇則」「則戠厇剔」，應讀為「測死度傷」。上古音「斯」屬心母支部，「死」屬心母脂部，二字聲母相同，韻部關係密切。《釋名・釋喪制》：「死，澌也，就消澌也。」像這樣以从「斯」的「澌」為「死」的聲訓，還見於《白虎通義・崩薨》、《風俗通義・怪神》、《說文》「死」、《禮記・曲禮》、《檀弓》鄭玄注等。《廣雅・釋詁一》：「測，度也。」「度」有計之義。《禮記・少義》「不度民械」，陸德明《釋文》：「度，計也。」「測死度傷」句意謂統計死傷人數。古書有「測度」連用的例子。《禮記・禮運》：「人藏其心，不可測度也。」〔註 531〕

　　質量復位：簡 34「測斯（死）厇（度）則」之「則」不是「剔」的形近誤字，按照用字習慣，其可讀為「賊」。「賊」有「傷」的意思（《故訓匯纂》P2184）。傳世古書中可見「賊傷」的表述，如《墨子・號令》：「詐為自賊傷以辟事者，族之。」《易林・井之蠱》：「無事召禍，自取災殃；畜狼養虎，必見賊傷。」「賊傷」當是同義連用。「賊」與「傷」是一對同義的異文。〔註 532〕

〔註 530〕馬承源主編：《上海博物館藏戰國楚竹書（四）》（上海：上海古籍出版社，2004 年），頁 277。

〔註 531〕安徽大學漢字發展與應用研究中心編，黃德寬、徐在國主編：《安徽大學藏戰國竹簡（二）》（上海：中西書局，2022 年），頁 69。又見於李家浩：〈上博楚簡《曹沬之陳》「復盤戰」一段文字義疏〉，載安徽大學漢字發展與應用研究中心編，徐在國主編：《戰國文字研究》第 5 輯（合肥：安徽大學出版社，2022 年），頁 55～56。

〔註 532〕質量復位：〈安大簡《曹沬之陳》初讀〉，武漢網，跟帖第 12 樓，2022 年 8 月 25 日（2022 年 2 月 20 日上網）。

劉新全：《曹沫之陣》「測死度傷」對應《左傳》「命軍吏察夷傷」。「測死度傷」意為統計死傷的人數。〔註533〕

謹案：《上博簡》作「」（下文將以「△₁」表示），《安大簡》作「」（下文將以「△₂」表示）。「△₁₋₂」二字似有可能讀作「死」。二字右半所從不同，「△₁」字從「戈」，「△₂」字從「斤」。對於「△₁」字的構形分析及釋讀，學者有不同的意見：

（一）陳劍以為「△₁」字從「斯」省從「戈」，讀作「廝」。並把「尾」字讀作「徒」，即古書常見的「廝徒」。〔註534〕李銳從之。〔註535〕

（二）高師佑仁以為「△₁」字是「斯」之異體，「戈」、「斤」二旁可以偏旁替換，並從陳劍之讀法。〔註536〕

（三）陳斯鵬以為「△₁」字左半從「認」、「丌（亓）」，右半從「戈」，是「旗」之異體，亦是戰旗之專字。〔註537〕後來陳氏改從《安大簡》整理者之說法。〔註538〕

（四）白於藍以為「△₁」字應讀作「訾」，指「揆度」義。〔註539〕

（五）連劭名以為「△₁」字應讀作「寄」。〔註540〕

現在看來，高師佑仁對「△₁」字的構形分析應可信。既然「△₁」字對應「△₂」字，二字之差異僅在於右半所從，「戈」、「斤」二旁或可以替換，故「△₁」字應

〔註533〕劉新全：〈據《左傳》校讀《曹沫之陣》「復盤戰」問對〉，載西北師範大學文學院簡牘研究中心：《第二屆簡牘學與出土文獻語言文字研究學術研討會論文集》（2023年），頁354。

〔註534〕陳劍：〈上博竹書《曹沫之陳》新編釋文〉，收入氏著：《戰國竹書論集》（上海：上海古籍出版社，2013年），頁120～121。

〔註535〕李銳：〈《曹劌之陣》釋文新編〉，簡帛研究網，（2005年2月25日）。取自http://www.jianbo.sdu.edu.cn/info/1011/1690.htm，2023年8月11日讀取。

〔註536〕高師佑仁：《《上海博物館藏戰國楚竹書（四）·曹沫之陣》研究》下冊（臺北：花木蘭文化出版社，2008年），頁251～253。

〔註537〕陳斯鵬：《簡帛文獻與文學考論》（廣州：中山大學出版社，2007年），頁104。

〔註538〕陳斯鵬言：「修訂本言：安大簡二《曹沫之陣》34與『旐』對應之字是『斯』（），整理者讀{死}，或是。然則此處關於『旐』的釋讀意見可能是錯的。」引自陳斯鵬：《楚系簡帛中字形與音義關係研究（修訂本）》（上海：中西書局，2022年），頁151。

〔註539〕白於藍：〈《曹沫之陳》新編釋文及相關問題探討〉，《中國文字》新31期（2006年），頁126。

〔註540〕連劭名：〈戰國楚竹書叢考〉，《文物春秋》第4期（2016年），頁28。

該隸定作「斯」，是「斯」之異體。既然釐清了「△₁」字之構形分析問題，也可以先排除陳斯鵬的說法。現在的問題是該句簡文當如何釋讀，筆者認為《安大簡》整理者之意見應可備一說。先談連劭名之說法，其說不可信。在傳世古書、出土文獻未見「奇」字聲系與「其」字聲系有通假之例。再談白於藍之說法，其說也不可從。由於《上博簡（四）‧曹沫》簡 51 上「則」字對應《安大簡（二）‧曹沫》簡 34「測」字，直接把「則」字讀「測」，且「測」字本身就有「測度」義，那麼「則」字就沒有需要以破讀之方法來疏通。筆者支持《安大簡》整理者之意見，把《上博簡》「則」字讀「測」，在聲音上更為密合。只是《安大簡》整理者把「△₁₋₂」二字讀作「死」恐有疑問。兩種版本的〈曹沫之陳〉多見以「死」字表示 {死}，字形羅列如下：

《上博簡》					
	簡 44	簡 45	簡 47	簡 54	簡 58
《安大簡》					
	簡 18	簡 28	簡 29	簡 31	簡 39

可見〈曹沫之陳〉以「死」字表示 {死} 在用字習慣上是非常穩定的，故筆者在此暫信從《安大簡》整理者之說法，並表示讀法存疑。至於陳劍之說法仍有疑問，雖然「廝徒」一詞在古書常見，可是把「尸」字讀作「徒」仍出現如「△₁₋₂」二字讀作「死」之情況，〈曹沫之陳〉已見「徒」字，字作：

《上博簡》			
	簡 32	簡 58	簡 58
《安大簡》			
	簡 18	簡 18	簡 35

可見〈曹沫之陳〉以「徒」字表示 {徒} 在用字習慣上也非常穩定。既然《安大

簡》「測」字對應《上博簡》「則」字，而且《安大簡》整理者也羅列了「死」與「斯」在聲音上有關係之證據，是有可能如《安大簡》整理者所說，把「△₁₋₂」二字讀作「死」，放回簡文「測～度傷」釋讀也頗為順暢，而且該段談「復盤戰」，上文有「繕甲利兵，明日將戰」，都是準備戰爭之狀態，才需要統計軍中的傷亡之人數以準備好復盤戰。

再來談「則」、「剔」二字之問題，筆者支持《安大簡》整理者之說法，「則」字乃「剔」之訛字，二字皆讀作「傷」。《上博簡》作「[圖]」，《安大簡》作「[圖]」。

在未有《安大簡》版本的時候，有學者以為《上博簡》「剔」字應讀作「佯」，指「佯裝」義。〔註541〕可是簡文「測死度～」當是一組動賓結構，即「v＋n＋v＋n」之詞組結構，故把字讀作「佯」、「煬」當有問題。後來有了《安大簡》版本，《安大簡》整理者以為「則」字乃「剔」之訛，又或網友質量復位以為「則」字當非訛字，而是讀作「賊」，訓「傷」。其說不可信。由於簡文「剔（傷）」字當用作名詞，而在古書中「賊」訓「傷」當是動詞，指「傷害」義，如《玉篇·戈部》：「賊，傷害人也。」〔註542〕又《詩·大雅·抑》：「不僭不賊」，〔註543〕故網友質量復位之意見可排除。既然「則」、「剔」二字在字形上本接近，二字右半從「刀」旁，其差異僅在於左半，是有可能發生「剔」字訛寫作「則」字，故《安大簡》整理者之意見可信。

綜上所述，「△₁₋₂」二字似可以讀作「死？」，只是兩個版本的〈曹沫之陳〉多見「死」字，在此通假不無疑問。另外，《安大簡》「則」字乃《上博簡》「剔」之訛字，並釋讀作「傷」。簡文「測死度傷」有可能意謂「統計傷亡人數」。

八、〔明〕

《上博簡（四）·曹沫》簡31：「昷＝（明日）牁（將）戰（戰）」

《安大簡（二）·曹沫》簡34：「盟（明）日牁（將）戰（戰）」

〔註541〕高師佑仁：《《上海博物館藏戰國楚竹書（四）·曹沫之陣》研究》下冊（臺北：花木蘭文化出版社，2008年），頁253～254。

〔註542〕〔南梁〕顧野王撰：《宋本玉篇》（北京：中國書店，1983年，根據張氏澤存堂本影印），頁316。

〔註543〕〔漢〕毛亨傳，〔漢〕鄭玄箋，〔唐〕孔穎達疏：《毛詩正義》（北京：北京大學出版社，2000年，嘉慶21年南昌學堂重刊宋本），卷18，頁1377。

　　《上博簡》整理者：，疑是「盟」字之省。「盟」字內含「明」、「日」，或以合文讀為「明日」。〔註544〕

　　李家浩：「朙」見於甲骨文、金文、上博簡《子羔》2號等……「朙」當是《說文》囧部「盟」字正篆「盟」的異體，「盟」從「明」聲，故「朙（盟）」可以讀為「明」。〔註545〕

　　謹案：《上博簡》作「＠」（下文將以「△₁」表示），《安大簡》作「＠」（下文將以「△₂」表示）。「△₁₋₂」二字當是異體關係。對於「△₁」字之字形分析，高師佑仁已有詳細之考釋意見，〔註546〕高說似有可商之空間。不過「△₁」字之寫法亦見於「＠＠」（《上博簡（八）·王居》簡5）、「＠」（《清華簡（十）·四時》簡19），二字皆是以「合文」方式來表示「明日」一詞，與常見的「朙（盟）」字（「＠」《清華簡（九）·禱辭》簡22、「＠」《上博簡（二）·子羔》簡2、「＠」《安大簡（一）·詩·無衣》簡59）寫法不一樣，「△₁」、「＠」及「＠」三字在「日」、「皿」二旁中間多出弧筆，高師佑仁以為弧筆為「血」字之表意符號，只是與一般所見的「血」字寫得誇張。古文字「皿」、「血」二旁凡用作偏旁時本可以替換，不過楚文字「朙（盟）」之寫法在楚簡已大量出現，均未見「朙（盟）」下從「血」旁，只有以「合文」的「朙（盟）」才有弧筆，暫未有足夠之材料來說明此問題，故暫不從高說。

　　對於「△₁」字之隸定問題，以往會嚴式隸定作「朙」，既然「△₁」字對應「△₂」字，只是省略「月」形，可視為「盟」之省聲字，故「△₁」字可以直接嚴式隸作「朙（盟）」，讀作「明」，不必為「△₁」字另外創立新的隸定。

〔註544〕馬承源主編：《上海博物館藏戰國楚竹書（四）》（上海：上海古籍出版社，2004年），頁263。

〔註545〕李家浩：〈上博楚簡《曹沫之陳》「復盤戰」一段文字義疏〉，載安徽大學漢字發展與應用研究中心編，徐在國主編：《戰國文字研究》第5輯（合肥：安徽大學出版社，2022年），頁58。

〔註546〕高師佑仁：《《上海博物館藏戰國楚竹書（四）·曹沫之陣》研究》下冊（臺北：花木蘭文化出版社，2008年），頁274～277。

九、〔盡〕、〔食〕、〔車〕、〔載〕

《上博簡（四）・曹沫》簡 32：「亓（其）迋（將）銜（帥）聿（盡）〔一〕剔〈飤（食）〉〔二〕，戟（車）〔三〕連（輦）皆栽（載）〔四〕」

《安大簡（二）・曹沫》簡 34-35：「亓（其）遅（將）銜（帥）既（盡）〔一〕飤（食）〔二〕，軙〈軙（車）〉〔三〕連（輦）皆載〔四〕」

【一】「盡」

謹案：《上博簡》作「（字形）」，《安大簡》作「（字形）」。《上博簡》「盡」字、《安大簡》「既」字本同義。古書之注疏、字書多見「既」訓「盡」，〔註547〕故「盡」、「既」二字應是一組義近異文。

【二】「食」

《安大簡》整理者：「亓遅銜既飤」，《上博四・曹沫》簡三二作「亓遅銜聿剔」。「亓遅銜既飤」，讀為「其將帥既食」，將帥已經吃完。《上博四・曹沫》簡三二整理者把「聿剔」讀為「盡傷」，聯繫上下文，略顯突兀，不如「既飤」順暢。疑「剔」是「飤」字之訛，讀為「食」。〔註548〕

李家浩：疑此句「剔」是「飤」字的訛誤，讀為「食」。古代兵書多強調將帥與士卒同甘共苦。例如《尉繚子・戰威》：「夫勤勞之師，將必從己先……軍食熟而食。」據諜人說，客方「其將帥盡食」，言外之意是客方士卒還未食。說明客方將帥不能與士卒同甘共苦，明天「復盤戰」，客方士卒不會為其將帥賣命奮戰。這一點對主方來說是十分有利的。〔註549〕

謹案：《上博簡》作「（字形）」（下文將以「△₁」表示），《安大簡》作「（字形）」（下文將以「△₂」表示）。《安大簡》整理者之意見可從。二字之差異在於左半所從，前者從「易」，後者卻從「食」。古文字從未見過「易」、「食」有訛誤

〔註547〕可詳閱宗福邦、陳世鐃、蕭海波主編：《故訓匯纂》（北京：商務印書館，2003 年），頁 1004。

〔註548〕安徽大學漢字發展與應用研究中心編，黃德寬、徐在國主編：《安徽大學藏戰國竹簡（二）》（上海：中西書局，2022 年），頁 70。

〔註549〕李家浩：〈上博楚簡《曹沫之陳》「復盤戰」一段文字義疏〉，載安徽大學漢字發展與應用研究中心編，徐在國主編：《戰國文字研究》第 5 輯（合肥：安徽大學出版社，2022 年），頁 59～60。

之例，字形差異頗大，亦難以找到相同之訛誤演變例子。加上《上博簡》多見「飤（食）」、「剔（傷）」，《上博簡》、《安大簡》二位書手寫「飤（食）」、「剔（傷）」二字仍然區分甚明，《上博簡》、《安大簡》「飤（食）」、「剔（傷）」分別作：

	飤		剔	
《上博簡》	（簡11）	（簡15）	（簡47）	（簡51）
《安大簡》	（簡8）	（簡13）	（簡29）	（簡31）

楚文字「飤（食）」所從「食」旁省略「亼」旁即是「皀」，如「　」（《包山簡》簡247）、「　」（《上博簡（五）‧鮑叔牙》簡6）。當然只要「食」省略「亼」形（即「　」、「　」），即「易」、「皀」二字之差別就僅在於「　」、「　」（或作「　」）等構件。

不過案【三】「載」字條之考釋來看，簡文「車輦皆載」一句當是敵方做好開戰準備，就簡文理解上，把「△₁」字放回簡文釋讀確實不好理解，「△₁」字有可能是「△₂」字之訛誤，「易」、「食」訛誤之現象值得留意，待未來之出土材料再討論。李家浩以為簡文「其將帥盡食」言外之意指的是敵方的士卒仍然未食，說明敵方的將帥不能與士卒同甘共苦。筆者認為李說在沒有足夠之證據下，不應作過多的揣測。綜上所述，二字當釋讀作「食」，簡文「其將帥盡食」意謂「敵方的將領已經食飽」。

【三】「車」

高師佑仁：「載」、「軟」是「車」字異體，沒有疑義。真正有爭議的是它們與「車」字的關係，針對這個問題，學界有兩種觀點：1.認為「載」是《說文》籀文「　」的省形……2.認為「載」是在「車」字上增添「戈」旁的異體……細審「車」字的演變脈絡與流變，主張「載」是由籀文「　」簡省而來之選項（即第一種說法），其實並不可信。我們先將「車」字的演變歷程列出如下：

代稱	商代	西周			春秋			戰國		
		早	中	晚	早	中	晚			
車1	合集36481	大盂鼎	楷仲簋	克鎛		子犯鐘		（無）		
車2	合集11456	雁公簋	同卣	寏車父壺	奚子宿車鼎	祝公簠蓋	叔尸鎛	包271	望2.5	曾67

……依據前文所擬的演變脈絡圖來看，車1寫法春秋中期以後就消失得無影無蹤，那麼戰國時代的「軡」更可能是在「車」（也就是「車2」）的結構上，添加「戈」旁義符，而安大簡的「軡」則是偏旁替換所致，「戈」、「攴」替換是古文字的常態。〔註550〕

　　謹案：《上博簡》作「　」（下文將以「△1」表示），《安大簡》作「　」（下文將以「△2」表示）。高師佑仁之說法正確可從，不過「△2」字應隸定作「軡」，是「軡」之訛字。在西漢文字曾出現一字作「　」（《銀雀漢簡・孫臏》簡298），駢宇騫描摹作「軡」，並言是「軡（軡）」之異體。〔註551〕後來張海波重新整理及出版《銀雀漢簡》，字作「　」（《銀雀漢簡・孫臏・陳忌問壘》簡7），並把該字隸釋作「軡」。〔註552〕可以發現該字左半應從「車」旁（「　」《銀雀漢簡・孫臏・五教法》簡5），唯辭例作「壘上弩～分」，而且西漢文字已見「軡」字之寫法，如「　」（《馬王堆・遣三》簡15.3），故釋作「軡」文從字順。不過字應嚴式隸定作「軡」，是「軡」之訛字。再來討論「△1」字這種特殊寫法，「△1」字剛好與「　」同形而已，二字當無關係，亦說明「△1」字這種特殊寫法可能到了秦漢時期就已經消失殆盡。

〔註550〕高師佑仁：〈安大簡《曹沫之陳》補釋〉，（待刊於《興大人文學報》）。
〔註551〕駢宇騫編著：《銀雀山漢簡文字編》（北京：文物出版社，2001年），頁298。
〔註552〕山東博物館、中國文化遺產研究院編，張海波整理：《銀雀山漢墓簡牘集成〔貳〕》（北京：文物出版社，2021年），頁17。

　　另外，「△₂」字所從「攴」旁當是「反」之訛變。《安大簡（二）‧曹沫》書手寫「攴」旁主要有三種寫法，如「」（簡 45）、「」（簡 43）、「」（簡 2），前兩種是常見「攴」的寫法，可是第三種「攴」的豎筆很長，與「反」字（「」《清華簡（二）‧繫年》簡 2）寫法一致。由此可見，「△₂」所從「反」旁是「攴」之訛變。值得注意的是，「△₂」字與《說文》「軓」剛好同形，二字當無涉。《說文》已見「（軓）」字，《說文‧車部》：「軓，車耳反出也。从車，从反，反亦聲。」〔註 553〕不過「△₂」字當讀作「車」，而《說文》「軓」字則從「反」聲，二字只是同形關係。綜上所述，「△₂」字應嚴式隸定作「軓」，是「軗」之訛字。

　　【四】「載」

　　《上博簡》整理者：「載連皆栽」，待考。〔註 554〕

　　《安大簡》整理者：「軗連皆載」，《上博四‧曹沫》簡三二作「載連皆栽」，均讀為「車輦皆載」。「軗」，從「攴」，「車」聲，古文字「攴」「戈」二旁通。《周禮‧地官‧鄉師》「大師旅會同，正治其徒役與其輂輦」，鄭玄注：「輂，駕馬；輦，人輓行。所以載任器也，止以為蕃營……故書『輦』作『連』。鄭司農云：『連讀為輦。』」又《小司徒》「乃頒比灋于六鄉之大夫，使各登其鄉之眾寡、六畜、車輦」，賈公彥疏：「車，謂革車及大車；輦，人挽行。」「車輦」包括馬駕的輜重、牛駕的輜重和人挽的輜重車。〔註 555〕

　　謹案：《上博簡》作「」（下文將以「△₁」表示），《安大簡》作「」（下文將以「△₂」表示）。「△₁」字應據「△₂」字讀作「載」。未見《安大簡》的時候，學者對「△₁」字之訓讀主要有三種意見：

〔註 553〕〔漢〕許慎撰，〔宋〕徐鉉校定：《說文解字》（北京：中華書局，2013 年，陳昌治本為底本），頁 303。

〔註 554〕馬承源主編：《上海博物館藏戰國楚竹書（四）》（上海：上海古籍出版社，2004 年），頁 263。

〔註 555〕安徽大學漢字發展與應用研究中心編，黃德寬、徐在國主編：《安徽大學藏戰國竹簡（二）》（上海：中西書局，2022 年），頁 70。又見於李家浩：〈上博楚簡《曹沫之陳》「復盤戰」一段文字義疏〉，載安徽大學漢字發展與應用研究中心編，徐在國主編：《戰國文字研究》第 5 輯（合肥：安徽大學出版社，2022 年），頁 60。

（一）陳劍以為「△₁」字讀作「載」，無說。〔註556〕單育辰從陳說，無說。〔註557〕

（二）范常喜以為「△₁」字讀作「戈」，訓作「傷」，「車輦皆戈」指「車輦有損傷」。〔註558〕高師佑仁從范說。〔註559〕

（三）邴尚白從陳說，並認為簡文「車輦皆載」指「運載死傷之人」。〔註560〕現在有《安大簡》的對照，可知陳說把「△₁」字讀作「載」是正確的，「△₁」、「△₂」二字左上皆从「才」聲，二字相通並無問題。讀作「戈」本有問題的，邴尚白已有批評，邴氏言：「（「戈」字）此義僅見於甲骨文及西周金文，是否可用來指車輛的損傷，也缺乏用例。」〔註561〕可參。

不過「車輦皆載」之涵義是什麼，筆者疑指「車輦已載滿打仗需要的物品」。「車輦」一詞已見於古書，如《周禮·地官司徒·小司徒》，不過「車輦」一詞應是泛指各種車輛，而不是如《安大簡》整理者所說，把「車輦」一詞視為「革車」、「大車」、「輦」三種不同的車輛。

上文已言「剔」字是「飲」字之訛誤，即是說敵方將領已經食飽，即準備好開戰，這樣下一句「車輦皆載」也很自然是敵方準備好打仗的動作，加上兵家常言「三軍未發，糧草先行」，有時候輜重之運送會拖累軍隊行進之速度而延誤軍機，甚或被敵人消滅，如《孫子·軍爭》：「是故軍無輜重則亡，無糧食則亡，無委積則亡。」〔註562〕綜合上述考慮後，簡文「車輦皆載」感意謂「車輦已載滿打仗需要的物品」。

〔註556〕陳劍：〈上博竹書《曹沫之陳》新編釋文〉，收入氏著：《戰國竹書論集》（上海：上海古籍出版社，2013年），頁120。

〔註557〕單育辰：《《曹沫之陳》文本集釋及相關問題研究》（長春：吉林大學碩士論文，2006年），頁103。

〔註558〕轉引自俞紹宏、張青松編著：《上海博物館藏戰國楚簡集釋》第4冊（北京：社會科學文獻出版社，2019年），頁303。

〔註559〕高師佑仁：《《上海博物館藏戰國楚竹書（四）·曹沫之陣》研究》下冊（臺北：花木蘭文化出版社，2008年），頁281～282。

〔註560〕邴尚白：〈上博楚竹書《曹沫之陳》注釋〉，《中國文學研究》第21期（2006年），頁28。

〔註561〕邴尚白：〈上博楚竹書《曹沫之陳》注釋〉，《中國文學研究》第21期（2006年），頁28。

〔註562〕〔春秋〕孫武撰，〔三國〕曹操等注，楊丙安校理：《十一家注孫子校理》（北京：中華書局，2012年），頁175。

十、〔早〕

《上博簡（四）‧曹沫》簡32：「日牆（將）曑（早）行……曑（早）訜（食）戔（供）兵」

《安大簡（二）‧曹沫》簡35正：「日牆（將）墅〈曑（早）〉行……曑（早）訜（食）戔（供）兵」

　　《上博簡》整理者：，不識。從下文看似指擔負而行。〔註563〕

　　《安大簡》整理者：「日牆曑行」之「日」，句首語詞。「曑」，即「早」，與包山簡六三「早」形近，指「將行」的具體時間。古「早」「晨」互訓。《爾雅‧釋詁下》：「晨，早也。」《說文‧日部》：「早，晨也。」「將早行」即「將晨行」……「早食」，時間詞，即卯時。《黃帝內經‧素問‧標本病傳論》：「冬日入，夏早食。」〔註564〕

　　youren（高師佑仁）：安大簡35有三個｛早｝字（見字表160），整理者均隸定為「曑」，不妥。這三個字可以分成兩種寫法：一種是從「來」形從「日」、「棗」聲，寫於簡35正，這是｛早｝的正確寫法。另一種則是從「日」從「墅」，寫於簡35正、35反，「墅」古文字十分普遍（《譜系》3041～3045），常當成聲符使用，「墅」與「早」讀音相差很遠，這兩個「墅」的字應該是訛字。古文字有很多偏旁都會類化成「來」形，「早」就是其中一個……〔註565〕

　　袁金平：安徽大學藏戰國竹簡《曹沫之陳》35號簡有兩個被整理者都釋作「曑（早）」的字，其形如下：（以A表示）、（以B表示）……對應之字分別作「」、「」，皆為「早」字異寫……安大簡整理者將A、B均隸釋為「曑（早）」……安大簡《曹沫之陳》簡35背部寫有一字，作：（以a表示）。這顯然與A是同一個字，整理者亦釋作「曑（早）」……綜合A和a兩例寫法，可將其分析為從「日」從「墅」。「墅」即「夷」字繁文，戰國文字

〔註563〕馬承源主編：《上海博物館藏戰國楚竹書（四）》（上海：上海古籍出版社，2004年），頁263。

〔註564〕安徽大學漢字發展與應用研究中心編，黃德寬、徐在國主編：《安徽大學藏戰國竹簡（二）》（上海：中西書局，2022年），頁70～71。又見於李家浩：〈上博楚簡《曹沫之陳》「復盤戰」一段文字義疏〉，載安徽大學漢字發展與應用研究中心編、徐在國主編：《戰國文字研究》第5輯（合肥：安徽大學出版社，2022年），頁60～61。

〔註565〕youren（高師佑仁）：〈安大簡《曹沫之陳》初讀〉，武漢網，跟帖第34樓，2022年8月25日（2023年3月30日上網）。

中十分常見，陳秉新先生認為「坴」是《說文》訓「平也」之「夷」的本字，這很可能是正確的……可將 C 的異體分成以下主要四類：C1.、C2.、C3.、C4.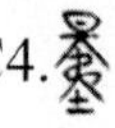……學者們將之（引者案：即「C1」字）分析為從「力」「旦」聲……C2、C3 及 C4 僅出現 1 至 3 例，三者之間的形體關係很密切。C2 去掉「力」旁即為 C3，C3 去掉「厂」旁即為 C4……C4 乃三者的共有構件，作為 C1 的異體，C4 應與 C1 的聲符「旦」語音切近。再聯繫 C4 的形體特點，我們認為其可能是從「坴（夷）」「旦」聲的形聲字，或從「坴（夷）」從「旦」，「旦」亦聲。結合 C4 與 A 在形、義上的關聯，且「坴（夷）」似鮮有作為形聲字形符之例，因此後一種分析可能性更大。C4 與 A 在形體上的聯繫較為明顯，前者從「旦」從「坴（夷）」，上下結構，而後者從「日」從「坴（夷）」，為左右結構，區別細微。二者應是一字之異，A 當為 C4 之省形。再綜合 C4 與「旦」的語音關係，A 在簡文中義同於早暮之「早」以及「夷」古訓「平」等綫（引者案：應是「線」字）索，頗疑 C4 與 A 就是「平旦」之「旦」的表意專字。〔註 566〕

謹案：《上博簡》分別作「」、「」（下文將以「$△_1$」、「$△_2$」表示），《安大簡》分別作「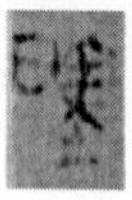」、「」、「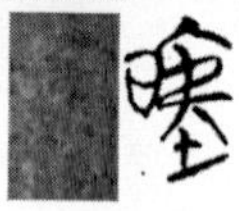」（下文將以「$△_3$」、「$△_4$」、「$△_5$」表示）。網友 youren（高師佑仁）之說法可從。《安大簡》整理者以為「$△_{3-4}$」二字可隸定作「𣊻」，釋讀作「早」，無說。網友 youren（高師佑仁）以為「$△_3$」、「$△_5$」二字是「𣊻」之訛字。袁金平則以為「$△_3$」、「$△_5$」二字是「旦」字之異體。對於「$△_{1-2}$」二字之構形分析及釋讀，高師佑仁已有詳細之考釋意見，〔註 567〕亦是學界定論，故無疑義。現在的問題是，「$△_3$」字到底是訛字，還是「旦」字之異體。筆者認為「$△_3$」、「$△_5$」二字當是「$△_4$」字之訛誤，與「旦」字無關。由於「$△_{1-2}$」二字對應「$△_{3-4}$」二字，故釋作「早」當無疑問。戰國文字用作｛早｝都是以「𣊻」字來表示，不過「𣊻」字之寫法非常多，筆者在下文先羅列「𣊻」字之字形如下：

〔註 566〕袁金平：〈說安大簡《曹沫之陳》釋為「早」的字〉，載安徽大學漢字發展與應用研究中心編，徐在國主編：《戰國文字研究》（合肥：安徽大學出版社，2023 年），頁 66～73。

〔註 567〕高師佑仁：〈《曹沫之陣》「早」字考釋——從楚系「來」形的一種特殊寫法談起〉，載武漢大學簡帛研究中心主辦：《簡帛》第 1 輯（上海：上海古籍出版社，2006 年），頁 177～185。

A1	A1	A2	A3
嬭加鐈甲 （《銘圖三》1282） 春秋中期	《溫縣》14：867 春秋晚期	中山王䜌鼎 《集成》2840 戰國晚期	《包山簡》簡258 戰國時期
A4	A5	A6	B1
《郭店簡・老子 （乙）》簡1 戰國時期	《上博簡（三）・中 弓》簡14 戰國時期	《清華簡（六）・鄭 （甲）》簡5 戰國時期	《郭店簡・語叢三》 簡19 戰國時期
C1	C2	C3	C4
《郭店簡・語叢四》 簡12 戰國時期	《郭店簡・語叢四》 簡13 戰國時期	《清華簡（六）・孺 子》簡9 戰國時期	《清華簡（九）・治 政》簡18 戰國時期
D1	D2	D3	E1
《包山簡》簡63 戰國時期	《新蔡簡・甲三》簡 23 戰國時期	《清華簡（八）・邦 處》簡4 戰國時期	《清華簡（二）・繫 年》簡100 戰國時期
F1	G1	H1	
《清華簡（八）・邦 道》簡2 戰國時期	《陶彙》3.598.1 戰國時期	韓鍾劍 《集成》11588 戰國時期	

上舉諸字可以使我們對春秋戰國文字「棗」有五點之認識：

（一）均從「日」（或訛變作「口」、「田」及「目」）、「來」二旁。

（二）「來」旁之寫法主要有「 」、「 」兩種寫法（或可省略「卜」形）。

（三）「日」、「來」二旁皆未見省略。

（四）「日」旁所擺放的位置並不一定是放在字之上半。

（五）排除「日」、「來」二旁外，其他主要有「 」、「 」、「 」等三
種構件來表示，不過有「日」、「來」二旁制約字之釋讀。

從此五點之說明來看，「△₄」字當是來源於「C3」、「C4」字之寫法，字均從「 」
形之構件，只是「日」旁之位置不一樣，「△₄」字所從「日」旁寫在字之右下，
而「C3」、「C4」字所從「日」旁則寫在字之上半，故「△₄」字是「棗」字並無
疑問。至於「△₃」、「△₅」二字右半從「㠯」旁，並沒有「來」旁，確實與現有
出土材料的「棗」字不類，故袁金平才提出「△₃」字是「旦」字之異體。唯袁
說仍有疑問，一是既然「△₁₋₂」二字對應「△₃₋₄」二字，在釋讀上應當等量齊
觀；二是「△₃」、「△₅」二字與「 」字並不同，「△₃」、「△₅」二字所從「日」

旁下方仍欠一道橫筆，不論「旦」字用作偏旁或是獨體所使用，演變到戰國時
期，「旦」字仍見橫筆，又或是橫筆聲化作「丁」聲，楚系：「 」（《清華簡
（三）‧良臣》簡4）、「 」（《清華簡（七）‧越公》簡66）、「 」（《清華簡
（一）‧金縢》簡2），晉系：「 」（《璽彙》2275）、「 」（《珍戰》110），秦系：
「 」（《里耶》簡8.805）、「 」（《周》簡28），齊系：「 」（《陶錄》
2.320.1）、「 」（《齊陶》23），燕系：「 」（《璽彙》5583）、「 」（《璽彙》
120）。最重要的是「 」字或用作人名，〔註568〕又或讀作「邅」、「轉」，〔註569〕
在沒有實質的辭例可資參考的前提下，釋讀會有非常大的變數，否則猜測過大。
故袁說必須解決上述三點疑問方可成立。

上文已言「△₃」、「△₅」二字有可能就是「棗」字之訛誤。《安大簡》整
理者已提出「△₃」、「△₅」二字與「D1」字形近，其說頗具啟發。「D1」字右

〔註568〕可詳閱李家浩：〈釋「弁」〉，載吉林大學古文字研究室編：《古文字研究》第1輯
（北京：中華書局，1979年），頁392。

〔註569〕田煒：〈釋侯馬盟書中的「劻」〉，載復旦大學歷史學系、復旦大學出土文獻與古文
字研究中心主辦：《簡帛文獻與古代史學術研討會暨第二屆出土文獻青年學者論壇
會議論文集》，頁44～46。

下應從類「夷」形，不過古文字「夷」字中間多作「」形，甚少見到寫作「」形，不過楚文字「坴（夷）」（或從「坴（夷）」之字）的中間部分可寫作「」形，如「」（《包山簡》簡 28）、「」（《上博簡（五）・競建》簡 2），即是說「夷」中間寫作「」形或「」形均無區別。由此可證「△₃」、「△₅」二字與「D1」字之差別就只在於前者從「土」旁，後者從「來」旁。雖然古文字未見「土」、「來」混訛之情況，唯《上博簡》、《安大簡》這兩個版本的〈曹沫之陳〉分別出現過「口一土」、「七一缶」、「食一易」、「武一或」及「怴一忧」等錯訛情況，〔註 570〕以往我們看到這種字形差異頗大的時候，一般會儘量避開寫訛之可能。現在確實出現了該類情況，也使我們加深了對楚文字之認識。由於我們對楚文字的認識是累積的，我們對書手運筆、用字習慣、字形分析等問題都是隨著新公布的出土材料，進而使我們有更深入的了解及探討。既然有了兩種版本〈曹沫之陳〉文字錯訛之例子，不如直接視「△₃」、「△₅」二字為誤字，當是「來」旁訛誤作「土」旁。

十一、〔毃 / 搏〕

《上博簡（四）・曹沫》簡 32：「既戰（戰）牸（將）〈毃（毃）〉」

《安大簡（二）・曹沫》簡 35：「既戰（戰）牸（將）塼（搏）」

《安大簡》整理者：「既戰牸塼」，《上博四・曹沫》簡三二作「既戰牸毃」。「既」，表示未來時，是不久之後的意思。「塼」，從「土」，「專」聲，疑讀為「搏」，擊也。《史記・衛將軍驃騎列傳》：「都尉韓說從大將軍出窳渾，至匈奴右賢王庭，為麾下搏戰獲王，以千三百戶封說為龍頷侯。」司馬貞索隱：「搏，擊也。」「毃」，從「攴」，「量」聲，當與「搏」義近，疑讀為「撗」。上古音「毃」所從聲旁「量」屬來母陽部，「撗」所從聲旁「竟」屬見母陽部，音近可通。《廣韻・釋詁三》：「撗、搏，擊也。」此句意謂：不久之後就要戰鬥，一定會進行搏鬥。或疑「毃」所從「量」乃「專」之形近而誤。〔註 571〕

〔註 570〕詳見本文「啓」字條、「寶」字條、「食」字條、「武」字條及「宏 / 雄」字條，本文頁 120～126、180～182、149～150、194～198、182～187。

〔註 571〕安徽大學漢字發展與應用研究中心編，黃德寬、徐在國主編：《安徽大學藏戰國竹簡（二）》（上海：中西書局，2022 年），頁 71。又見於李家浩：〈上博楚簡《曹沫之陳》「復盤戰」一段文字義疏〉，載安徽大學漢字發展與應用研究中心編，徐在國主編：《戰國文字研究》第 5 輯（合肥：安徽大學出版社，2022 年），頁 62。

　　質量復位：簡 35「既戰將塼」之「塼」當讀為「估」（「專」「湖」古通，參《簡帛古書通假字大系》P273），訓為「估量」。「既戰將估」意為戰鬥後將計算功過。上博簡《曹沫》簡 32「既戰將斀」之「斀」當從季旭昇先生讀為「量」，也訓為「估量」。「估」與「量」是一對同義的異文。〔註572〕

　　tuonan：「塼」或可讀「賦」（通假之例如《鄭武夫人規孺子》「睭」讀「賦」），《爾雅》：「賦，量也。」〔註573〕

　　謹案：《上博簡》作「斀」（下文將以「△₁」表示），《安大簡》作「塼」（下文將以「△₂」表示）。「△₂」字讀作「搏」，而「△₁」字乃「擊」字之訛，釋作「擊」。在尚未公布《安大簡》前，學界皆把「△₁」讀如字，訓作「量度」義，不過《安大簡》公布後，「△₁」字對應「△₂」字，《安大簡》整理者、李家浩以為「△₁」可讀作「撽」，訓作「擊」，並以為「△₂」讀作「搏」。《安大簡》整理者又提出另一說法，就是「△₁」字是「△₂」字之訛誤。就簡文之內容來看，把「△₁」字讀作「量」確實在文意上不太順暢，因為簡文該段之內容是即將要與敵方開戰，突然出現一「量」字，實令人費解。

　　先談「△₁」字讀作「撽」之問題，「撽」字首見於《說文》，《說文・手部》：「撽，中擊也。」〔註574〕後世字書、韻書《玉篇》、《廣雅》、《廣韻》、《集韻》等有「撽」字，如《玉篇・手部》：「撽，傷擊也。」〔註575〕又《廣雅・釋詁三》：「撽，擊也。」〔註576〕又《廣韻・梗韻》：「撽，中擊也。」〔註577〕又《集韻・上聲下・養韻》：「撽，擊也。」〔註578〕大抵與《說文》之訓解差不多，唯在古書中的實際用例幾乎是付之闕如。而且「量」字之聲系、「竟」字之聲系並沒有通假之例。故《安大簡》整理者以為「△₁」字讀作「撽」實不可從。

〔註572〕質量復位：〈安大簡《曹沫之陳》初讀〉，武漢網，跟帖第 12 樓，2022 年 8 月 25 日（2022 年 2 月 20 日上網）。

〔註573〕tuonan：〈安大簡《曹沫之陳》初讀〉，武漢網，跟帖第 13 樓，2022 年 8 月 25 日（2023 年 2 月 20 日上網）。

〔註574〕〔漢〕許慎撰，〔宋〕徐鉉校定：《說文解字》（北京：中華書局，2013 年，陳昌治本為底本），頁 257。

〔註575〕〔南梁〕顧野王撰：《宋本玉篇》（北京：中國書店，1983 年，根據張氏澤存堂本影印），頁 120。

〔註576〕〔清〕王念孫撰，張靖偉、樊波成、馬濤等點校：《廣雅疏證》（上海：上海古籍出版社，2016 年），頁 452～453。

〔註577〕周祖謨校：《廣韻校本》（北京：中華書局，2011 年），頁 318。

〔註578〕趙振鐸校：《集韻校本》（上海：上海辭書出版社，2012 年），頁 857。

再者，網友 tuonan、質量復位之說法也不可信。雖然「△₂」字從「專」聲，「專」字本從「甫」聲，與「武」字之聲系多有通假之例，[註579] 把「△₂」字讀作「賦」本無問題，只是《爾雅》「賦」訓「量」，與表示「計算、估量」之{量}似無關。古書多見「賦」字之用例，排除與「賦詩」有關之內容，基本上無一例是訓作「量」，黃師聖松曾考察先秦時期之「賦」字用法，並指出先秦時期之「賦」字多指徵賦義。[註580] 故把「△₂」字讀作「賦」，訓作「量」之說法不可從。網友質量復位以為「△₂」字讀作「估」，訓作「估量」義。不過古書之注疏並沒有「估」訓「量」之例，而且「估」、「量」連言僅見於《紅樓夢》，「估量」一詞要晚到清代才出現，故網友質量復位之意見也可以排除。

筆者認為「△₁」字乃「數」字之訛。《安大簡》整理者提出「△₁」字所從「量」形應是「專」之形近而誤，其說頗具啟發。不過筆者認為「量」、「專」二字在字形上差異頗大，戰國楚文字「量」、「專」二字之字形羅列如下：

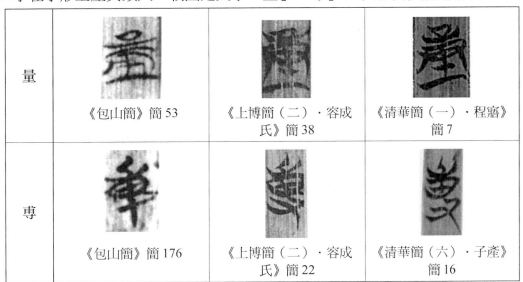

量	《包山簡》簡 53	《上博簡（二）‧容成氏》簡 38	《清華簡（一）‧程寤》簡 7
專	《包山簡》簡 176	《上博簡（二）‧容成氏》簡 22	《清華簡（六）‧子產》簡 16

當然從「攴」旁的「敷」字已見，如「」（《清華簡（一）‧皇門》簡 4）、「」（《包山簡》簡 144），而「量」、「專」二字之差異在於上半及下半，「專」字下半所從「又」旁是有可能訛變作「土」旁，如「」（《清華簡（七）‧越公》

[註579] 可詳閱高亨纂著，董治安整理：《古字通假會典》（濟南：齊魯書社，1989 年），頁917～918；白於藍編著：《簡帛古書通假大系》（福州：福建人民出版社，2017 年），頁 273、275。

[註580] 黃師聖松：〈《左傳》、《國語》、《周禮》「賦」之具體內容考論〉，《中正漢學研究》第 2 期（2021 年），頁 128～150。

簡 7)、「」《郭店簡·性自》簡 45），高師佑仁已言「」字有可能是「曼」字之省，並添加「土」旁，又或有可能是「又」訛作「土」。〔註581〕對此，現有戰國竹簡僅見「土」旁訛誤作「又」旁（可參本文「往」字條，頁 190～192），「又」旁訛誤作「土」旁仍沒確切的證據，故以「曼」字省體的說法較為理想。既然二字之差異頗大，難以混訛，故《安大簡》整理者所提出的第二說法也可以排除。

其實「△₁」字應是「墼」字之訛誤。戰國楚文字「墼」、「繫」之原篆如下：

A	B	C	D
《郭店簡·性自》簡10	《上博簡（二）·容成氏》簡22	《上博簡（三）·周易》簡1	《上博簡（五）·弟子問》簡1
E	F	G	H
《上博簡（九）·靈王》簡4	《清華簡（二）·繫年》簡120	《上博簡（三）·周易》簡40	《清華簡（二）·繫年》簡134

裘錫圭曾考釋「B」字就是「墼」字，且把「B」字分析作从「土」从「𣪘」省，〔註582〕學界大多從之，並根據裘說以釋出「A～E」五字就是「墼」字。後來蘇師建洲進一步指出楚簡「𣪘」字本从「東」旁，且證「B」、「D」二字所从「東」旁下半簡省了「ㄟ」形。〔註583〕其說可從。現根據學者之研究，可以論證「△₁」字可能就是「墼」字之訛誤。「A～H」八字之中間可作「」、

〔註581〕高師佑仁：《清華柒《越公其事》研究》（臺北：萬卷樓圖書股份有限公司，2023年），頁 136。

〔註582〕可詳閱裘錫圭：〈讀上博簡《容成氏》札記二則〉，收入氏著：《裘錫圭學術論文集》簡牘帛書卷（上海：復旦大學出版社，2012年），頁 447～449。

〔註583〕蘇師建洲：〈《上博五·弟子問》研究〉，《中央研究院歷史語言研究所集刊》第 83 本第 2 分（2012 年），頁 207～208；蘇師建洲、吳雯雯、賴怡璇合著：《清華二《繫年》集解》（臺北：萬卷樓圖書股份有限公司，2013 年），頁 843～845。

「🄳」、「🄳」等形，「△₁」字中間从「🄳」形與「B」字相同。「C」字中間已從「田」訛變作「目」形，楚文字多見「田」、「目」二形混訛之情況，以及左下或可以从「土」或「壬」旁，楚文字从「土」訛作「壬」旁。關於「田」、「目」二旁混訛與「土」旁訛作「壬」旁之例證，可詳閱孫合肥《戰國文字形體研究》，〔註584〕於此不再贅引。且「△₁」字所从「東」旁下半也省略了「ㄟ」形。對比「△₁」字與「B」字後，不難發現當中之差異僅在於左上所从，「△₁」字从「ㄜ」形，「B」字卻从「ㄣ」形，排除「ㄣ」形與「ㄜ」形之處，其構形基本上是一致的，只要把「ㄣ」形稍稍連接起來就會變成「ㄜ」形，這樣就會訛作「△₁」字左半。更重要的是，古文字「量」從未見从「攴」旁，現有戰國楚文字只見「糧」字（「⬛」《清華簡（七）‧越公》簡5），「△₁」字所从「攴」旁應是意符，進而形成偏旁制約。在古文字系統中，添加「攴」旁多表示此字含有某種動作、行為的意思。由此可見，「△₁」字當是「彀」字之訛誤，並讀作「擊」。

「搏」、「擊」二字本同義。在古書中，「搏」、「擊」二字互文見義，又或「搏」、「擊」義近連言，如《六韜‧武韜‧發啟》：「鷙鳥將擊，卑飛斂翼；猛獸將搏，弭耳俯伏。」〔註585〕又《吳越春秋‧勾踐歸國外傳》：「猛獸將擊，必餌毛帖伏。鷙鳥將搏，必卑飛戢翼。」〔註586〕又《後漢書‧董宣傳》：「由是搏擊豪彊，莫不震慄。」〔註587〕又《三國志‧吳書‧胡綜傳》：「或推引杯觴，搏擊左右。」〔註588〕

綜上所述，上文已說明「△₁」字乃「彀」字之訛誤，並釋作「擊」。故「△₁₋₂」字放回簡文釋讀，「擊」、「搏」二字則可以視為一組義近異文，文從字順。

〔註584〕孫合肥：《戰國文字形體研究》下冊（北京：中華書局，2020年），頁471～472、514～515。

〔註585〕謹案：《群書治要》「搏」作「擊」。引自王震集解：《六韜集解》上冊（北京：中華書局，2022年），頁137；〔唐〕魏徵等撰，沈錫麟整理：《群書治要》（北京：中華書局，2020年），頁371。

〔註586〕周生春撰：《吳越春秋輯校匯考》（上海：上海古籍出版社，1997年），頁139。

〔註587〕〔宋〕范曄撰，〔唐〕李賢等注：《後漢書》第9冊（北京：中華書局，1973年），頁2490。

〔註588〕〔晉〕陳壽撰，〔南朝宋〕裴松之注‧盧弼集解‧錢劍夫整理：《三國志集解》第8冊（上海：上海古籍出版社，2017年），頁3601。

十二、〔篗〕

《上博簡（四）‧曹沫》簡52：「迄（及）尔龜篗（篗）」

《安大簡（二）‧曹沫》簡36：「及尔龜〈篗（篗）〉」

　　謹案：《上博簡》作「篗」（下文將以「△₁」表示），《安大簡》作「篗」（下文將以「△₂」表示）。「△₂」字當是「篗」之錯字。先談「△₁」字之字形問題，高師佑仁已注意到「△₁」字下半從「啻」聲，高說可從。下文補證學者之說法。楚文字「篗」一般有三種寫法，字形作：

A	B	C
《清華簡（五）‧三壽》 簡11	《上博簡（四）‧曹沫》 簡52	《新蔡簡‧甲三》簡72

這三種寫法之差異僅在「竹」旁下半之偏旁，「A」字從「晉」旁，「B」字從「啻」旁，「C」字從「啻」省。「B」字只是從「篗」聲替換作「啻」聲而已。「篗」之上古音屬禪紐月部，「啻」之上古音則屬書紐錫部。〔註589〕二字之聲紐關係密切，月錫旁轉。禪紐屬舌面音、書紐（審三）則屬正齒音，聲韻學者對書紐之上古音提出了不同之看法，不過可以肯定的是書紐之通假現象多樣，又可以與舌面尖聲母通假，又可以與舌根聲母通假。〔註590〕確如李氏所言，我們可以在聲訓、形聲字皆找到禪紐與書紐（審三）互諧之現象，在聲訓之部分，《釋名‧釋天》：「辰，伸也。」〔註591〕又在形聲字之部分，楚文字「庶」（「庶」《上博簡（四）‧柬大王》簡2）之異體作「庶」（《上博簡（八）‧蘭賦》簡2）從「火」、「石」聲，而「庶」之上古聲紐本屬書紐，「石」之上古聲紐屬禪紐。由此可證禪、書二聲紐本可以互諧，以及「B」字當是從「篗」

〔註589〕「啻」字之中古音屬書紐寘部開口三等字。

〔註590〕李存智：《上博楚簡通假字音韻研究》（臺北：萬卷樓圖書股份有限公司，2010年），頁77。

〔註591〕〔東漢〕劉熙撰，〔清〕畢沅疏證，〔清〕王先謙補，祝敏徹、孫玉文點校：《釋名疏證補》（北京：中華書局，2008年），頁11。

聲改換作「啻」聲。「C」字所從「帝」形只是省略「⌂」形。楚文字「啻」當有兩種寫法，如「󰀀」（《包山簡》簡 154）、「󰀁」（《新蔡簡・甲三》簡 300），就可以知道「C」字只是「B」字之省形。若此說可信的話，《郭店簡・緇衣》簡 46「󰀂、󰀃」、《清華簡（六）・孺子》簡 2「󰀄」或《清華簡（十二）・參不韋》簡 84「󰀅」當從「啻」聲，而且「󰀆」字對應今本《禮記・緇衣》的「筮」字，就可以證明「筮」與「啻」本可通假。

回來談「△₂」字之字形問題，「△₂」字所從「󰀇」旁從來未見，既然「△₂」字對應「△₁」字，加上「龜筮」一詞在傳世古書多見，故「△₂」字當有可能是「篙（筮）」之錯字。

十三、〔祈／禱〕

《上博簡（四）・曹沫》簡 52：「改（政）󰀈（祈）尔（爾）鼓」斤

《安大簡（二）・曹沫》簡 36：「改（政）󰀉（禱）尔（爾）鼓」

　　《上博簡》整理者：「政󰀊」，待考。「鼓」是中軍之帥用以指揮作戰的重要工具，如果失去，則三軍不知所從，故曰「乃遊亓（其）備（服）」。[註592]

　　《安大簡》整理者：「改󰀋尔鼓」，《上博四・曹沫》簡五二作「改󰀌尔鼓」。「󰀍」，從「頁」，「󰀎」聲，疑讀為「禱」，向神祝告祈求福壽。《論語・述而》：「子疾病，子路請禱。」《韓非子・外儲說右下》：「秦昭王有病，百姓里買牛而家為王禱。」「󰀏」，上博簡作「󰀐」。或疑此乃「󰀑」字，從「示」，「修」聲。上古音「禱」「修」均屬幽部，唯聲母「禱」是端母，「修」為心母，但是「修」所從聲旁「攸」的聲母是余母，端、餘二母都是舌頭音。可見「禱」「修」二字古音相近，當可通用。馬王堆漢墓帛書《老子》乙本卷前佚書《三禁》一二六行上有「天地壽壽」之語，帛書整理小組注懷疑「壽壽」讀為「悠悠」（國家文物局古文獻研究室《馬王堆漢墓帛書〔壹〕》第七四頁釋文、注釋〔一二二〕文物出版社一九八〇年），可從。「禱」從「壽」聲，「悠」從「攸」聲。此外，「修」「禱」還有間接通用的例子，如《古字通假會典》「悠」「調」、「裯」「幬」，「條」

「搯」、「鞱」「韜」，「儵」「踧」、「搗」「愁」等（《古字通假會典》第七三九、七四一、七八〇、七八二頁）。據此，頗疑上博簡「檾」是「禱」字的異體。「改禱」相當前面所引《左傳·成公十六年》苗賁皇說的「申禱」。「申禱」之「申」當重、再講，與「改」的意思相通。或隸作「檾」，從「示」，「修」聲，疑「禱」之或體。〔註593〕

質量復位：簡36「改禱爾鼓」，上博簡《曹沫》簡52與「禱」對應之字上部所從是「於」之訛寫，該字可分析為從示、於聲，讀為「訇」或「謁」，傳世和出土文獻中有於聲系與訇聲系直接通假的例證（《漢字通用聲素研究》P411、《簡帛古書通假字大系》P398）。「禱」有「向神祝告求福」「請求」的意思。「訇」有「乞求、祈求」的意思。「謁」也有「告」「請求」的意思。〔註594〕

李家浩：「檾」原文字形比較怪，為了便於大家對其字形的瞭解，我把這個字形揭示於下，以拉丁字母A代表：A.✦。A可以分為上B和下C兩個部分。下C是「示」是沒有問題的，問題是上B的結構如何分析。我認為上B的結構可以分析為如下D、E兩個部分：D.⼸ E.三。但是，人們多認為上部B是郭店楚簡《成之聞之》22號的「髟」。所以，把A釋作「檾」，從「示」從「髟」。仔細分析，A的上部B與《成之聞之》「髟」是有區別的，「髟」字所從「人」的右側沒有像B所從D的「人」右側的兩斜畫，似非一字。D見於下列楚簡文字F和G、H所從：F.⼸ G.彡 H.羽。F是獨體，G、H是合體，分別從「糸」、從「羽」省。我曾對這F、G、H進行過考釋，懷疑F是「攸」字所從，可以看作是「攸」字的省寫；G、H分別釋為「絛」「翛」。古璽文字和上海博物館藏楚簡《昭王毀室、昭王與龔之脾》也有從F之字，劉洪濤先生有文論及。安徽大學藏楚簡《詩經》089號有一個從「玉」從H之字，傳本《毛詩·鄘風·君子偕老》第三章與之相當的字作「縐」。「翛」「縐」古音相近，故可通用。於此可見，F確實是「攸」字的省寫。D與H所從「攸」的省寫相同，顯然也應該是省寫的「攸」；E像甲骨文、金文「髟」字所從長

〔註593〕安徽大學漢字發展與應用研究中心編，黃德寬、徐在國主編：《安徽大學藏戰國竹簡（二）》（上海：中西書局，2022年），頁71～72。

〔註594〕質量復位：〈安大簡《曹沫之陳》初讀〉，武漢網，跟帖第14樓，2022年8月25日（2023年4月8日上網）。

髮之形，相當於「髟」字所从「彡」。因此，我懷疑 A 上部的 B 是「修」，故把 A 隸定作「鬃」。〔註 595〕

劉新全：《曹沫之陣》的「改𩒨爾鼓」和《左傳》苗賁皇的「申禱」對應。「改𩒨爾鼓」安大簡整理者讀作「改禱爾鼓」，將「改」訓「再」……安大簡整理者說是。「改禱爾鼓」即「改禱（以）爾鼓」，這種結構乃是狀語後置於謂語的情況。「改禱（以）爾鼓」（「改」訓為「再」）即「再禱（以）爾鼓」，意思是用鼓再次進行祀禱活動。〔註 596〕

謹案：《上博簡》作「」（下文將以「△₁」表示），《安大簡》作「」（下文將以「△₂」表示）。先談「△₁」之字形問題，《安大簡》整理者、李家浩以為「△₁」字从「示」，「修」聲，筆者對於「△₁」字上半是否从「攸」旁仍有疑問。《上博簡（四）·曹沫》「攸」字凡三見，字作「」（簡 5）、「」（簡 6）、「」（簡 18），與「△₁」字上半實不類。「△₁」字上半與「攸」（「」《上博簡（四）·柬大王》簡 13）最大的差異在於前者之撇筆較長，後者則較短，而且楚文字「攸」從未見「～」的筆劃。另外，網友質量復位以為「△₁」字上半有可能是「於」之訛形，字應分析作从「示」，「於」聲。此說也不可從。《上博簡（四）·曹沫》「於」字多見，字作「」（簡 2 正）、「」（簡 3），《上博簡（四）·曹沫》書手寫「於」字未見有訛字的情況，故「△₁」字上半當非从「於」旁。以往學者對「△₁」字之隸定及訓讀多有討論，學者意見如下：

（一）陳劍以為「△₁」字隸定作「𥛬（作？）」，對字形考釋存有疑義。〔註 597〕

（二）陳斯鵬隸定作「集」，讀「作」，字分析作从「作」从「示」，是「祚」

〔註 595〕李家浩：〈上博楚簡《曹沫之陳》「復盤戰」一段文字義疏〉，載安徽大學漢字發展與應用研究中心編，徐在國主編：《戰國文字研究》第 5 輯（合肥：安徽大學出版社，2022 年），頁 64～65。

〔註 596〕劉新全：〈據《左傳》校讀《曹沫之陣》「復盤戰」問對〉，載西北師範大學文學院簡牘研究中心：《第二屆簡牘學與出土文獻語言文字研究學術研討會論文集》（2023 年），頁 355。

〔註 597〕陳劍：〈上博竹書《曹沫之陳》新編釋文〉，收入氏著：《戰國竹書論集》（上海：上海古籍出版社，2013 年），頁 121。

之繁體。〔註 598〕

（三）禤健聰釋作「祟」，讀作「冒」。〔註 599〕邴尚白從之。〔註 600〕

（四）李銳從禤健聰之釋讀，唯字之隸定待考。〔註 601〕

（五）淺野裕一隸定作「祕」，解釋作「閉」、「閟」之意思。〔註 602〕

（六）高師佑仁隸定作「鬃」，釋讀從禤健聰，不過仍對「△1」字讀「冒」

存疑。〔註 603〕

綜合考慮後，筆者認為當從高師佑仁之隸定。對於二字之訓讀，筆者疑「△1」字或許可以分析作從「髟」，「示」聲，讀作「祈」，而「△1」字讀作「禱」，二字皆指「祈禱」義。先談「△1」字，由於在《安大簡（二）・曹沫》簡 14「」字，對於該字之分析可參本文「施」字條。〔註 604〕該字應從「髟」，「它」聲，並指出《說文・髟部》凡從「髟」旁的字基本上都是從「髟」，「X」聲的構形分析，可證「△1」字有可能分析作從「髟」，「示」聲。「△1」字從「示」得聲，則可以與「祈」字通假。古書、出土文獻已見從「示」字聲系與從「斤」字聲系通假，如【祁與祈】，〔註 605〕《說文》把「祁」字分析作從「邑」，「示」聲，而「祈」字則分析作從「示」，「斤」聲。〔註 606〕即是說「△1」字、「祁」字皆從「示」得聲，應該是可以讀作「祈」。「祈」字之古音屬羣紐微部，「示」、「祁」二字之古音同屬羣紐脂部，聲紐相同，脂微旁轉，中古都是

〔註 598〕陳斯鵬：《簡帛文獻與文學考論》（廣州：中山大學出版社，2007 年），頁 104。

〔註 599〕禤健聰：〈上博楚簡釋字三則〉，簡帛研究網，（2005 年 4 月 15 日）。取自 http://www.jianbo.sdu.edu.cn/info/1011/1733.htm，2023 年 8 月 11 日讀取。

〔註 600〕邴尚白：〈上博楚竹書《曹沫之陳》注釋〉，《中國文學研究》第 21 期（2006 年），頁 28～29。

〔註 601〕李銳：〈《曹劌之陣》重編釋文〉，簡帛研究網，（2005 年 5 月 27 日）。取自 http://www.jianbo.sdu.edu.cn/info/1011/1741.htm，2023 年 8 月 11 日讀取。

〔註 602〕〔日〕淺野裕一：〈上博楚簡〈曹沫之陳〉的兵學思想〉，簡帛研究網，（2005 年 9 月 25 日）。取自 http://www.jianbo.sdu.edu.cn/info/1011/1760.htm，2023 年 8 月 11 日讀取。

〔註 603〕高師佑仁：《《上海博物館藏戰國楚竹書（四）・曹沫之陣》研究》下冊（臺北：花木蘭文化出版社，2008 年），頁 261～266。

〔註 604〕詳見本文「施」字條，本文頁 57～59。

〔註 605〕高亨纂著，董治安整理：《古字通假會典》（濟南：齊魯書社，1989 年），頁 569；白於藍編著：《簡帛古書通假字大系》（福州：福建人民出版社，2017 年），頁 1346。

〔註 606〕〔漢〕許慎撰，〔宋〕徐鉉校定：《說文解字》（北京：中華書局，2013 年，陳昌治本為底本），頁 2、129。

三等開口，二字音近可通。至於「△₂」字如何聯繫「△₁」字，筆者疑「△₂」字讀作「禱」。由於「△₂」字本从「頁」，「壽」聲，讀作「禱」應無問題。若筆者之說法可信的話，那麼「祈」、「禱」二字本同義，在古書多見「祈」、「禱」二字合作同義複詞連言，如《逸周書・嘗麥解》「王初祈禱於宗廟」、〔註607〕《論衡・感虛》「則謂湯以禱祈得雨矣」，〔註608〕又或《詩・周頌・噫嘻序》：「噫嘻，春夏祈穀于上帝也。」鄭玄《注》：「祈，猶禱也，求也。」〔註609〕而且簡文上文提及「及爾龜筮」，把這句聯繫到「再～爾鼓」，上下文連貫，皆在談為復盤戰作祭祀以求上天保佑。

綜上所述，筆者或認為「△₁」字之構形可分析作从「髟」，「示」聲，即「△₁」字从「示」得聲，讀「祈」。而「△₂」字則分析作从「頁」，「壽」聲，从「壽」得聲，讀「禱」。「祈」、「禱」二字本同義，且「△₁₋₂」二字在簡文是異文關係，放回簡文釋讀，意謂「以戰鼓再次進行祈禱」。

十四、〔失〕、〔服〕

《上博簡（四）・曹沬》簡52：「乃遊（失）[一] 亓（其）𥴪〈備（服））[二]」

《安大簡（二）・曹沬》簡36：「乃遊〈逵（失））[一] 亓（其）𦜔（服）[二]」

《安大簡》整理者：「乃遊亓𦜔」，《上博四・曹沬》簡五二作「乃逵亓備」。「遊」，乃「逵」之訛，與簡三四「遊」訛為「遶」同。「𦜔」，从「力」，「膚」聲，「虜」之異體，疑讀為「服」。上古音「服」，並紐職部；「膚」，幫紐魚部。二字有間接通用的例子，如《古字通假會典》「服」「夫」、「膚」「扶」通（第四四〇、八七五頁）。「乃遊亓𦜔」「乃逵（失）亓（其）備」均讀為「乃軼其服」。「軼」，超過。《漢書・揚雄傳》「軼五帝之遐跡兮，躡三皇之高蹤」，顏師古注：「軼，亦過也。」「服」在古代可以泛指各種器物。《周禮・春官・都宗人》「正都禮與其服」，鄭玄注：「服，謂衣服及宮室、車旗。」「乃軼其服」是承「改禱爾（爾）鼓」而言的，「乃」表示順承關係，疑簡文「服」指軍鼓，「其」指客

〔註607〕黃懷信、張懋鎔、田旭東撰，黃懷信修訂，李學勤審定：《逸周書彙校集注（修訂本）》下冊（上海：上海古籍出版社，2021年），頁720。

〔註608〕黃暉撰：《論衡校釋》（北京：中華書局，1990年），頁249。

〔註609〕〔漢〕毛亨傳，〔漢〕鄭玄箋，〔唐〕孔穎達疏：《毛詩正義》（北京：北京大學出版社，2000年，嘉慶21年南昌學堂重刊宋本），卷19，頁1548。

方。「改禱尔（爾）鼓，乃軼其服」意謂：再禱祀你的戰鼓，於是其聲就會超過客方的戰鼓。〔註610〕

　　沈奇石：B（引者案：即「𩵋」）其實是一種帶有「人」形飾筆的「魚」字譌形。戰國楚簡中的「魚」一般作「𤋲、𤓷、𩵋」等形。其上部構件「冂、人」的右部下垂筆劃很容易割裂成兩筆，如上博九《邦人不稱》簡 8 中的「魚」作「𩵋」……其上部即割裂作「广」。這類構形進一步譌變，遂衍生成「人」形飾筆。如上博五《苦成家父》簡 9 中用為「長魚矯」之「魚」作「𩵋」，其上部構件即作「亻」，已帶有「人」形飾筆……B 這樣寫法的「魚」確實與「備」字形極近。在實際使用中一旦寫得潦草，兩者很容易混同……上古「魚」是牙音魚部字，與「爐」字聲近韻同，故兩者記錄的是一個詞……這裏的「魚／爐」記錄的詞應與「乃逸楚囚」的「囚」相關……筆者認為，「爐」讀為「虜」可從。「爐」字聲符「膚」本從「盧」，「虜」亦從「盧」聲、兩者例可通假。至於 B 字既然當釋為「魚」，也應讀為「虜」。〔註611〕

　　劉新全：安大簡整理者認為「遊」乃「達」之訛；將「爐」分析為從「力」、「膚」聲，視作「虜」字之異體。其說是。筆者將「乃達其爐」和「乃逸楚囚」聯繫起來後，便會自然地想到「乃遊〈達〉亓（其）爐（虜）」即「乃逸其虜」。而「達」即「逸」的本字。筆者認為，上博簡「乃達亓備」應該讀作「乃逸其俘」，上古音「備」為唇音職部字，「俘」為唇音幽部字，二字同為唇音，韻亦不遠。上古「孚」字諧聲系列和「付」字諧聲系列的字多可以通假，例子甚多，不備舉。「備」從「葡」聲，從「葡」的字可以和從「付」聲的字相通假……「乃逸其俘」和「乃逸其虜」同義，「俘」「虜」是由使用同義詞而形成的異文。〔註612〕

〔註610〕安徽大學漢字發展與應用研究中心編，黃德寬、徐在國主編：《安徽大學藏戰國竹簡（二）》（上海：中西書局，2022 年），頁 72。又見李家浩：〈上博楚簡《曹沫之陳》「復盤戰」一段文字義疏〉，載安徽大學漢字發展與應用研究中心，徐在國主編：《戰國文字研究》第 5 輯（合肥：安徽大學出版社，2022 年），頁 66。

〔註611〕沈奇石：〈《曹沫之陣》與傳世軍事文獻合證兩則〉，《中國文字研究》第 37 輯（2023 年），頁 55～57。

〔註612〕劉新全：〈據《左傳》校讀《曹沫之陣》「復盤戰」問對〉，載西北師範大學文學院簡牘研究中心：《第二屆簡牘學與出土文獻語言文字研究學術研討會論文集》（2023 年），頁 356～357。

【一】「失」

謹案：《上博簡》作「」（下文將以「△₁」表示），《安大簡》作「」（下文將以「△₂」表示）。《安大簡》整理者以為「△₂」乃「△₁」之訛字，可信。不過《安大簡》整理者卻以為「△₁₋₂」二字皆讀作「軼」，不可信。由於楚文字「逹」專表示｛失｝，未見表示他字。後來劉新全提出新說，把「△₁₋₂」二字皆讀作「逸」，可是兩個版本的〈曹沫之陳〉均以「逹」字專表示｛失｝，未見表示他詞，把字讀作「逸」並不理想。故筆者傾向支持把「△₁₋₂」二字仍讀作「失」。

【二】「服」

謹案：《上博簡》作「」（下文將以「△₁」表示），《安大簡》作「」（下文將以「△₂」表示）。先談「△₁」之字形問題，「△₁」字疑是「備」字，並讀作「服」。對於「△₁」字之隸釋問題，學者主要有兩種隸定意見：

（一）《上博簡》整理者把「△₁」字直接隸定作「備」，並括讀作「服」。 [註613] 陳斯鵬從之。 [註614]

（二）陳劍直接逕釋作「服」，無說。 [註615]

（三）禤健聰直接隸釋作「備」，指「防備」義。 [註616]

（四）高師佑仁從《上博簡》整理者之隸定方案，無說。 [註617]

（五）單育辰對「△₁」字隸釋作「備（？）」表示有疑問。 [註618]

確如單育辰所說，「△₁」字確實與典型楚文字「備」（「」《清華簡（四）·筮法》簡56）之寫法不類。後來沈奇石、劉新全兩位學者皆提出新說。先談沈

〔註613〕馬承源主編：《上海博物館藏戰國楚竹書（四）》（上海：上海古籍出版社，2004年），頁278。

〔註614〕陳斯鵬：《簡帛文獻與文學考論》（廣州：中山大學出版社，2007年），頁。

〔註615〕陳劍：〈上博竹書《曹沫之陳》新編釋文〉，收入氏著：《戰國竹書論集》（上海：上海古籍出版社，2013年），頁121。

〔註616〕禤健聰：〈上博楚簡釋字三則〉，簡帛研究網，（2005年4月15日）。取自http://www.jianbo.sdu.edu.cn/info/1011/1733.htm，2023年8月5日讀取。

〔註617〕高師佑仁：《《上海博物館藏戰國楚竹書（四）·曹沫之陣》研究》下冊（臺北：花木蘭文化出版社，2008年），頁268～269。

〔註618〕單育辰：《《曹沫之陳》文本集釋及相關問題研究》（長春：吉林大學碩士論文，2006年），頁105。

說，其以為「△₁」字為「魚」之訛字，並讀作「虜」。可是回檢《上博簡（四）·曹沫》書手寫簡1的兩個「魯」字（「」、「」）所从「魚」旁就可以知道並沒有出現「割裂」之情況。其次，「魚」字聲系與「膚」字聲系並沒有通假之例證。而且沈氏信從《安大簡》整理者之意見，即「△₂」字應隸釋作「虜」。可是「魚」（疑紐魚部三等開口）、「虜」（來紐魚部一等合口）二字之聲紐甚遠，且開合口有別，「魚」字不能通讀作「虜」。綜合上述考慮，沈說實不可從。再談劉說，其認同《安大簡》整理者釋「△₂」字為「虜」，並把「△₁」字讀「俘」。其說不可信。劉氏以為「△₁」字認同隸釋作「備」，改讀作「俘」。可是劉氏以「備」字可以與「付」字聲系通假，而「付」字聲系又可以與「孚」字聲系通假，上文已多次談及這種輾轉通假過於複雜且不合音理，「備」字之古音屬並紐職部三等開口，「俘」字之古音則屬滂紐幽部三等合口，二字開合口有別，「備」字不能通讀作「俘」。回來談「△₂」字之隸釋問題，《安大簡》整理者及劉新全皆以為「△₂」字是「虜」之異體。兩位學者之說法實不可信。由於戰國楚文字已見確實無疑的「虜」，原篆作：

《清華簡（一）·楚居》 簡12	《清華簡（二）·繫年》 簡84	《清華簡（二）·繫年》 簡110

楚文字「虜」本从「力」，「虍」聲，「虍」之上古音屬曉紐魚部，「虜」之上古音屬來紐魚部，來紐與見組聲紐字多有互諧關係，韻部相同，故楚文字「虜」當从「虍」聲。而且楚文字「虜」仍未見添加「胃」旁，加上「膚」之上古音則屬幫紐魚部，「虜」、「膚」二字之聲紐相去甚遠，二字不能相通。故「△₂」是「虜」之異體可排除。

回檢《上博簡（四）·曹沫》之所有「備」字，如「」（簡33），不難發現該字右下已略有訛變，從典型楚文字「備」所見「⺮」形已訛作「⺥」形，其字右半已開始與「羔」字（「美」《上博簡（二）·子羔》簡8）同形。由此可推論「△₁」字是「備」之訛字。值得注意的是，蘇師建洲曾以為「△₁」字具

有齊系文字之特徵，並指出「△₁」字與《郭店簡・語叢三》簡54「」有密切關係，二字均有「 」、「 」形，又見「 」形之楚系特徵，二字可能糅合戰國齊、楚二系文字之特徵。〔註619〕

我們可以肯定的是，「△₂」字本從「力」，「膚」聲，字應讀作「服」。《安大簡》整理者以為「△₂」字可讀作「服」，其說基本可信，可是《安大簡》整理者卻以輾轉通假之方法來疏通「△₂」字讀作「服」之障礙。其實楚文字「膚」本有兩種寫法：

A	B
《包山簡》簡191	《上博簡（三）・周易》簡33

「B」字從「肉」，「夫」聲。西漢文字亦繼承之，字作「肤」（《馬王堆・遣一》簡33.4）。《上博簡》整理者指出「B」字對應今本《周易》「膚」字。〔註620〕筆者疑「B」字或有可能是「膚」之異體，如《集韻・虞韻》：「（膚）或作肤。」〔註621〕「膚」字本從「盧」聲，〔註622〕即從「盧」聲改換作「夫」聲，「膚」、「夫」二字之上古音同屬幫紐魚部三等合口，故「肤」字應是「膚」之異體。若筆者之說法可信的話，「膚」字是有可能直接通假作「服」，「服」、「膚」二字之上古音極近，「服」屬並紐職部三等合口，「膚」屬幫紐魚部三等合口，二字之聲紐同屬唇音，韻部關係密切，二字之韻尾當收*-k，如《安大簡（一）・詩・碩鼠》簡80：「砳＝䶂＝（碩鼠碩鼠），母（毋）飤（食）我蘗（麥）」，「䶂」（ ）屬魚部、「蘗」（ ）屬職部，二字皆是韻腳，是魚職通押之強證。又古書也有魚職互諧之例證，如【蠟與蛄】、【噫與嗄】、【熾與處】及【侸與傅】

〔註619〕蘇師建洲：《《上博楚竹書》文字及相關問題研究》（臺北：萬卷樓圖書股份有限公司，2008年），頁234～239。

〔註620〕馬承源主編：《上海博物館藏戰國楚竹書（三）》（上海：上海古籍出版社，2003年），頁181。

〔註621〕趙振鐸校：《集韻校本》（上海：上海辭書出版社，2012年），頁161。

〔註622〕有關「膚」字之構形分析可參閱季旭昇：《說文新證》（臺北：藝文印書館，2014年），頁339。

等等，〔註623〕可證「膚」字讀「服」在聲音上應無問題。而且上文提及《上博簡》本有兩個「備」字，《上博簡》整理者把簡33的「備」字讀作「服」，學者多從之。該字對應《安大簡》簡19「䘼（備）」（），《安大簡》整理者亦讀作「服」。既然有了簡文「不義則不備（服）」這例子，「△1-2」二字在釋讀上理應統一起來，把字讀作「服」。關於「服」之訓釋，待考。

十五、〔冒〕、〔陷／動〕

《上博簡（四）·曹沫》簡60下：「母（毋）冒〔一〕㠯（以）逡（陷）〔二〕」
《安大簡（二）·曹沫》簡37：「毋目（冒）〔一〕㠯（以）迥（動）〔二〕」

　　《上博簡》整理者：讀「毋冒㠯陷」。「冒」，指冒險。「陷」，指陷敗。〔註624〕

　　《安大簡》整理者：「毋目㠯進」，《上博四·曹沫》簡六〇下作「母冒㠯逡」。「毋」是「母」的分化字，「冒」從「目」聲，故「母」與「毋」、「目」與「冒」可以通用。「冒」有「目不明」之義（參王繼如《「冒亂」考源》，《文史》第三十九輯第二六三至二六五頁，中華書局一九九四年）。「逡」不見於字書，疑是「遙」字異體。「逡」從「臽」聲，上古音屬匣母談部；「遙」從「䍃」聲，上古音屬余母幽部。古代匣、余二母和談、幽二部字音有關。例如：「炎」屬匣母，從「炎」聲的「剡」「淡」等屬余母；從「臽」聲的「啗」「諂」與「道」通（參《古字通假會典》第二五二頁），「道」即屬幽部。《玉篇·辵部》：「遙，疾行也。」於此可見「進」「逡（遙）」義近。「毋目㠯逡」應該讀為「毋冒以進」，意謂：不要盲目貿然行進。〔註625〕

　　質量復位：簡37「毋冒以進」之「進」，上博簡《曹沫》與「進」對應之字作「逡」。「進」可讀「盡」；「逡」當從原整理者讀為「陷」，訓為「沒」，「沒」也有「盡」的意思。「毋冒以盡」「毋冒以陷」意為不要冒險以致陷沒。「盡」與「陷」是一對近義的異文。〔註626〕

〔註623〕高亨纂著，董治安整理：《古字通假會典》（濟南：齊魯書社，1989年），頁373～374、411、439。
〔註624〕馬承源主編：《上海博物館藏戰國楚竹書（四）》（上海：上海古籍出版社，2004年），頁282。
〔註625〕安徽大學漢字發展與應用研究中心編，黃德寬、徐在國主編：《安徽大學藏戰國竹簡（二）》（上海：中西書局，2022年），頁72～73。
〔註626〕質量復位：〈安大簡《曹沫之陳》初讀〉，武漢網，跟帖第15樓，2022年8月25

catcher：贊同（引者案：認同網友 youren 之說法，見武漢網第 56 樓）。「迵」-oŋ(s)與下句「功」-oŋ 正可押韻。「陷」groms 與「迵」loŋ(s)的聯繫，可以「庸」loŋ 為中介。《良臣》「大同」即「舌庸」，而《史記》「庸職」即《左傳》「閻職」、《書‧洛誥》「燄燄」《漢書》作「庸庸」（潘悟雲 2000：246）。上博之「陷」在文意上很直接，但押韻上不如「迵」。則「迵」可考慮讀「陷」，但如能讀作其他東部字更好。〔註 627〕

高師佑仁：先談「目」字，安大簡的「目」（簡 37），上博簡作「冒」（簡 60），安大簡原整理者利用通假方式將「目」讀為「冒」，可信。《說文解字繫傳》認為「冒」字从「冃」（「帽」之初文）、「目」聲，又《說文》「瑁」字古文作「珇（珇）」……關於「冒」、「目」通假證據還可參考《簡帛古書通假字大系》「瞗—冒」、「但—冒」、「助—冒」等條，「目」確實能讀作「冒」。安大簡原整理者將「冒」釋作「目不明」，筆者認為更應該訓為貿然、冒昧。所謂的「進」字上博簡作「迼」（簡 60 下），原整理者讀「陷」，安大簡作「𢓊」（簡 37），原整理者則隸定作「進」，訓為「行進」。此字釋「進」並不可信……就構形來看，「𢓊」字右半與該書手所寫的「隹」不同，且古文字的「進」也沒有在「隹」旁下添加「口」旁的習慣。筆者認為此字當釋作「迵」，該書手筆下的「同」字作：𠄠（簡 14）、𠄠（簡 16）、𠄠（簡 18）、𠄠（簡 45）。而从辵、同聲的「迵」在古文字中也頗為常見：𢓊（郭店‧六德 45）、𢓊（上博二‧容成氏 32）、𢓊（清華陸‧子儀 20）、𢓊（清華玖‧治政 15）、𢓊（清華拾壹‧五紀 3），相對位置上博簡作「陷」，「陷」、「迵」如何聯繫，還有待進一步研究。〔註 628〕

【一】「冒」

謹案：《上博簡》作「」，《安大簡》作「」。筆者認為高師佑仁之意見可從。筆者在此補上相關文例以證「冒」有「冒昧」、「冒然」之義，如《書‧顧命》：「思夫人自亂于威儀，爾無以釗冒貢于非幾。」〔註 629〕《三國志‧吳書‧

日（2022 年 2 月 20 日上網）。

〔註 627〕catcher：〈安大簡《曹沫之陳》初讀〉，武漢網，跟帖第 60 樓，2022 年 8 月 25 日（2022 年 2 月 20 日上網）。

〔註 628〕高師佑仁：〈安大簡《曹沫之陳》補釋〉，（待刊於《興大人文學報》）。

〔註 629〕〔漢〕孔安國傳，〔唐〕孔穎達疏：《尚書正義》（北京：北京大學出版社，2000 年，嘉慶 21 年南昌學堂重刊宋本），卷 18，頁 586。

諸葛恪傳》：「冒昧陳聞，乞聖朝哀察！」〔註630〕

【二】「陷／動」

謹案：《上博簡》作「」（下文將以「△₁」表示），《安大簡》作「遑」（下文將以「△₂」表示）。關於「△₁₋₂」二字之釋讀問題，筆者認為「△₁」字皆讀作「陷」，訓作「攻破」、「攻克」義，而「△₂」字則讀作「動」，訓作「行動」義。先談「△₂」字之隸定問題，筆者贊同高師佑仁之意見，「△₂」字應隸定作「迴」。由於《安大簡》整理者把「△₂」字隸定作「遑」，讀作「進」，且以為「△₂」字所從「口」旁是贅旁。其說不可從。細審書後字形表之摹本，字作：

（下文將以「△₃」表示）

「△₂」之左上仍有一撇筆，不過「△₃」卻把撇筆連起來而變成「隹」所從「鳥頭」形（即「◢」），加上「△₂」之右上應該有長撇筆與短撇筆，「△₃」已反映出來，長撇筆貫通二橫筆，短撇筆則在第一橫筆上。就原篆之字形來看，「△₃」所謂「◢」形應該是《安大簡》整理者自行補上。從《安大簡（二）·曹沫》書手寫從「隹」旁之字來看，與「隹」旁相關之字羅列如下：

簡 13	簡 16	簡 18	簡 20	簡 16〔註631〕	簡 25
簡 33	簡 33	簡 37	簡 43	簡 43〔註632〕	簡 46

〔註630〕〔晉〕陳壽撰，〔南朝宋〕裴松之注，盧弼集解，錢劍夫整理：《三國志集解》第 8 冊（上海：上海古籍出版社，2017 年），頁 3648。

〔註631〕《安大簡（二）》字形表作「𦟛」（頁 144）。

〔註632〕《安大簡（二）》字形表作「𦟛」（頁 177）。

從相同之字形作比較下，就可以知道《安大簡（二）‧曹沫》書手多以一筆寫完「鳥頭」形，且筆風剛勁有力，「△2」字之左上撇筆卻軟弱無力，書手寫字固有其規律，從此角度思考，就可以說明「△2」字之左上並不是「◢」形。對於「△2」字之左上是否有殘泐之字跡，筆者對此有所保留。可以肯定的是，《安大簡（二）‧曹沫》書手抄寫本篇簡文有較多的筆誤，如「和」（「﹝圖﹞」簡13）、「曰」（「﹝圖﹞」簡24）等，〔註633〕故「△2」字之左上亦有可能是筆手誤衍一筆。再談「△1」字之右半兩撇筆之問題，書手錯寫長撇筆並貫穿二橫筆，最後再補一短筆於二橫筆之上。就字形上來看，「隹」形一般有二至四道橫筆，以及右方直筆多是中間貫穿橫筆，從《安大簡（二）‧曹沫》書手寫「隹」旁可以發現「隹」旁之橫筆全部是三道橫筆，幾乎沒有出現兩道橫筆的「隹」旁，「△2」字只見兩道橫筆，由此推斷「△2」字並非從「隹」旁。而且《安大簡》「進」都沒有添加「口」旁，以及寫「唯」字之「口」旁都是放在「隹」旁之左下，並非寫在「隹」旁之下方。綜上所述，「△2」字並非從「隹」旁，應是從「同」旁，應分析作從「辵」，「同」聲，隸定作「迵」。

　　再談「△1-2」二字之釋讀問題，上文已言「△1」字讀「陷」，而「△2」字則讀「動」。網友 catcher 指出「同」、「臽」二字之聲系有間接通假之例。其說不可信。「△1」字從「臽」得聲，「△2」字則從「同」得聲，「臽」之古音屬匣紐談部，「同」之古音則屬定紐東部，二字之聲紐、韻部均相去甚遠，不能相通。故筆者認為「△1-2」二字不宜趨同。「△1」字之訓讀可參高師佑仁之說法。在未公布《安大簡》的時候，學者們主要有三種訓釋的說法，如《上博簡》整理者以為「陷」訓「敗」。又高師佑仁以為「陷」有「攻破」、「攻陷」之義。〔註634〕又單育辰以為「陷」讀作「險」。〔註635〕高說可從。高說已對《上博簡》整理者之意見有所評論，可參。〔註636〕不過單說較後出，故沒有

〔註633〕高師佑仁：〈談《曹沫之陳》「民有寶」一段釋讀〉，《中國文字》總第9期（2023年），頁104。

〔註634〕高師佑仁：《《上海博物館藏戰國楚竹書（四）‧曹沫之陣》研究》下冊（臺北：花木蘭文化出版社，2008年），頁290。

〔註635〕單育辰：《《曹沫之陳》文本集釋及相關問題研究》（長春：吉林大學碩士論文，2006年），頁79。

〔註636〕高師佑仁：《《上海博物館藏戰國楚竹書（四）‧曹沫之陣》研究》下冊（臺北：花木蘭文化出版社，2008年），頁290。

學者對其有評論。筆者認為單說似可不必。其一,「險」字在古書多見,其義項有「阻難」、「要隘」、「高峻」、「遙遠」、「艱難」、「陰險」、「邪惡」、「迅猛」、「危險」等,並沒有「冒險」義。其二,「冒」、「險」在先秦兩漢時期未見連言。故單說不可從。至於高說,高師佑仁指出:

> 筆者以為在此「陷」或也可以訓作攻破、攻陷之義……如此一來,則簡文意味如果無法克敵,則不要冒險以攻敵,以示應謹慎應敵之義。〔註637〕

高說可參。

最後談談「△₂」字之訓讀問題,「△₂」字應讀作「動」,訓「行動」義。戰國楚文字紀錄{動}之音義多以「童」聲系的字來表示,字形揭示如下:

童	遧	歅	僮	偅
《清華簡（五）·命訓》簡12	《清華簡（一）·金縢》簡12	《郭店簡·性自》簡10	《清華簡（七）·越公》簡58	《清華簡（九）·治政》簡25

從用字習慣考慮,楚簡有「童」字聲系與「同」字聲系相通之例證,如【童與同】、【童與恫】。〔註638〕在古書、出土文獻也見「重」字聲系與「同」字聲系相通之例證,古書有【鍾與同】,〔註639〕且出土文獻則有【銅與動】。〔註640〕加上「同」、「童」及「動」三字之古音同屬定紐東部一等合口,可見「△₂」字讀「動」應無疑問。「動」字在古書多訓作「行動」義,如《易·繫辭上》:「擬之而後言,議之而後動」,〔註641〕又《孫子·軍爭》:「故兵以詐立,以利動」。〔註642〕且上文已言簡文「毋冒以〜」中的「冒」字當訓「貿然」、「冒昧」義,

---

〔註637〕高師佑仁:《《上海博物館藏戰國楚竹書(四)·曹沫之陣》研究》下冊(臺北:花木蘭文化出版社,2008年),頁290。

〔註638〕白於藍編著:《簡帛古書通假字大系》(福州:福建人民出版社,2017年),頁970。

〔註639〕高亨纂著,董治安整理:《古字通假會典》(濟南:齊魯書社,1989年),頁17。

〔註640〕白於藍編著:《簡帛古書通假字大系》(福州:福建人民出版社,2017年),頁984。

〔註641〕〔魏〕王弼注,〔唐〕孔穎達疏:《周易正義》(北京:北京大學出版社,2000年,嘉慶21年南昌學堂重刊宋本),卷7,頁324。

〔註642〕〔春秋〕孫武撰,〔三國〕曹操等注,楊丙安校理:《十一家注孫子校理》(北京:中華書局,2012年),頁142。

「△1-2」二字放回簡文中釋讀，即意謂「不要冒然進攻（行動）」。

　　綜上所述，由於「△1-2」二字在聲音上無法聯繫，不宜趨同。「△1」字之隸定及訓讀可從高師佑仁的說法。而「△2」字當隸定作「迵」，且讀作「動」，指「行動」義。

十六、〔功〕

《上博簡（四）・曹沫》簡60下：「必迬（過）専（前）攻（功）」

《安大簡（二）・曹沫》簡37：「必怣（過）専（前）𥾍（功）」

　　《上博簡》整理者：「必迬前攻」，含義不明。〔註643〕

　　《安大簡》整理者：「必怣専𥾍」，《上博四・曹沫》簡六〇下作「必怣専攻」。「怣」「迬」都從「化」聲，「𥾍」「攻」都從「工」聲，故「怣」與「迬」、「𥾍」與「攻」可通用。白於藍疑「攻」讀為功（《簡帛古書通假字大系》第九九六頁），可從。「陳功」之「功」，《上博四・曹沫》簡二一、三六作「攻」，本篇簡十三、二一作「𥾍」，亦可以證明此字句「𥾍」「攻」皆讀為「功」。「必過前功」意謂：「復甘戰」一定要超過「甘戰」的功績。〔註644〕

　　謹案：《上博簡》作「[圖]」，《安大簡》作「[圖]」。《安大簡》整理者之意見正確可從。

十七、〔獲〕、〔示〕

《上博簡（四）・曹沫》簡61：「賞朕（獲）[一]詣（示）[二]芺（蒞）」

《安大簡（二）・曹沫》簡37：「賞嘆〈朕（獲）〉[一]詣（示）[二]㙹（蒞）」

　　【一】「獲」

　　謹案：《上博簡》作「[圖]」，《安大簡》作「[圖]」（下文將以「△」表示）。「△」字當是「朕」之形近訛字。《安大簡》整理者直接把「△」字隸釋作「朕（獲）」。《安大簡（二）・曹沫》書手寫「朕」凡二見，除了「△」字之外，還

〔註643〕馬承源主編：《上海博物館藏戰國楚竹書（四）》（上海：上海古籍出版社，2004年），頁282。

〔註644〕安徽大學漢字發展與應用研究中心編，黃德寬、徐在國主編：《安徽大學藏戰國竹簡（二）》（上海：中西書局，2022年），頁73。

有「」（簡 18）。對比二字後，可以發現「△」字所從「隹」形左半本從「口」形，並非從「匕」形，故「△」字上半與《安大簡（二）·曹沫》簡 46「唯」字（「」）在字形是一致，與典型楚文字「膗」（「」《包山簡》簡 62）之寫法是有差異的，故「△」字理應隸定作「嗖」，亦應該視作「膗」之形近訛字。

【二】「示」

《上博簡》整理者：「訨绊」，讀「訨蒽」，疑是相反的意思。〔註645〕

《安大簡》整理者：「賞膗詣垰」，《上博四·曹沫》簡六一整理者把「詣」釋作「訨」，注：「『賞膗』，讀『賞獲』，指賞賜有斬獲者；『訨绊』，讀『訨蒽』，疑是相反的意思」按：「訨」的右半是「旨」的反寫，此字當釋為「詣」。疑「詣」讀為「指」，斥責。《廣雅·釋言》：「指，斥也。」上博簡整理者指「绊」讀為「蒽」，可從。「蒽」，膽怯。《論語·泰伯》「恭而無禮則勞，慎而無禮則蒽」，何晏《集解》：「蒽，畏懼之貌。」或說「詣」讀「稽」，訓「止」。「賞獲而止蒽」者，獎賞有斬獲者為阻止膽怯者，目的是「以勸其志」。與下文「勇者使喜，蒽者使悔」正相呼應（黃德寬）。〔註646〕

侯瑞華：從文義來看，將此處的「詣」讀作「示」似乎更加妥帖和直接。所謂「賞獲示蒽，以勸其志」，就是獎賞有斬獲者來給畏蒽膽小者看，用以鼓舞他們的鬥志。而且把「詣」讀為「示」也有楚簡用字習慣的支持，如《緇衣》引《詩經·小雅·鹿鳴》「人之好我，示我周行」，傳世本的「示」字，郭店簡《緇衣》簡 42 作「旨」，上博簡《緇衣》簡 21 作「貼」，因知「旨」聲字可以讀為「示」。〔註647〕

謹案：《上博簡》作「」（下文將以「△₁」表示），《安大簡》作「」（下文將以「△₂」表示）。侯瑞華之說法可從。由於「△₁」字右半字形殘泐，學者以往對「△₁」字之構形分析如下：

〔註645〕馬承源主編：《上海博物館藏戰國楚竹書（四）》（上海：上海古籍出版社，2004 年），頁 283。

〔註646〕安徽大學漢字發展與應用研究中心編，黃德寬、徐在國主編：《安徽大學藏戰國竹簡（二）》（上海：中西書局，2022 年），頁 73。

〔註647〕侯瑞華：〈《曹沫之陳》對讀三則〉，武漢網，（2022 年 9 月 5 日）。取自 http://www.bsm.org.cn/?chujian/8782.html，2023 年 3 月 24 日讀取。

（一）陳劍以為「△₁」字左半從「言」，右半所從不識。〔註648〕

（二）季旭昇以為「△₁」字左半從「言」，右下從「甘」（可視為「口」之繁化），右上從「弋」，並隸定作「詍」，讀作「飭」，戒也。〔註649〕

（三）高師佑仁從季說，並把「詍」字讀作「飾」，無說。〔註650〕

（四）單育辰以為「△₁」字左半從「言」，右半從「昏」，讀作「問」，指「慰問」義。〔註651〕

現在有了《安大簡》的版本，「△₁」字對應「△₂」字，「△₂」字可分析作從「言」，「旨」聲。不過「△₁」字右半似與典型楚文字「旨」字（「」《清華簡（六）·子產》簡3、「」《上博簡（九）·卜書》簡8）有別，所以單育辰提出「△₁」字右半或從「昏」。筆者認為「△₁」字右半有可能是「旨」旁。首先，楚文字仍未見從「言」，「昏」聲的「諎」字，反而多見從「言」，「旨」聲的「詣」字，字作「」（《包山簡》簡156）、「」（《清華簡（三）·芮良》簡25）、「」（《清華簡（九）·成人》簡21）。而且從《上博簡（四）·曹沫》彩色照片可以發現，「△₁」字右下與《上博簡（四）·曹沫》書手寫「𦧈」字所從「昏」旁右下是不一樣的，字形比對如下：

| 簡61 | 簡46 |

字形對比之下，「△₁」字右下確實從「甘」形，並非從「」形。綜合考慮下，

〔註648〕陳劍：〈上博竹書《曹沫之陳》新編釋文〉，收入氏著：《戰國竹書論集》（上海：上海古籍出版社，2013年），頁121。

〔註649〕季旭昇主編，袁師國華協編，陳思婷、張繼凌、高師佑仁、朱賜麟合撰：《《上海博物館藏戰國楚竹書（四）》讀本》（臺北：萬卷樓圖書股份有限公司，2007年），頁214。

〔註650〕高師佑仁：《《上海博物館藏戰國楚竹書（四）·曹沫之陣》研究》下冊（臺北：花木蘭文化出版社，2008年），頁290～291。

〔註651〕單育辰：《《曹沫之陳》文本集釋及相關問題研究》（長春：吉林大學碩士論文，2006年），頁108。

「△₁」字右半有可能是從「旨」，只是中間之橫筆沒有貫穿而已。

侯說以為「△₁₋₂」二字皆讀作「示」，可從。由於《上博簡》整理者以為「賞獲」與「詣蒠」是相反之意思。現在看來，這說法仍有可商榷之處。後來《安大簡》整理者根據「△₂」字之字形，把字皆讀作「指」，訓「斥責」義，又或另一位《安大簡》整理者黃德寬提出另一說法，把字讀作「稽」，訓「阻止」義。先談《安大簡》整理者之兩種說法，誠如高師佑仁所說：「筆者反倒覺得『詣』（引者案：即「△₁」字）字在訓讀上應也是正面的鼓舞，而非責備或誅罰，這樣才能與後文之『勸』（即勸勉、鼓舞之義）相合」。〔註652〕故《安大簡》整理者之兩種說法不可信。在《吳子・勵士》篇也有類似的記載，〔註653〕吳子認為要做到全軍爭相建功，並不是嚴刑峻法，而是款待有功之將領士兵，並勉勵無功之將領士兵，此舉是為了激勵無功者之鬥志以獲得獎勵，並言親率五萬無功之士兵，最後大破秦軍五十萬眾。把《吳子・勵士》之例類比簡文，兩者都在說明有功者可以得到賞賜，無功者當學習有功者，進而可以像有功者一樣得到賞賜。而且「示」字聲系與「旨」字聲系在傳世古書也有通假之例，如【示與指】。〔註654〕由此可證，把字讀作「示」確實是有可能。

綜上所述，現根據「△₂」字可知「△₁」字當是「詣」字，並讀作「示」。簡文「賞獲示蒠」即意謂「獎賞有功者以給畏蒠膽小者看」。

十八、〔黔〕、〔欲〕

《上博簡（四）・曹沫》簡61＋53下：「萬民驚（黔）〔一〕首皆欲〔二〕或之」

《安大簡（二）・曹沫》簡38：「萬民懃（黔）〔一〕首皆欻〈欲〉〔二〕或之」

【一】「黔」

《上博簡》整理者：贛首，待考。〔註655〕

《安大簡》整理者：「萬民懃首皆欲或之」，《上博四・曹沫》簡六一、五三下作「萬民驕首皆欲或之」。「驕」，整理者釋其下從「貝」，此從王磊釋（《上博

〔註652〕高師佑仁：《《上海博物館藏戰國楚竹書（四）・曹沫之陣》研究》下冊（臺北：花木蘭文化出版社，2008年），頁291。

〔註653〕陳曦集釋：《吳子集釋》（北京：中華書局，2021年），頁251～266。

〔註654〕高亨纂著，董治安整理：《古字通假會典》（濟南：齊魯書社，1989年），頁568。

〔註655〕馬承源主編：《上海博物館藏戰國楚竹書（四）》（上海：上海古籍出版社，2004年），頁278。

簡殘字考釋二則〉，《戰國文字考釋方法研究》，安徽大學博士學位論文，二〇二一年）。「▨」字亦見清華簡和齊陶文，讀為「黔」。古人行文不避重複，所以簡文「萬民、黔首」連言。「▨」從「色」，「贛」聲，疑「黔首」之「黔」專字。「▨」，疑是「欲」字的訛體。「或」，疑讀為「有」。「之」，指代「甘戰」。此句意謂：「萬民、黔首」都要有「甘戰」。〔註656〕

范常喜：安大簡「黔首」之「黔」原簡文作「▨」，整理者隸定作「戇」、「▨」，分析為從色，欰（贛）聲……「黔」在上博簡中寫作▨、▨，其右下部所從偏旁分別為▨與▨。▨中間呈「乂」形，可隸定作「囡」，▨則可隸定作「図」。目前研究者多認為此二形即「鹵」字，但從安大簡相對應的「戇（黔）」字從「色」來看，該旁實當視作「黑」之省體囲……▨、▨兩偏旁與上述「囲」旁的 C（引者案：即重「▨」《楚帛書》甲 4.29）、F（引者案：即「▨」《曾侯》簡 47）兩往形體完全相同。尤其值得注意的是，無論是構字偏旁還是單字，楚文字中的「黑」都可以省作「囲」，如上引《上博五・三德》簡 1 中的「黰（晦）」作▨，以及《清華十一・五紀》簡 18、24 中的「黑」作▨▨▨，均是如此。由此推斷，上博簡中的▨、▨可分別隸定作「戇」與「戇」。整字應當分析作為從黑省，欰／韓（贛）聲，與安大簡中從色，欰（贛）聲的「戇」皆為「黔首」之「黔」的楚系用字。〔註657〕

謹案：《上博簡》作「▨」，《安大簡》作「▨」。筆者認為范常喜之說法正確可從，可參。

【二】「欲」

《安大簡》整理者：「▨」，疑是「欲」字的訛體。〔註658〕

謹案：《上博簡》作「▨」（下文將以「△₁」表示），《安大簡》作「▨」（下文將以「△₂」表示）。《安大簡》整理者之說可從。楚文字「欲」本是常見字，寫法非常穩定，從未見過「欲」字左半作「▨」旁。值得注意的是，

〔註656〕安徽大學漢字發展與應用研究中心編，黃德寬、徐在國主編：《安徽大學藏戰國竹簡（二）》（上海：中西書局，2022 年），頁 73。

〔註657〕范常喜：〈安大簡《曹沫之陳》札記二則〉，載安徽大學漢字發展與應用研究中心、山東大學文學院主辦：《戰國文字研究青年學者論壇論文集》，頁 52～57。

〔註658〕安徽大學漢字發展與應用研究中心編，黃德寬、徐在國主編：《安徽大學藏戰國竹簡（二）》（上海：中西書局，2022 年），頁 73。

「」見於三晉文字「旮（予）」，字作「」（六年格氏令戈／《集成》

11327），亦見於《清華簡（三）·祝辭》簡1「」，單育辰指出「旮」字是

三晉文字的典型寫法，並表示{舍}或{予}。〔註659〕可是在楚系文字亦見「旮」

字的蹤跡，如「」（《包山簡》簡191）、「」（《上博簡（四）·曹沫》

簡43）、「」（《清華簡（七）·晉文公》簡6），雖然字用作偏旁，不過與

「旮」字在字形上是一致的，故筆者疑有可能「旮」字並非三晉文字所獨有，

楚系文字亦應該有之，只是楚系文字表示{予}均以「舍」字（「」《清華

簡（一）·祭公》簡20）、「余（余）」字（「」《上博簡（四）·昭王》簡7）

來表示，而且未見獨體使用「旮」字。不過上舉的楚文字「餘」本從「旮」

得聲，並表示{予}，與獨體使用的「旮」字應無分別。回到「△₂」字之討論，

「△₂」字右半本從「欠」旁，進而形成偏旁制約，而且「△₂」對應「△₁」，

我們就可以知道「△₂」字左半當是「谷」旁，「旮」當是「谷」之形近訛字。

故「△₂」字應是錯字。

十九、〔其／之〕

《上博簡（四）·曹沫》簡54-55：「思（使）良車良士逨（往）取之餌」

《安大簡（二）·曹沫》簡39：「思（使）良車良士逨（往）取亓（其）餌」

　　《安大簡》整理者：「思良車良士逨取亓餌」，《上博四·曹沫》簡五五「亓」

作「之」。〔註660〕

　　謹案：《上博簡》作「」，《安大簡》作「」。《安大簡》「之」字本

有「其」的意思。古書之注疏、字書多見「之」訓「其」。〔註661〕「其」字當泛

指敵方的軍隊。

〔註659〕單育辰：〈談晉系用為「舍」之字〉，載武漢大學簡帛研究中心主辦：《簡帛》第4
　　　　輯（上海：上海古籍出版社，2009年），頁161～168。

〔註660〕安徽大學漢字發展與應用研究中心編，黃德寬、徐在國主編：《安徽大學藏戰國竹
　　　　簡（二）》（上海：中西書局，2022年），頁74。

〔註661〕可詳閱宗福邦、陳世鐃、蕭海波主編：《故訓匯纂》（北京：商務印書館，2003年），
　　　　頁36。